花千樹

回憶舒巷城

訪談集（增訂版）

馬輝洪 編著

增訂版序

陳浩泉

去年，與馬輝洪先生在香港聚晤。馬先生說，他的《回憶舒巷城》一書將增加一些新內容，稍後出增訂版，希望我能為新書寫一篇序。馬先生所說的新增篇章中，包括了對我的訪談，我表示，擔心這樣會有「角色衝突」，但馬先生說沒問題。那麼，恭敬不如從命，我也覺得為此書寫序義不容辭，當下就應許了。

認識一位作家，除了閱讀他的作品，也可從文學史和文學評論去瞭解專家學者的評價，還可閱讀他的傳記或回憶錄。此外，閱讀對作家本人和一些相關人士的訪談，也是一個途徑。《回憶舒巷城》正是後者的這類書。

文學史和其他史書一樣，也有「正史」和「別史」、「雜史」。正史當然是權威學者運用春秋之筆，正襟危坐、嘔心瀝血撰寫而成的，讀起來難免枯燥乏味些；相對而言，別史、雜史就會生動有趣多了。作家的傳記、回憶錄、家族史、書信、日記、筆記、訪問、對談、評論等，都可歸入別史、雜史之列。那麼，馬先生《回憶舒巷城》這部訪談集亦可視為別史了。

別史、雜史這一類書籍，可說是另一視角的文學史，相對於一本正經的文學史，它的內容更豐富多采，可使讀者從不同的角度去瞭解作家和他的作品，使其呈現出的形象更為立體、完整。

馬輝洪先生任職於香港中文大學圖書館，因為工作的關係，他接觸到大量的文學作品和作家的有關資訊，更方便因應自己感興趣的題目去閱讀和搜尋資料。相對於其他研究者，這是他的優勢。同時，馬先生的研究態度認真。他的作家訪談都於事前做足功課，先擬訂好訪談的問題，再與受訪者溝通，然後進行對話。訪談過程也有錄音。文字整理完畢後，又經受訪者過目，最後才定稿發表。他的訪談稿也大多有註釋，可謂一絲不苟。

有時候，馬先生為了一個訪談，更會專程飛到外地去找受訪者。實在不能實地當面訪問，他才退思其次，採用文字問答的方式。這種認真執著的精神與態度，實在令人敬佩。

很多時候，馬先生的訪談也有獨特選題。例如，過去他對我的多次訪談，其中就有關於

《青年樂園》、《學生叢書》的內容，以及早年我為星馬報刊撰寫連載小說的情形。有些文章和當年的情景細節，因時日久遠，我自己也淡忘了，是馬先生幫我尋回了早年的記憶，應該感謝他。馬先生這類選題的訪談，為文壇填補了一些鮮為人知的空白，自有其意義在。

《回憶舒巷城》增訂版一書內容豐富，除了幾篇對舒巷城的訪問，並收入對其家屬及友人的訪談共近二十多篇，讓讀者可從多個角度去瞭解舒巷城的生平為人與寫作歷程，可讀性高。其中對張五常、李怡、聶華苓等人的幾篇訪談，引人矚目，不能不讀。此書對文學研究者來說，亦具參考價值。

一九六七年間，我就認識了舒巷城，其後交往三十餘年，留下了不少難忘的回憶。從《伴侶》雜誌的新界旅行，到鱸峰文友的茶敍和新春聚餐，還有多次應王鷹、吳山之邀到元朗吳家村出席「大食會」……映現於腦海中的一個個場景至今依然歷歷在目。

記得有一次，我們在英京酒家茶敍聊天，席間有舒巷城、李陽、海辛、羅琅、吳羊璧、潘耀明和我等人，舒巷城和我們暢談他的歐遊見聞，還拿出帶來的街頭速寫簿，與大家分享他的畫作。

年前到香港，馬先生邀請我和舒巷城太太王陳月明女士一起晚飯聚晤，談起那年大家在吳家村品嚐大閘蟹，至今印象猶新。

無可置疑，舒巷城是香港一位重要的本土作家，其作品豐碩，也極具特色。而且，他多才多藝，文學創作上是多面手，新詩、舊詩、散文、小説、翻譯，件件皆能；此外，在粵曲、繪畫等方面也有心得，實在難得。

舒巷城離開我們二十多年了，但他的作品仍然閃閃發亮。相信《回憶舒巷城》增訂版一書能為熱愛舒氏作品的讀者帶來新的得着與啟發。

二〇二四年四月十六日，溫哥華

序《回憶舒巷城》

王陳月明（巷城嫂）

返檳城過春節前兩日，馬輝洪先生來電話約我寫序，我從未寫過序，但立即一口承諾了。我說，你做訪問錄的熱忱，用心和用的時間，我全看進心裡；而他爽朗地回應了這麼一句：我只是一個「小讀者」。

請看，自稱是個「小讀者」的輝洪，是一個怎樣的讀者呢？

輝洪與巷城素未謀面，也不曾通信，可是他熟悉巷城的作品，非常熟悉。巷城的著作，花千樹出版了的（包括三部長篇的紀念版，節本《紅樓夢》和《舒巷城紀念集》）二十五部，他有齊。巷城在生時，不同年代、不同出版社印的那些書，他欠缺的，一直在留意着。論說巷城的文章，歷年來，報章和文學雜誌刊登的特輯，或個別發表的專題評析，他搜集了，連稍稍提及巷城的文字，都剪貼起來；悼念巷城的文章，也一一剪存。近幾年，但凡有講巷城的文學講座，時間許可，他不會錯過。他亦曾是講者。他在二〇一〇年六月二十五日，香港中文大學舉行的「中西與新舊——香港文學的交會」學術研討會裡主講〈理想的憧憬——論舒巷城《太陽下山了》的成長主題〉。好遺憾，那天我沒在座聽講。二〇一一年，香港中央圖書館十周年暨香港中文大學香港文學研究中心成立十周年誌慶，兩機構合辦了總題「文學與空間」，分題「歷史路徑」、「讀寫場域」、「未來世界」和「地方印象」，一連四個「文學月會」講座。輝洪是「地方印象」兩個講者之一。講題是：「舒巷城小說中的空間書寫」。他引敍《太陽下山了》、《白蘭花》、《巴黎兩岸》、〈倫敦的八月〉、〈鯉魚門的霧〉和〈第一次〉的片段，闡述「香港城市空間」及「西方城市空間」。敍述中播放了三十多張幻燈片，片上背景用的古舊照片、摘錄的文字、配合摘文而特起的小標題，是那麼那麼的令人眼前一亮。當時，我這樣想：台上的四十五分鐘，台下的準備功夫可用了多少個四十五分鐘呢？

浪人劇場兩次上演《鯉魚門的霧》（二〇〇八年在中央圖書館展覽廳演一場，二〇一〇年在葵青劇院黑盒劇場演六場），他都看了；劇場舉辦的演前講座，他也有出席。

二〇〇九年秋天，輝洪寫好碩士論文《舒巷城成長小說研究》，特地影印了一份，親自送予我。他說論文雖然完成了，仍會繼續研究。接着是訪問巷城的親人朋友，希望從訪談中，知道巷城一些未被提説過的事迹，特別是創作方面，這樣，他便可以「為目前的文獻，做點補白的功夫」。

輝洪任職於大學圖書館，日常要處理的事項不少，年中要去外國開幾次會，在香港舉行的一些會議或講座，他要籌備，有時還要授課，工作如此繁忙，而他依照計劃，在新加坡訪問了秦林、蔡欣、英培安和林臻；以電郵訪問了移居加拿大的韓牧；逐一訪問了在港的余呈發、梅子、羅琅、陶然、譚秀牧和李怡等朋友；專程探訪張五常教授。

他顧慮余伯的年紀（九十多歲），為免老人家疲累，於是分三次訪問：一次用電話，兩次到黃大仙下邨余伯家附近的啟德花園。余伯跟我說：「深泉嫂，小馬好似個仔咁！」余伯有感而説「好像兒子一般」，這句話讓我凝想了好一會，是的，輝洪對長輩的尊敬，待人的誠懇，謙恭有禮，做事的分寸，踏實、嚴謹，是令人由心讚賞的。

九月初旅行回來，收到兩個喜訊。一是浪人劇場八月中發的電郵：九月十四至十六日在北京木馬劇場上演三場《鯉魚門的霧》，由二〇一二年北京青年戲劇藝術節主辦。輝洪說，若能騰出時間，他好希望到北京，看這第三次的演出。一是加拿大多倫多大學利銘澤加港圖書館寄來邀請信，邀我出席十月十九日舉行的「香港文學・回憶舒巷城」展覽開幕禮及論壇。

這盛會的緣起和籌備，輝洪的功勞不能不提，他不僅是引線人，還跟進大小事項。

輝洪，你這位「小讀者」，做的一切，巷城嫂看進心裡，銘記心裡，還要代巷城說：謝謝，非常的謝謝……

是為序。

二〇一二年二月回港前初稿於檳榔嶼
二〇一二年九月中修訂於花千樹

好作家總讓人思念
——序馬輝洪《回憶舒巷城》

梅子

對香港文學稍有涉獵的人，沒有不知道「舒巷城」這個名字的。他曾數十年如一日，關懷香港社會，善遣業餘時光，博汲洽取中西文化精華，竭誠默默耕耘，和同時代文壇精英一道，以許多出色的新詩、小說和散文作品，貢獻給他誕生、成長的這塊土地，鼎助這海隅小島甩掉「文化沙漠」的「帽子」，聲名遠播，且與時俱進，日新月異地拓展它的文學版圖，使之更亮麗多彩。舒巷城是好作家，好作家總讓人思念。

一九九九年四月十五日下午五時，他認認真真地把家事做好，着襪穿鞋，準備外出，不幸心臟病驟發端坐而逝，迄今已十三個年頭。期間緬懷、悼念他的文字，不斷見世；評論、研究其傑作的著述也時常披露。「他依舊存活於人們心中！」這些彰顯着的事實，每每教我有此感覺，如此激動，也因此欣慰。

美好的事，若一再迭現，往往會如漣漪，牽動水一般的溫情柔意，召喚有心人賡續其雅，令它加強擴大，增深添廣。譬如眼下這本回憶、訪談錄，便是緣起於舒巷城先生其人其文的益發傳揚，落實於其作品價值的日漸為人所共認同識，又閃光送暖、芬芳洋溢於那些字裡行間挖掘出來的越來越多的人文氣息的。

像本書似的集中談論單一香港重要作家的記錄，坊間還屬罕見。近日展讀一過，覺得用這樣的辦法一步一步走近心儀的作家，得益匪淺。

此書分上下兩篇。上篇「訪問舒巷城」收四篇不同報刊編者的訪問記，下篇「回憶舒巷城」是馬輝洪先生走訪舒夫人王陳月明女士和十二位與舒巷城相熟的學者、作家、編輯（其中兩位在加拿大，四位在新加坡）的談話記錄。它們披露了舒巷城寫作、家庭和社會生活的面相，絕大部分前所未詳見或不曾見，是了解作家與親人相知相扶、與同道文友相互切磋砥礪的第一手資料。刻畫作家的生平志業，除須把握他的存世軌跡，顯然還應觀照他的交際網絡，以期覓得多元角度，比較圓滿地再現他的人文丰采。本書於茲作了有益的嘗試，我想，這份努力不會白費。

從各位受訪者的憶述裡，我們常可領略舒巷城對文學創作的熱愛、誠意和對香港文學前景的信心，初步了解他嘔心瀝血將構思化為成品的經過、在題材或體裁方面何以曾有這樣那樣的傾斜乃至某階段風格變異的緣故，窺見他筆底「有歸真反璞之美的單純」的特色和「深刻、不花巧」的美學理想，並受啟迪於他細緻觀察、絕不奔捷徑的寶貴經驗。雖則有些地方，由於種種原因，尚待深入，但在不長的時間裡，在紛然的提問中，仍時而觸及這許多人們關注的話題，我想，這大抵得力於訪問者事先做了比較充分的「功課」。機會總是留給有準備的人的，精彩的答案亦然，惟認真的詢問者有獲取的可能。

與舒巷城先生有交往的人，不消說，遠不止書中所列的幾位。據我所知，輝洪巴不得都能把他們一一請來討教。但現實常未盡如人意，因此，來日要找的人還有，要做的事還多的是，將遭遇的困阻也還真不少。譬如，舒巷城的其他家族親人，各個年齡時段的朋友、同事，以及文壇相應求的同輩、受提攜的晚輩等等，若有條件，拜訪一位便是一位，不妨抓緊進行。

輝洪與我相識已逾二十年，當初我們因對中國現代文學有共同的興趣而結交，稍後得悉原來他也從數學走向文學，使我頓因彼此的人生軌跡竟然有一小段相似而覺親切。再後來，他又負笈異邦攻讀圖書館學並於學成不久以之謀得相應的職業，這一趟決然的轉身，成就了他如今的事業：將圖書館學與文學結合得天衣無縫！至此，我終於看到了他的毅力。他是一拿定了主意，便勇敢地走下去，不實現理想絕不罷休的那一種人。近年，他尤尊舒巷城，碩士論文研究他；論文通過了，又千方百計尋訪知情人士，蒐集整理舒巷城的史跡，為香港文學一大重鎮留一批可信資料。從他的過去，可知他的現在；從他的現在，無疑也可預知他的未來。我相信，輝洪定會完成他的宿願。蒙他給予機會，要我在他心血結晶的這座「大門」前，招呼喜愛舒巷城的人們駐足張望，或者進門指點，我這樣誠心誠意地祝福他。

二〇一二年八月二十七日

目錄

下篇　回憶舒巷城

附錄

上篇　訪問舒巷城

跟舒巷城先生聊天

《香港文學》（雙月刊）編輯

舒巷城先生是本港土生作家，今年五十多歲，從事文藝創作數十年。舒先生着重生活實踐，從生活中尋找寫作素材。跟舒先生談話就好像家常便話一樣，很有親切感。今次我們跟舒先生聊天，由他自己的生活感想，到他對文學的評論等，無所不談，下面是我們的談話整理。

舒巷城於美國華盛頓白宮前留影
（一九七八年）

問：舒先生是怎樣開始接觸文學的？

答：小時候讀英文學校，但越多接觸英文，便越想學好中文。家叔十分喜愛文藝，在廣州的戲劇研究所唸戲劇，經常寄一些話劇劇本（包括翻譯名著）給我。當時洪深、曹禺、陳白塵等名家的作品我都讀得津津有味，其中《雷雨》、《日出》好些片斷都讀到能夠背誦出來。此外，寫作朋友對我的影響、幫助也很大，這樣，少年時便讀了不少三十年代作家的作品。抗戰期間，許多中國作家南來，香港文化事業蓬勃，有些報紙由上海轉到香港出版；文藝刊物不少，引起許多青年對投稿有興趣。我當時也是「文藝青年」之一，十七八歲時開始在《立報》的副刊《言林》，《申報》的《自由談》等發表習作。太平洋戰爭爆發後，日軍佔領香港，不願當「順民」，便回到內地去。拙作《艱苦的行程》對此有所披露，書中辛酸、曲折的故事，百分之八十是個人的真實經歷。當時無論在怎樣困難的環境下，仍是忘不了文學。一九四八年底回到香港來，與家人團聚，找到工作後，又開始利用業餘時間寫作了。

問：舒先生白天在寫字樓做別的工作，在分配寫作的時間上會有困難嗎？

答：有困難的，不過設法克服就是。多年來，深夜才睡，成了習慣。週末，可以說是執筆的

「黃金時間」了。有時免不了要跟親戚、朋友來往、應酬，剩餘的時間不多。幸而一經「投入」，在很嘈雜的環境下也能集中精神下筆，因為我自小在嘈雜的環境中長大。

問：香港土生土長的作者，在寫作方面和大陸作家有何不同？

答：我想，最低限度在選擇題材那方面，有所不同，作品有較多本地色彩是很自然的了。

問：舒先生是接受西方教育的，那麼你的作品有沒有受到西方作家的影響？

答：我受中國作家影響較多，但西方作品我也常看，因此也就自然吸收了一些西方小說家的技巧了。譬如托爾斯泰、契訶夫、陀思妥耶夫斯基、巴爾扎克、海明威、卡謬等，甚至較「冷門」的巴烏斯托夫斯基、美國的 Carson McCullers 等，我也是喜歡的。

問：你的詩作在五、六十年代多是抒情詩，而七十年代卻着重寫實詩，這是甚麼緣故呢？

答：當時也許有過這樣的想法：一個人不能老是寫抒情詩，要「突破」。再說，有些題材適合抒情，有些卻不。對香港的現實有好些感受，把原是可能成為短篇小說的材料濃縮，提煉，便成為《都市詩鈔》的寫實詩了。以個人經驗來說，寫「都市」詩比寫一般抒情詩的難度大。因為租金飛漲出入提防劫匪等……這些都沒有詩意。要寫成詩，就得花更多的時間推敲，在創作上，這也是一種「挑戰」。而且對眼前發生的事不能視若無睹，心有所感，便寫出來了。那幾年我很少寫短篇，也就成為寫「都市」詩的原因之一。自然這與當時讀者、朋友的反應與鼓勵也有關係。

問：有沒有看過香港近年的新詩？

答：有，但看得不算多。

問：對於年青詩人有甚麼感想？

答：希望他們有真切的感受才寫詩，不要浪費筆墨作「文字遊戲」。在創作而言，個人不喜歡政治的「框框」，同樣也不喜歡現代派的「框框」，一成為形式主義，創作也就不是創作了。但不要誤會我的意思。政治詩也有很好的詩，現代詩也有很好的詩。問題是：是有感而寫，還是為了玩弄形式主義的詞藻而寫。

話說回來，香港的年青詩壇並不寂寞。有好些誠實的年青詩人，他們有自己的聲音——真摯的聲音。

問：台灣的詩人，你比較喜歡的是誰？

答：鄭愁予、瘂弦、楊牧……

問：國內的呢？

答：艾青、何其芳、卞之琳、鄒荻帆、蔡其矯……看過一本賀敬之的詩集，喜歡他前期的詩多過後期的詩。

問：近十年內地流行一種民歌體詩，你對這種詩體有甚麼評價？

答：我喜歡地方戲曲，也喜歡民歌；民歌有很強的生命力。但，不大接受某些跟風的民歌體新詩。一般說我較喜歡有創作性的「新」詩。詩人李季的民歌體新詩寫得出色，也許和長期的生活實踐有關。

問：請講講你個人寫詩的體驗吧。

答：真是不知從何說起。但有一點可以說……除非不得已，我不喜歡用典故；寧可用自己的想法、「語言」寫。也盡量避免以方言（這裡指廣東話）入詩。

問：你對小說中的意識流有甚麼看法？

答：意識流是小說的一種技巧。遠在 Henry James、喬哀思等人之前，就有小說家自覺或不自覺地，在作品中某些片斷上採用類似的寫法了。如陀思妥耶夫斯基的一些小說就有「意識流」。我國魯迅的短篇，其中也有類似的手法，譬如他的〈弟兄〉與〈白光〉。大概作家在創作實踐中，認為某些內容用那樣的手法表現更適合，便用那樣的手法了。劉以鬯的《酒徒》是很好的例子——因為是酒徒！

問：對於文采的看法呢？

答：個人覺得，讀一篇散文、隨筆，較易看到作者的文采，尤其抒情文，如何其芳的散文是其中之一例。讀一篇小說（除非是長篇的某些抒情之類的章節）就不易看到作者的文采了，因為小說家的文采往往是「化整為零」的。而同一作者，他可能甲篇文采顯眼，乙篇則文采「深藏」。有時候，某些題材、內容的小說，若人為地顯示「文采」，用過多的詞藻，反而削弱小說的力量了。我看所謂文采，是應該為內容服務的。

問：你的長篇《太陽下山了》插入好些廣東話，是必需的嗎？

答：用意是加強地方色彩，小說的背景是當年西灣河的窮街。有些廣東話以普通話替代難以傳神。因此書中某些粵語名詞、形容詞，外地人不懂的，就註釋；能會意的就不用註釋了。其實以全書比例來說，採用的方言也不多。它們是經過作者選擇的。而語法我倒是用普通話語法的。

問：書中有些地方，作者以旁觀者的身份把故事敘述，告訴讀者將來會怎樣、怎樣等，這種寫法有問題嗎？

答：也是經過構思、安排的。其中有街頭說書人等人物，因此有意這樣寫。此書重印時，想改動，但考慮到牽一髮而動全身，便保留原貌了。而且以個人的淺見，從十九世紀到現在，用第三人稱寫法的長篇小說，能全部擺脫客觀敍述、描寫、完全以單一觀點、角色觀點去寫而又成功，沒有幾部吧？這是因為題材所限，這條路越走會越窄，很容易流為形式主義；即使大師們，通常也是把「全知」與「角色」的觀點交叉並用的。這是我讀大師們的小說後留下的印象。拙作《太陽下山了》的故事不是單線發展，用橫斷面的寫法，基本上採用全知觀點，但其中有好些篇幅，卻是採取角色觀點的，如少年的林江眼中所見景物、人物等等。寫時，在技巧上說，對於觀點的轉移，怎樣才「轉移」得自然，倒是注意到的。而且當時也經過主觀的努力，在傳統的基礎上創新，不知你們有沒有留意到，這篇小說的語言是盡量避免用成語、套語等等。我當時有意把寫實的、抒情的、通俗的筆墨，熔於一爐。

問：《巴黎兩岸》的西蒙有死的必要嗎？

答：如果他沒有死，這篇小說就根本不是這一篇，而是另外的一部長篇了。西蒙這個窮畫家，從他妹妹的口中，我們知道他從童年、少年時起，就是一個「死心眼的人」，對事情很認真，尤其對寫畫很「痴」。他的理想是要當一個真正的藝術家，他熱情，他很有才能，但偏偏為了謀生，卻每天要畫「行貨」，這在他是非常痛苦的，再加上愛情的打擊，他最愛的姑娘，竟在生活的壓迫下，要出賣肉體。西蒙的死是那個商業社會的壓力促成的，是性格的悲劇，也是時代的悲劇。當然如果換了別人，他是不會自殺的。但那不是西蒙的性格，不是對正直如此執著，對「美好」、藝術如此痴情的人（如西蒙）的性格。他越認真，就越痛苦。而《巴黎兩岸》，在象徵的意義上說，那「兩岸」的世界，也不一定巴黎才有，香港就有。

問：你很喜歡在故事中加插一些次要人物，而這些人物好像與故事無關，如《巴黎兩岸》的美郁諾、希臘青年等。

答：是為了起襯托的作用，而次要人物往往可以深化小說的內容。我以為他們的出現，與「西岸」的主題有關。他們在賽納河邊舊書攤上賣書，各有各的辛酸經歷，是屬於珠光寶氣的巴黎的另一「岸」。

問：歸納舒先生的寫作題材，有如下數點：（一）貧富對立，如〈鞦韆〉。（二）摒棄商業文明，崇高樸素，如一些詩作。（三）鄉土情懷，如〈雪〉。（四）貧苦大眾是善良而互相幫助的，如《太陽下山了》、〈賣歌人〉。以上所講的都對嗎？

答：基本上是對的，這是我個人長期在生活中得來的體驗，因為每個作者的生活經歷不同，所受到的衝擊不同，便有不同的經驗、思想、感受、選材、創作。不過想補充一點：我非常喜歡文明，但不同意那種用許多人的血淚換來的「文明」。剛才你說的拙作〈雪〉，鄉土情懷之外，其實主要是寫：一個人為了生活離鄉別井，而非旅行，是生活的辛酸。有一年我到英國去，在飛機上和一個到倫敦的餐館去工作的新界青年交談，他心情沉重，臉色陰暗，我非常同情他的遭遇。像他這樣到異國去謀生的青年不少。這件事擱在心裡很久，好幾年後，我便寫成這篇〈雪〉。

以前有人不止一次在報刊上寫過：舒巷城獨來獨往。如果指的是文化界，真的，過去許多年，我很少跟文化界的朋友來往。這和職業、生活環境有關，平素來往的多是非文化界或文藝界的朋友。因此也影響了我小說的選材。

問：對青年人從事小說及詩的創作有何意見？

答：如果是強調創作的話，我覺得是完全沒有捷徑的。重要的是誠懇，用自己的感受、方法去寫，不斷的摸索，不斷的吸收……老實說，我現在還是在學習。每寫一篇，是小說也好，是詩也好，我都覺得不容易，好像以前甚麼也沒寫過一樣。創作（許多別的工作也是一樣吧），不容許偷懶，不容許取巧……這不知算不算是意見？

原刊於《香港文學》，第三期，一九七九年十一月

夏夜對談——訪舒巷城

杜漸

舒巷城是個甘於寂寞的作家，當我提出要給他作一次錄音訪問，他拒絕了我。於是，我只好退而求其次了。七月中，他的太太回檳城娘家省親，家裡只剩他一個，我趁這機會到他家去，跟他聊了五個小時。當晚回到家已十二點，趁還記得，把談話的主要內容記下來。這是一次不算是訪問的「訪問」。

舒巷城在西雅圖湖畔寫生（一九七八年一月，張五常教授攝）

問：杜漸　　答：舒巷城

問：為甚麼你不肯讓我作錄音訪問？

答：我對訪問已感到怕怕，對着錄音機更覺很大的精神壓力。

問：錄音訪問記錄得準確些，我是怕記不準確，歪曲了你的意思。

答：如果是聊天，可以海闊天空，天南地北，不受拘束，談起來心情舒暢些。至於你回去寫甚麼，那隨你的便吧。

問：你這是考我的記憶力。

答：我看過你寫的那篇〈書痴的話〉，我們兩個都是痴人，你是個書痴，我也是一個痴，我是對生活十分痴的。也許正是這種痴的執著，所以我才搞創作。

問：我們的愛好有很多是相同的，比方音樂、繪畫、電影、戲曲，不過有一點不同，我不懂新詩，所以不敢談詩，也不敢譯詩。

答：我們都是性情中人，正因為都是痴，所以才談得來。我小時候是生活在西灣河，前幾年住在黃泥涌道，最近又搬回離西灣河很近的鰂魚涌，這兒是我的生活基地。我的童年，少年時代就是在西灣河、筲箕灣度過的，經常同街坊的朋友去聽説書人講古，還學唱粵曲。我媽媽喜歡薛覺先，我爸爸喜歡馬師曾，我則甚麼都喜歡，還學薛覺先的唱腔，也學小明星的星腔呢。從小時候起，我就同這兒的街坊居民打成一片，他們有些也知道我寫作，我最喜歡聽他們聊天，從他們的口中我得到不少寫作的素材。

問：人家説你是香港的鄉土作家，我不知道這種講法有甚麼道理，不過我認為你寫的東西，是反映現實的，也許這同你從生活中獲取素材有關係吧。

答：我是認為創作的泉源是來自生活，一部小說或一首詩，是一件反映人生的藝術品，所以最重要的是生活的積累。我結交的朋友有很多是社會中、下層的人，他們當中有說書的，有唱粵曲拉二胡的，有工人，有海員，從他們的生活中，有好些可取的材料。比方我要寫一篇海員的小説，海員朋友就給我講了很多航海的事，我連船上的工作，甚至海員當更的時間，都問得一清二楚，要寫海員必須知道他們是怎樣生活的，但更重要的是了解他們的思想感情。

問：這點我在〈倫敦的八月〉和〈雪〉看得出來，更不用說《太陽下山了》。有人說你寫東西「以單純手法去表現單純意念」，我是不同意這種看法的，倒很想聽聽你的見解。

答：在香港搞文學的人當中有很多不同的觀點，不只是政治上的觀點不同，在藝術觀點也有不同，有各種藝術流派。我不打算去非議別的流派，因為一個流派之能存在，必定有一定道理，我認為可以從各流派中吸收對自己有用的東西，這可以豐富自己的創作。如果有門戶之見，那只會局限了自己。至於批評我「單純」這一點，我以為單純很好嘛，批評者顯然把單純和簡單兩個概念混淆了，單純並不等於簡單，單純是有很豐富的內涵的，詩和文章要寫到單純，那要相當高的功力，十分困難（我現在仍在學習），單純本身也是一種美。

問：我不懂詩，但就文章而言，如果文章能寫得平淡如水，看後其味無窮，實際上比茅台還要濃烈，那就是爐火純青，進入化境，這種單純的文章才真難寫，也是文章的最高境界了。

答：現在有些年輕作者動不動就說文章有沒有文采，以為堆砌一些美麗的詞藻，就叫做有文采，應該說還未了解寫文章的難處。追求所謂的文字美，只是形式主義，是沒有靈魂的。像魯迅、茅盾、巴金等大作家寫文章就十分樸素，不事雕琢，但雋永耐看，如得自天然，這樣的文章才是真正有文采的。他們並不濫用形容詞，樸樸實實，卻貫注了很深的感情，要改他一個字都不行。我以為寫文章要走自己的路，創造自己的風格，如果認為「單純」是我的風格，我不以為這是對我的批評，而是對我的鼓勵。我主張沒有技巧的技巧。

問：其實那幾位大作家都是很重視技巧的，但寫到看不出技巧，看得出是技巧，那只是花巧。

答：我認為先有人，然後才有文章，文章是表現出作者的人格的，寫文章作詩，首先要誠懇，講的是真話，寫出來的東西才有內涵，如果只追求技巧，那只不過是玩弄文字，讀者是最能分別好壞的，所以首先要有人格，有感而發，然後才有文章，沒有了真誠，文章就虛偽了，讀者一下子就辨別出來。

問：堆砌形容詞，只不過是用華麗的外衣掩飾自己靈魂的蒼白和內心的空虛，實不足取。技巧是為內容服務的，目前很流行意識流，你對這點又怎樣看呢？

答：意識流是一種文學表現手法，其實我們寫作時，往往不自覺就已在運用這種技巧，在亨利·詹姆士和喬哀思之前，就已有小說家自覺或不自覺地在作品某些地方採用了類似的手法，魯迅的某些小說中也有。目前內地一窩蜂地搞意識流，這不是一種正常的現象，學一些新的技巧是需要的，可是意識流並不是每樣題材都能表現的，用得不恰當，效果會適得其反。比方劉以鬯的《酒徒》寫得成功，正因為他寫的是一個酒徒，是醉與不醉間的精神狀態，劉以鬯把這種技巧運用得恰到好處，所以成功。但他也並不是本本小說都用意識流手法的，這就要看內容的需要來決定用甚麼樣的表現形式了。

問：其實有多少人真正讀得懂喬哀思的《攸力西斯》呢？我很懷疑。這書並不容易讀得懂。意識流手法運用得好，也是能相當深刻表現人性的；用得不恰當，就畫虎不成反類犬了。

答：有的人很喜歡喬哀思早期的《都柏林人》。

問：是的，我也認為這本書寫得很好。

答：蕭乾早在三十年代就已經在上海寫文章介紹過意識流，他經過深入研究，得出的結論是此路不通，是條死胡同。

問：魯迅在小説某些片斷也用過意識流，但用得不着痕迹，如果認真研究，也能找得出來。這種手法的運用決定於內容的需要，甚麼也用意識流，那是開玩笑。我認為這樣刻意地去追求技巧，只表現作者的不成熟和缺乏生活。任何一種手法，用得恰到好處，就加重對讀者的衝擊力，用得不是地方，反而會削弱作品的藝術感染力量。

答：我主張沒有技巧的技巧，並不是不要技巧，相反，我是十分重視技巧的。有時候寫一段東西，反覆改上很多次，才找到最恰當的方法來表現它。例如在《艱苦的行程》裡，我寫和母親別離的那晚，在床上轉輾反側，無法入睡，思潮起伏，別離是痛苦的，這種離愁有很多種方法來表現，最後我將它改成「聽見母親在隔壁廚房移動柴枝的聲音。雖然輕微，但一下子就把我驚醒了。整個夜裡，我哪裡能夠睡得好……」感情達到了頂點，才定下了稿。有時感情到最濃時，反而不用濃的筆墨，而用淡淡的一筆，才能把感情凝聚，得以充分發揮，產生衝擊力。有時越單純就越有力量，比如蘇東坡的「明月幾時有，把酒問青天……」寫得多麼淺淡，但詩意濃極了。

問：寫作這事，真是甘苦自己知，別人是很難理解的。

答：有時由於自己的經歷，有過一段辛酸，雖然寫成一首詩，如果別人沒經歷過這種生活，就無法理解詩中的真意，我寫過一首〈海邊的岩石〉，別人可能以為這是首抒情小詩，它只有八句：

自從在海邊停下來
我不再漂泊了
我默默地聽風和浪花
訴說他們漂泊的一生
一萬年過去了
我望着月落星沉太陽升
又每天，每天
望着船與海潮歸來

我少年時代碰上抗戰，顛沛流離，經歷過一段艱苦的漂泊，離鄉別井的痛苦，這首小詩包含了我很深刻的感受，如果沒經歷過那段漂泊的日子，我是寫不出這首詩的。

問：坦白說，我對新詩是個門外漢，我更喜歡舊詩，聽說你也寫舊詩，對嗎？

答：我喜歡舊詩的凝煉，但我寫的舊詩很少發表。我不只喜歡舊詩，也喜歡倚聲填詞作曲，我喜歡唱粵曲，有時把新詩也譜來唱，我過去在《伴侶》就寫過一些歌曲。我喜歡中國戲曲，也喜歡外國古典音樂，例如莫札特的那首《朔拿大》，旋律十分單純，但優美極了，還有貝多芬、蕭邦……這才是真正的藝術品，你能說莫札特沒有技巧嗎？真正美的藝術品都並不複雜，是單純的，這是他創造了自己的風格。

問：我更喜歡貝多芬的交響曲，那是一個人真性情的表現，文學與音樂是一樣的，看去渾然一體，像沒有技巧，但卻極美，那才是有藝術境界，一眼看去就看出是技巧，不論技巧有多高超，都會顯出匠氣。

答：關鍵是在誠意，搞藝術的人如果沒有誠懇，最終只是個藝匠，我認為作品要表現人生，反映生活，這是通過作者的人格來加以表現，我不贊成為藝術而藝術，有人認為寫詩與文章，完全是為了表現自我，你看不懂，只是你水平低，你不懂詩。這條路是走不通的。托爾斯泰、契訶夫、陀思妥耶夫斯基等人的作品之所以偉大，正是它們反映了人生，這樣同時也表現了他們偉大的人格，那才是表現了真正的自我。所以，我認為先有人，然後才有文章。

問：我從《巴黎兩岸》看出你的藝術觀點，我發現書中的西蒙也是一個痴，是個畫痴，在那樣的環境下，要追求真正的美，是多麼痛苦的事啊，所以我看了很感動。

答：西蒙不正跟我們香港的寫作人一樣嗎？為了生活，不能不寫些「搵食稿」，他並不想畫行貨的，這種痛苦只有我們親歷其境的人才會體會到的。西蒙太執著了，所以他只有死了。我真不知道搞藝術到底是幸還是不幸呢。

原刊於《讀者良友》，第三期，一九八四年九月

追蹤作家心靈——舒巷城

吳平

舒巷城攝於美國西雅圖（一九七八年一月）

經過一段長時期的腦力勞動，我渴望歇息，但思潮卻難以平復，這時我習慣做一些勞動：洗碗、抹地、機械化的動作，一來一往產生有節奏感的安撫作用，把起伏的思緒棄於腦後，享受到安寧謐靜的境界。

如果腦力勞動越長久，需要機械勞動去平復的時間越長。

如果腦力勞動的時期，持續了一年，甚至兩年、三年，那麼，到停頓下來，需要機械地去平復又要多久？

當我第一次見到我心儀已久的作家舒巷城，我問他，為甚麼近年來少見他的作品？他的回答：「我很懶，我有時三年、五年不動腦筋，有時是一年做兩三年的事……」

因為「題材得來不易，有了題材，我會着迷，不眠不休也要寫下來……我曾經寫過一篇萬字小說，擱筆之後，文字盤據我的腦中，我可以背出每句對白，還清楚記得在哪一句分段……」

而從事這麼令他着迷的創作時，他日間還得工作，機械刻板的工作——會計，他做這一行，數十年未曾中斷……

會計工作這時是他用來平復思潮的機械化勞動。

他可以一邊望着賬目，一邊按動計算機，一邊還和同事閒聊，就把一盤賬理得乾淨利落，那是一盤大公司的賬，一千幾百萬上落的數目。

當然這份工作不單只是他用來調劑創作辛勞的機械化活動，還是他生活的支柱。

在香港社會，靠稿費是養不活一個嚴肅着迷認真的作家。

他也曾嘗試走職業作家的路，用了秦西寧、舒文朗、方維、陸思魚等等不同筆名，寫連載小說、連載雜文，很快，他發覺這是條單程路，駕車進入，不許回頭。編輯要求你多、快、好，讀者的口味限制你的題材，你甚至連那份平復腦思潮的機械化勞動的樂趣也消失，雖然可想像的，發展到後來，你將成為一部寫稿機器，寫稿和洗碗、抹地、會計的機械工作已沒有分別。

最難忍受的將是那一種背叛了自己的懊悔，像是違背了對初戀情人的盟誓，痛苦將吞噬了自己。

因此舒巷城選擇了機械的會計工作，一做數十年。他甘於保持雙重身份：上班時是普通白領職員；夜裡回家，有創作題材時，讓自己迷進去，沒有的時候，像一個普通人那樣，看電視，聽歌……

他的雙重身份保守得很秘密，公司裡十多二十年的老同事，沒有人知道他的作家身份，親朋戚友，除了少數，也少有人清楚知道他。

雖然他已出版了十五、六本作品，還出了選集，星馬、廣州也有出版他的作品；他也曾以香港作家身份，應美國愛荷華大學作家工作室的邀請，前赴作交流學習。

我問的第二個問題，在這種近乎無償的創作過程，是甚麼力量，支持他堅持下去。因為在我認識的朋友、筆友，度過了青年時期的豐富創作力階段後，一旦步入中年，大多數封了筆，從事其他行業，或走通俗創作路線，能夠堅持下去，沉迷於創作自己心靈的獨白，真是鳳毛麟角。這個問題，也是「作家心靈追蹤」希望追尋答案的核心問題。

舒巷城的答案是「興趣」，興趣自小培養起來，小學時已從香港向遠在上海的《兒童雜誌》（《兒童世界》）投稿，中外文學作品是興趣的泉源，此外聽曲藝，進而學習「倚聲填詞」，撰寫聲律甚嚴的粵曲，也為後來作詩打下了深厚的基礎。

我還想問：他一生的一半時間，花在數字堆中，是否浪費？但我終於沒有問，因為我自己深切體會生活重擔的壓力，作家不是不食人間煙火，他犧牲了其他的物質享受，堅守在工作崗位，把休息娛樂的時間，埋頭默默耕耘，那種堅守，那份情操，已足以令人感受到人生熾熱向上的力量。

一定要問，問的對象應是這個社會；這個社會是否重視個人追求生活理想，是否讓有創作才能的人，得到應有的回應，與生活的合理公平補償？

如果還沒有這種氣候，那麼舒巷城這種間歇式的沉迷創作，已經是要有超人的意志，才能夠堅持到今天。

我們還談到〈鯉魚門的霧〉，當我還是一份青年刊物的文藝版編輯時，這篇小說在一次徵文中獲選為短篇小說首選。這個比賽，負責評判的有著名的小說家、資深文學評論家。結果揭曉後，竟然被讀者揭發是抄襲舒巷城的作品，指出這篇文章已不止一次被冒名抄襲，也得過其他的文學獎項。顯然連大行家都受蒙蔽了，但也證實這是一篇公認的佳作。

原刊於《博益月刊》，第二期，一九八七年十月

有真性情，才有好作品——與舒巷城先生聊天

《香港作家》編輯

花千樹紀念版，二〇〇八年

有一個名字很多人都淡忘了，年輕的朋友甚至從未聽說過，但任何人要寫一部香港文學史，都不可能將他忽略。

中秋節過後的一個下午，我們在康蘭酒店大堂裡等他。我們都有些擔心，他的心臟不太好，年紀也大了，最近剛入過一次醫院，從他家裡過來還得上一個小小坡道。他向來不樂意接受訪問，更不肯正兒八經地講述自己的創作生活，我們都有些忐忑，不知道這一番安排會不會太唐突了。

但舒巷城先生依時前來了，瘦瘦小小的身子，神態略顯疲倦，步履也比常人謹慎，臉上有那種孩童似的純真笑容，鄭重地說：已經答應了，一定會來的。

坐下後，我們說明這不是一次正式的訪問，只是一次老朋友式的聊天，當然我們希望他談談自己的生活與創作，但沒有既定題目，也不想得到太正規的答案，只是隨隨便便打發一個下午的時間。

如此我們就有一搭沒一搭地談起來。好像一切上了年紀的人一樣，舒巷城說起過去的事就難抑興奮心情。幼年的生活，傳統藝術的薰陶，年輕時走南闖北的歷練，民間的性情與智慧，文學藝術的通感，創作的摸索和喜悅，因為忠實表達自己而對自己選擇的文學道路今生無悔的心情。

話題散漫無序，氣氛卻自由無拘，時而輕歌一曲，時而開懷一笑，從他滔滔不絕脫口而出的講述裡，我們感染到一個文學前輩的真性情，如此更明白了「先做一個人，再做一個作家」的道理。

說起與文學結緣，舒巷城提起他一個叔叔。當他還在中學就讀的時候，在廣州參加早期中國戲劇運動的叔叔，就特地把一些中國話劇劇本寄到香港給他。雖然似懂非懂，但在戲劇那個虛構的藝術世界裡，少年舒巷城已經約莫體會到一種全新的生命感覺，成年人的世界對他還相當遙遠，而貫穿在戲劇裡的那些人情世故，愛與恨的糾纏，對光明的追求與黑暗勢力的揭露批判，深深打動了他的心。從此他明白了，世間有一種用文字書寫的東西，能將人生的酸甜苦辣都集中起來，給人看，讓人明白，激勵人的志氣，淨化人們的心靈。

興之所至，他隨口將曹禺《雷雨》、《日出》劇本中的一些經典對白背誦出來。

說起來也是幸運，舒巷城生活在一個充滿藝術氛圍的家庭，父親雖然做一點小生意，但全家都喜歡「大戲」（粵劇），從小他就跟父母親在香港看粵劇名伶的演出，「像薛覺先的戲，我一直都有看，一直到太平洋戰爭爆發後去了桂林，我還有看。你說我有多迷（粵劇）呢！」

母親是一位富於同情心的善良婦女，讀「苦情」木魚書《金葉菊》也會淚盈於睫。她喜歡看廣東大戲，也喜歡聽故事講故事，那些或溫馨或悲情的故事，一點點撩撥他敏感的心弦。

鑼鼓響起，大幕拉開，江山兒女，人世情仇，喜劇叫人傾倒，悲劇令人升華，一幕幕源於生活而又比生活更集中、更深化、更感人的故事，在少年舒巷城的心裡投下絢麗斑駁的影子，而那些優美的唱詞，動人的旋律，更潛移默化，在他心裡生了根。

十幾歲的舒巷城，雖然就讀英文書院，卻是一名標準的「粵劇迷」，他參加音樂社的粵曲訓練班，學「工尺譜」、「叮板」，學用椰胡拉《八板頭》，作曲填詞唱唸做，無一不吸引他。

說起粵曲眉飛色舞，舒巷城情難自已淺唱了幾句：

記當年，
為補破碎山河，
哪管得情心破碎……
家國恨，
如山重，
壓下了萬種相思……

他說：「很多粵劇的詞曲都很美，越鑽下去，越覺得粵劇的世界不簡單，連對白都有不平凡的張力。以往有的人看不到這一點，以為新文學大於一切，高於一切，看不起傳統的戲曲，那是大錯特錯的。其實粵劇是中國文化的一部分，短短一首曲詞，不僅詞意優美，音韻也好聽。」

「我年輕的時候，甚至想以一位粵劇藝人的生涯為題材，寫一部反映粵劇世界的長篇小說，那一定會是豐富感人的故事。可惜，那時刊載我作品的報刊，要求小說節奏要快，篇幅要短，我的構想終於無法實現。」

談到自己的藝術生涯，他謙稱自己的愛好「很雜」，不單對粵劇情有獨鍾，他還喜歡畫畫，少年時經常在天台上遠眺街道，一個人畫素描速寫。他還熱中於話劇的欣賞和創作，更數十年沉迷各種風格的中外影片。他還用心學過中國樂器，也喜歡聽音樂，傳統中樂和西方古典音樂一樣入迷。此外，借工作的方便，他還專注英語的學習和研究，除了讀過不少經典著作，更學習通俗的、常用的英文口語，並曾以英文寫作故事和新詩。

「但我更喜歡文學，三十年代讀書時，就讀了好多西方古典文學著作和當時知名作家的作品，更開始嘗試執筆學寫小說、新詩。抗日戰爭爆發後，許多內地作家南來，香港的文化事業蓬勃一時，那時也受到他們的影響，除了學寫一點生活短篇以外，也以王烙筆名發表過『七月是火的日子，是血的日子』那樣的詩。」

後來，有兩位較他年長的文學青年朋友，邀他一起出版詩集，他們曾經在某學院出了一本油印的詩集《三人集》，他的一輯名為「牆頭草」，其中有社會諷刺詩，也有宣傳抗戰的詩。可惜現在都找不到了。

讀完中學後，舒巷城離開日軍統治的香港，奔赴桂林，在那裡參加當地的文學活動。一九四四年秋天，隨着湘桂大撤退，他以難民身份徒步穿州過省，與一些青年朋友過着顛沛流離的生活，一方面感嘆祖國的壯麗河山，一方面又悲憫同胞的苦難，那種家國情懷，此後便深深植根在他的生命裡。

後來他到達昆明，在那裡考取美軍翻譯職位，在當時來說，已經算是較好的出路了。工作緊張，時局牽動遊子夢魂，東飄西泊，經歷了六載烽火硝煙的日子，於一九四八年才又回到香港。

在人生歷練的同時，他沒有忘記自己鍾情的文學藝術，他在上海、南京、北京等地，也磨練自己的筆。

回香港後，舒巷城先後在不同的商行、機構打工，幾十年做的都是與文學無關的工作，白天在寫字樓捱到金睛火眼，晚上回家，坐到自己書桌前，拿起筆，定下心，靈感方動，文思奔湧，宇宙人生千姿百態，過去未來無限時空，他又好像找回自我，在文學那一片園地裡，耕耘自己的春夏秋冬。

是甚麼支撐他數十年一往情深，與文學結下不解之緣呢？舒巷城想了想，說：「只能說是興趣。」當然，也是有理想的，但如果沒有那種對文字意象的敏感，對語言韻律的陶醉，沒有千慮一得的驚喜和滿足，沒有通過創作得到心靈的淨化和升華，再偉大的理想，也不過是一句空話吧！抽象的理想不能支撐一生不懈的追求，一定是有一種東西令自己心靈顫動，中宵起坐，獨自沉吟，一生為它傾倒，一味共它憔悴，這種東西就是文學。

「童年時我對很多事物感興趣，一如其他孩子。不同的只是，有些孩子喜愛這個，有的喜愛那個。所謂創作，其實就包含了生活折射的某種藝術感覺，包含了由此及彼的聯想，海闊天空的想像等等，如此說來，創作很早就令我傾心，以至於入迷了。

「對生活中的某些人、某些事，是先感興趣然後關心，還是先關心然後感興趣呢？抑或兩者可以同時出現？大概小說裡的一些人物，詩裡的一些感覺，是由二者交織着帶來的吧？

「對於像時代那樣的大題目，或者眼前的生活那樣的小題目，在感受上，我都快樂過、悲哀過、苦惱過，我把這些化為小說，化為詩和散文，成為一個習慣時，在我，也往往就是一種興趣了——如果我不唱高調，說甚麼使命感的話。」

寫了半個世紀，舒巷城用了不少筆名，如秦可、秦西寧、邱江海、舒文朗、方維、王思暢、向於回、于燕泥、陸思魚、石流金、尤加多等等，為甚麼要用這麼多筆名呢？

舒巷城說：「我因為一直在洋行、建築公司等機構做工，一來不想讓老闆知道自己業餘寫作，二來也不想在同事之間暴露了『作家』的身份，帶來諸多不便。這種不便主要也就是深入生活、和不同的人打交道的不便。簡單來説，也是創作上的不便。」

舒巷城解釋，五十年代初他曾以秦西寧的筆名，在《新晚報》梁羽生主編的「都市場景」專欄中及其他報刊上發表兩千字的短篇小説，以馬克·吐溫式的幽默手法描繪都市中的小人物。那時每月最多寫七篇，很多都受編輯和讀者的歡迎，梁羽生慣以「西寧」稱他，有的文友更親切地叫他「秦老西」，那時「秦西寧」在文壇上頗有名氣呢！

「秦」是他喜歡的一個字，「西」代表西灣河，「寧」代表太寧街，一個讀起來頗雅致的筆名，寄託他眷戀故土的深情。他後來更多地用舒巷城的筆名發表作品。因為喜歡「舒」字，又隱含「舍」、「予」的意思，「巷」和「城」又都是人居住的地方。從前他們家的後門外，有一條長巷。

住在西灣河的時代，父親開了一家店子在附近的筲箕灣，為某個牌子的汽水做該區的總代理。雖然他還年幼，但每日店中來往的各色人等——買汽水的街坊，出海捕魚的漁民，附近「艇家」的水上人，甚至拳師、説書人、街邊擺檔的落難才子、替人寫招牌的老先生等等，他們三言兩語帶來的外面世界絢麗色彩、人世的歡喜和悲情，為他打開人生的大門。

一個平凡的漢子竟能把唐詩宋詞背得滾瓜爛熟，另一個對《水滸傳》、《紅樓夢》裡的人物說起來如數家珍，還有一個大冷天在街上赤膊來往的司機，竟把《三國演義》足足讀了十遍。一個每日趕場奔走的琴師，對世態有真知灼見；一個長年對着大海的寂寞水手，能從平淡的生活裡發現詩。「難得的是，他們性格上雖然都有複雜的一面，但比起後來我們見到的一些自以為有文化而又滿肚密圈的人來說，卻質樸單純得多了。他們往往吵得面紅耳赤，過一陣子就沒事人一樣笑談，各自應付生活去了。這些人當中，有觸角特別敏銳的，也有天性感情細膩的，由於種種緣故，沒有走文學藝術的道路，但他們在日常生活中也往往能發現那些優美有趣的細節，反應奇速地爆出一句令人捧腹的笑話。」

民間的智慧、民間的氣息——成了舒巷城筆底的風情。正因為有足夠的生活素材的積累，也因為他的感覺完全來自真實香港的真實體驗，所以他的《太陽下山了》、〈鯉魚門的霧〉等膾炙人口的長篇和短篇，他那些為民眾吟哦的詩作、清淺如話意味深長的散文，才那樣洋溢真實生活的情味，令人低徊不已。

數十年與文壇保持適當距離，即使成名了，也不對名利耿耿於懷，這樣獨立特行的姿態，使舒巷城有機會深入到社會生活的深處，和許多寂寂無聞的普通人交朋友，一點一滴地吸收生活的營養，創作有血有肉的作品。

在文學界朋友的心目中，舒巷城是一個既西化又傳統的作家，對傳統的着迷和對西方文學的浸淫，使他有比一般作家更優異的素養。他曾翻譯過英國小說《望海樓》、海明威的《橋邊的老人》等，還縮寫過果戈里的《死魂靈》和陀思妥耶夫斯基的《卡拉馬助夫兄弟們》、《罪與罰》等名著出版。在文學的傳統和創新兩者之間，舒巷城致力於追求一種恰到好處的分寸，取得適當的平衡。他既不拘泥於傳統，也不為現代而現代，在他看來，文學的表現手法不是孤立的東西，它最終是為內容服務的，適當的技巧表現適當的內容，而不是兩者背道而馳。

舒巷城的詩，一般都有很典雅的節奏感，詩意含蓄溫醇，卻又保持一貫的敏銳凝煉，他曾寫過一首名為〈復活〉的詩，其中有幾句這樣寫道：

……

你知道嗎
我從一個閃着幸福與微笑的
嬰孩的瞳孔裡

看見一百年前被打得遍體鱗傷
然後被埋葬了的春天

在另一首〈繁華〉中，他寫道：

……

繁華是一把金剪刀
它不會錯過
即使你傷口上的一根羊毛

人與人之間，是「上了鎖的心」——他在〈提防〉一詩裡寫道：

那不安全的四季
已使人變得鐵石心腸
於是在狹窄的電梯間
在曲折的樓梯上
我們相遇卻互相提防

他也寫過一些較有現代派意味的小說，嘗試以新的手法捕捉新的意念。他也試過用詩的語言來寫小說，強化作品的詩意感覺。而同時，他也寫過一首詩，借用典型的現代詩表現手法，諷刺那些對現代派技巧生呑活剝的時髦詩人。

「有的人，連文字都未搞通，就去搞甚麼現代派，寫出來自己不懂，別人也不懂。這樣為現代而現代是不行的。作品要給人以一定程度的理解，像台灣詩人瘂弦，他的詩現代感很強，但讀來令人明白共鳴。小說創作也有這個問題，有的人以為不明白便好，其實恰恰相反，凡是刻意追求，缺乏誠意就不好了。為現代而現代，為創作而創新，形成一個魔障，那就不好了。」

年事已高的舒巷城，說起一生經歷難禁欷歔。他有幾位親密無間的弟弟，個個多才多藝，有的能寫，有的能畫，有的能拉能彈能唱能撰曲。他們以前常常在一起談文說藝，像朋友多過像家人，而且每人都可以獨當一面，合在一起幾乎能演一台戲。

可惜的是，去年（九七）二月間，他一位才華橫溢的弟弟，才六十一歲就匆匆謝世了，舒巷城談起這個多才多藝的弟弟，臉上泛起痛惜的神色。「健康實在太重要了，尤其對創作的人來說，一定要懂得好好珍惜。」他告誡我們。

舒巷城七十多歲了，心臟有毛病，醫生一再囑咐他「不要激動，保持情緒平靜，多休息」，他調皮地問醫生：「我盡量不激動，但有時有少少激動是不是可以呢？」

事實上，現在除了有一些真正令自己激動「不能不寫」的題材以外，他已大量減少寫作時間，平常看看書，散散步，聽聽音樂，有妻子的悉心照顧，他覺得生活得還很隨意舒適。有一次，一位朋友打電話來聊天，有一些話語觸動了他，令他感到有創作的衝動，放下電話後便伏案構思寫作，一個晚上寫出了一篇小說，先讓太太當第一個讀者，自己再修改到滿意了，才拿出去發表。早兩三年，他還在報上寫一些文藝和生活隨筆，最近則多寫一些舊體詩詞，以此自娛。

舒巷城認為，寫作的時間和作品的優劣不一定成正比，有時幾十年時間也未必寫出一部好作品，但有時幾天之間就能出佳作，這都是因人因狀態而異。在他來說，生命已和創作緊密連繫在一起，現在的身體和精神雖然大不如前，但時常還會有創作衝動，他會慢慢地想，好好地寫，文學創作甘苦自知，先淨化自己，再感染別人，而在茫茫人海裡有一個兩個知音，由他的作品裡得到一些共鳴，在他說來，已經是最大的報償。

離開酒店時已是黃昏，我們陪舒巷城走過街頭的人流。在人群裡他是一個毫不起眼的普通老人，沒有人知道他的作品曾經打動過無數文藝青年的心。數十年來他這樣默默走過香港的街道，呼吸平民的氣息，感覺城市的脈動，他見證香港半個多世紀以來的滄桑，以他的孤獨和辛勤經營自己的文學園地，只問耕耘，不問收穫，比起那些招搖撞騙之徒、沽名釣譽之輩，在這個瘦小老人身上不是有更多真性情真才華真勇氣嗎？

沒有真性情，談甚麼文學藝術呢？不能踏踏實實地做人，又如何以智慧和才情打動別人？離開舒巷城時，我們都這樣感慨着。

原刊於《香港作家》，第一二二期，一九九八年十二月

下篇　回憶舒巷城

敬慕・情深——訪問王陳月明女士

王陳月明女士即舒巷城的太太。熟悉她的朋友都喜歡稱呼她為巷城嫂，我在訪問中也以此相稱。舒巷城先生的生平和經歷，已經有不少文獻記錄，讀者不難在圖書館找到這些資料。因此，這次訪問的主要目的，是與巷城嫂談舒巷城先生一些較少人留意或提及的往事，希望可以為目前的文獻做點補白的功夫。本訪問稿經巷城嫂審閱定稿。

日期：二〇〇九年六月二十一日（星期日）

時間：上午十一時至下午二時半

地點：香港鰂魚涌華蘭路 ēpöch 餐廳

巷城嫂近照

王：王陳月明女士（巷城嫂）　　馬：馬輝洪

馬：今天很高興與巷城嫂談談舒巷城先生的往事，我們由他年輕的時候談起吧。舒巷城先生在自傳裡提及年輕時在上海印書館的《兒童世界》投過稿，亦以王烙等筆名發表過一些小說、詩歌的習作，但未有詳細說明當時學習寫作的經過。巷城嫂，可否說說舒巷城先生在求學時期的閱讀和寫作情況？

王：我收到你傳真過來的訪問大綱後，曾經致電余呈發先生，向他查詢巷城年輕時候的寫作情況。余先生是巷城年輕時一起寫作的朋友，現在已經九十多歲了。余先生與巷城的認識始於投稿。當時，巷城在中環就讀英文中學，而余先生住在深水埗。巷城的鄰座同學是余先生的街坊，不時幫余先生送稿到報館，於是巷城常常看到余先生的稿子。後來，透過這位同學認識了余先生。此後，巷城和余先生經常討論寫作和投稿的事情。余先生曾介紹他多看張天翼和老舍的作品。巷城曾經向我說，他上課的時候，有時會在枱下偷看中文小說。他看英文小說最勤的時候，反而是後來在美軍工作的期間，因為向美軍圖書館借書很方便。可以說，余先生是巷城在求學期間過從甚密的寫作朋友。

有時候，余先生自己到報館交稿，因而認識了副刊編輯，也遇見過茅盾。閒聊間，他們知道余先生愛文學、愛寫作。不久，報館要請校對，他們便介紹余先生入報館工作。他很喜歡這份工作，很想做校對，但找不到店舖擔保。比他小三歲的巷城知道這件事後，很着急，立即回家跟家人拿家裡士多的印章擔保余先生。巷城家人不認識余先生，當然不肯。巷城費盡唇舌，說服了家人，而余先生終於如願，當了校對。

馬：舒巷城先生曾經在《舒巷城卷》提及他第一本著作，是與另外兩位朋友合著的《三人集》。請問《三人集》是由哪所學院出版的？另外兩位作者是誰？

王：至於《三人集》的出版情況，我向余先生查證，問他是不是其中一位作者，他說不是。他表示《三人集》另外兩位作者都是巷城的朋友，其中一位姓楊，可惜他已忘記了這位楊先生的名字，只記得這位楊先生的全名有三個字，是一位教師。我估計這位楊先生就是《艱苦的行程》裡描寫的楊華，因為他與余先生的描述很吻合。當然，楊華不是真名。很可惜，余先生也不知道出版《三人集》的始末。巷城曾經對我說過，在日軍侵略香港期間，他親手把《三人集》和很多稿件燒掉了。

馬：舒巷城先生在《艱苦的行程》裡，詳細描寫了他在一九四一年十二月日軍侵佔香港後，至一九四四年十一月抵達貴陽的生活。一九四五年至一九四八年期間，他先後到過越南、上海、東北、天津、北京、南京等地，但沒有在《艱苦的行程》反映出來，有特別的原因嗎？

王：有沒有特別原因，我不知道。他在生時我沒有問過這個問題。不過一九四五至四八年間，他曾用史溫尼和秦可這兩個筆名發表過一些詩；而中篇小說〈林明雙之謎〉是一九四八至四九年間寫於越南；而在〈離亂手札〉裡提過的長詩〈一三四行〉〈黃昏之獻〉是一九四五年在昆明寫的。

花千樹紀念版，二〇〇九年

馬：《舒巷城卷》裡有一輯由一九三九至四八年間的詩作，而著名的〈鯉魚門的霧〉則在一九五一年發表。舒巷城先生在一九四九至五一年間有否創作和發表作品？

王：巷城在生時，他最寶貴、最小心收藏的一本貼稿本子，貼了全是署名秦可，於一九五〇至五一年間發表於孟君主編的《天底下》月刊文藝創作版的作品（除了〈莫如湘〉在《生活樂園》發表外），首篇貼的便是〈鯉魚門的霧〉。

馬：巷城嫂，可否談談舒巷城先生在一九四八年回港後的生活情況？

王：他對我說，回港後不久就在洋行擔任會計工作，當時的寫字樓就在半島酒店裡面。後來，他在荷蘭人開設的商行裡工作，寫字樓在中環告羅士打行。之後，他轉到華人的建築公司任職，由六十年代一直工作至八十年代都是在同一公司上班。他日間上班，喜歡晚上看書或寫作，常常待至凌晨三、四時才休息。六十年代初，他因病住院而需要醫藥費，剛巧，甘豐穗先生找他寫一本帶有偵探故事情節的長篇小說。於是，巷城寫了《白蘭花》這部小說。

馬：舒巷城先生回港後的經歷，說明了他一直有穩定的工作，基本上不需要靠寫作為生。寫作始終是他最大的興趣。

王：對。寫作是他最大的興趣、最大的享受。他為人灑脫，從不打算把發表過的文章結集出書。他在生時，有好幾家出版社約他出書。他也從未跟我說過如何處理他的著作。他往往隨手剪下在雜誌發表的作品，隨便放進信封裡便算。後來我整理這些作品，發現很多文章沒有出處和日期。除了較為熟悉的筆名如秦西寧、方維、邱江海、舒文朗、尤加多、石流金、秦可、王思暢、向於回、陸思魚等，還用過于燕泥、秦城洛、秦楚深、秦中行、王虹、喬中橋、丁之曲和沙水寒等等。他用沙水寒這個筆名寫過好些短篇、極短篇，甚至出過書，但不知為何，從未見他提及這個筆名。

馬：六十年代，舒巷城先生的著作在星馬一帶相當流行。舒巷城先生早於一九六七年已經與新加坡的年青朋友有書信來往，談人生，談寫作。巷城嫂，我知道你是馬來西亞華僑，來港前居於檳城。請談談星馬讀者如何認識舒巷城先生。

王：當時，香港有很多書刊發行到南洋。星馬讀者透過《伴侶》雜誌認識巷城，尤其是他在這雜誌發表的中英文詩。他們都是首先讀巷城的詩，然後再讀他的小說。那時候，不少讀者寫詩、寫信到《伴侶》，託出版社轉給巷城，而巷城也認真地回信給他們。巷城曾經試過連續幾期沒有發表作品，有些熱情的讀者就會寫信給《伴侶》的編輯，追問原因。我也是從《伴侶》開始讀他的作品，特別喜歡他的中英文詩，我每讀一首巷城的詩，都會抄下來反復誦讀。後來我寫信給他，他也回信給我，我們就這樣通信起來。

馬：舒巷城先生先後多次到星馬，有沒有出席過當地的講座、讀者會等活動，與讀者見面和分享寫作心得？

王：據我所知，當時沒有舉辦過這類活動。不過，他曾與相熟的作者如秦林、蔡欣、林臻等見面，他們又介紹了一些新的寫作朋友。到了八十年代，曾有兩次大型的文學活動邀請他到星馬，但他都沒有成行。我猜想他是怕應酬，因此沒有應邀。其實，一九七七年他前往愛荷華之前，也曾經因為工作的關係而有所猶疑，但我堅持他一定要去愛荷華，因為這是非常難得的機會。幸好，公司最後都批准他的申請，停薪留職放假五個月。

馬：我們現在談談《舒巷城選集》。伍國才先生（黎歌）在〈前言〉中提到舒巷城先生的一位「寫作朋友」，這位朋友是否就是余呈發先生？

王：我相信就是他。

馬：〈前言〉中提及舒巷城先生曾經寫過粵劇藝人生涯的中、長篇作品。伍先生所指的是哪些作品？

王：可能是〈隔牆之戀〉（筆名沙水寒）、〈春歸何處〉（筆名秦楚深）等作品。

馬：伍先生提到舒巷城先生寫過一篇〈離亂手札〉，請問這篇作品在哪裡發表？

王：這就是巷城的走難日記本子裡的一些片段，他一直保存這本日記簿，後來以此寫成了《艱苦的行程》。這篇作品在《天底下》發表。

馬：伍先生與舒巷城先生相識接近半個世紀，為何竟然在〈前言〉說一九四二年秋舒巷城先生離港回內地時是十九歲，而不是正確的二十一歲呢？過往有些學者依據〈前言〉的資料，錯誤地以為舒巷城先生的出生年份是一九二三年。

王：這點的確很奇怪，我也不曉得是甚麼原因。巷城沒有對我說過這件事，可能他也沒有留意這事吧。

馬：我們談談《舒巷城卷》吧。舒巷城先生在〈放下包袱，談談自己〉中提及一位對他影響很大的音樂家，這位音樂家是誰呢？

王：巷城曾多次向我提及這件事，可惜我現在已無法記起這位音樂家的名字。巷城年輕時很喜歡作曲，曾經把寫好的作品寄給這位音樂家。這位音樂家看過後，很欣賞巷城的天份，說這些作品是受過專業訓練才寫得出來的。巷城知道後很開心，飄飄然的。他說他幾乎要專心作曲，差點做不成詩人了。除了作曲，他也喜歡繪畫，每次外遊他都會畫很多畫，馬來西亞、日本、美國、歐洲都是如此。不過，他在家的時候卻從不作畫。所以，我笑巷城說如果他要轉行，他不知要轉哪一行才好。

舒巷城在新加坡河畔寫生（一九七五年）

馬：另外，〈放下包袱，談談自己〉提到他在三十年代讀了一些西方作家的作品。舒巷城先生是否特別喜歡海明威的作品？

王：對，巷城很喜歡海明威，欣賞他認真創作的態度。他說海明威曾經修改一篇小說的一段文字多達五十次。

馬：七十年代中以後，為何舒巷城先生發表的作品以散文為主？

王：他沒有對我說過有甚麼原因。其實，他沒有刻意想甚麼時候寫甚麼類型的作品，靈感到的時候他就會寫。那時候，他有寫專欄，譬如「小點集」、「水泥邊」、「無拘界」、「無拘草」（合寫）、「品茗絮語」（合寫）等，所以他較多寫散文，較少寫小說。巷城每做一件事，只會專心做好它，不會理會其他事情。後來，他到港大上班，時間較為充裕，我曾經鼓勵他再寫小說，可惜始終沒有成事。

馬：舒巷城先生的作品曾經改編為電視作品及話劇演出，可否談談這方面的情況？

王：一九九四年新域劇場改編了《太陽下山了》在西灣河文娛中心文娛廳演出。一九九五年香港電台「寫意空間」改編了《鯉魚門的霧》在電視上播出。去年（二〇〇八），浪人劇場改編了《鯉魚門的霧》在香港中央圖書館展覽廳演出。

舒巷城伉儷攝於京都（一九七八年）

馬：巷城嫂，可否談談你寫三篇懷念舒巷城先生文章的緣起？①

王：〈給巷城〉是應羅琅先生的邀請，收入他主編的《鑪峰文集二〇〇六》。我本來婉拒了羅先生的好意，因為我不懂寫文章，但他盛意拳拳，又來信又來電話，多次鼓勵我交稿，我只好硬着頭皮把文章寫出來。文章寫好後，他替我先交給文學雜誌發表，於是這篇文章首先在《香港文學》發表。〈相敬相惜——舒巷城二三事〉是梅子先生約我寫的，希望我在《城市文藝》寫一篇文章紀念舒巷城逝世七周年。至於〈天長地久〉，也是梅子先生的《城市文藝》要出「舒巷城先生逝世十周年紀念專輯」，再次約我寫一篇懷念文章。其實，寫這三篇文章的時候，想到甚麼就寫甚麼，很隨意，但也頗傷神。

馬：從一九九九年開始，巷城嫂一直整理舒巷城先生的著作，重新在花千樹出版，未來有甚麼出版計劃？

---

① 即〈給巷城〉（《香港文學》，總第二五六期，二〇〇六年四月）、〈相敬相惜——舒巷城二三事〉（《城市文藝》，第一卷第三期，二〇〇六年四月）及〈天長地久〉（《城市文藝》，第四卷第三期，二〇〇九年四月）三篇文章。〈給巷城〉收入《舒巷城紀念集》時改題為〈遙寄巷城〉；〈相敬相惜——舒巷城二三事〉先後收入《鑪峰文集二〇〇七》及《舒巷城紀念集》時改題為〈相敬相惜——憶巷城二三事〉；〈天長地久〉先後收入《鑪峰文集二〇〇九》及《舒巷城紀念集》。

王：今年（二〇〇九）書展會推出《舒巷城紀念集》，日後會出版評論集。另外，還有好些散文、短篇和中篇小說、民間故事及幾篇滑稽武俠短篇，希望能夠繼續出版。

原刊於《城市文藝》，第五卷第二期，二〇一〇年七月

超越半世紀的情義——訪問張五常教授

張五常教授認識舒巷城先生五十年，對舒先生上世紀四、五十年代在西灣河太寧街的生活，以及八、九十年代在香港大學的工作有親身的接觸和了解。訪問中處處流露着二人逾半世紀的情義。

日期：二〇一二年八月十七日（星期五）

時間：上午十一時三十分至十二時三十分及二時至三時廿分

張五常教授受訪時攝

張：張五常教授　　　馬：馬輝洪

馬：今天很高興與張五常教授見面，談談舒巷城先生在西灣河太寧街的生活逸事，以及後來在香港大學的工作情況。張教授甚麼時候認識舒巷城先生？

張：從一九四九年認識深泉算起，到一九九九年他逝世為止，我們相識剛好五十年。他處事為人低調，很少談到私人的事情。不過，他與談得來的朋友閒聊時，可以長江大河般滔滔不絕。我與他是無所不談的摯友。

我看過你先前做的訪問，發現有一個很大的遺漏，就是完全沒有提及他在太寧街的生活。

馬：對，主要因為先前的受訪者並沒有在太寧街生活過。所以，我今次草擬訪問大綱時，提出了不少關於太寧街的問題，就是希望張教授以參與者的身份與我們分享這段往事，補充舒巷城先生當年在太寧街生活的點滴。

張：深泉當時用的筆名是秦西寧。我在太寧街認識的秦西寧，與你們認識的秦西寧很不同。

秦西寧在太寧街認識的朋友，與他認識的文壇好友，互不相識，彷彿生活在兩個世界似的。

馬：張教授可否簡略描述舒巷城先生在太寧街的住所？

張：太寧街本來由山腳一直延伸向海，後來電車路靠海一段給拆掉了（即現今太安樓的位置），現在只剩下一段短短的太寧街。太寧街的坐向與海邊垂直，原本有廿八個門牌，廿七號和廿八號就是位於臨海位置。當時，太寧街全部都是太古宿舍，屬三層高的紅磚樓。深泉一家住在廿七號地下，大門常開，從不關門。

傍晚時分，大家下班後聚在廿七號一起閒聊，有小販擺賣零食，有人唱粵曲，有人彈揚琴，有人講足球……大家雖然窮，但自得其樂。

馬：為甚麼他們的大門常開？

張：因為他們把幾百呎的居所分租出去，租客包括姓彭和姓王兩家人。屋內共有三個房間，一個客廳，還有一個天井。深泉在客廳睡帆布床，三位弟弟睡「碌架床」。客廳還有一張小書枱，一盞枱燈。

我在內地讀中小學時經常逃學，甚至留班，最終被趕出校門。但論到嬉戲耍樂，我總是第一名。來港後，我先後住過西灣河的橫坑村和奧背龍村，是深泉的小弟柏泉在灣仔書院的同學。所以我經常在太寧街流連，與深泉一家人熟稔。深泉是大哥，然後是照泉、禮泉和柏泉。他們四兄弟的心臟都有問題，禮泉逝世時只有三十多歲，柏泉與我同齡，逝世時約六十歲。

一九九七年深泉心臟有問題，我用盡人事找心臟科的權威鄭俊豪醫生幫他診治。我私下問鄭醫生深泉還有多少日子，他表示大約兩年左右，不幸言中。鄭醫生不僅治療深泉的心臟病，還繳付了養和醫院的費用，俠義心腸。我後來囑秘書多番催促，鄭醫生才肯收回深泉的醫藥費。後來，當我聽到照泉心臟有問題時，知道這是遺傳的，無法避免，立即叫他做「通波仔」手術。他多次推搪，最後都做了手術，現在只有他健在。我大概一年前與他通過電話，他聲如洪鐘，身體應該很好。

他們四兄弟的感情很好，深泉很疼惜三位弟弟，為他們打點一切，而他們也非常尊重大哥，經常「泉哥」前「泉哥」後。與深泉最談得來的是四弟柏泉，所以柏泉過世時，他非常難過。其實，柏泉先後兩次腦中風，忽然間沒有了記憶，甚至失去説話能力。如果深泉當時沒有向我隱瞞柏泉的病情，找一位好醫生治療他的心臟病的話，柏泉或許可以多活幾年。柏泉離世時才六十歲，太早了！

他們四兄弟都是才子，而且是了不起的人物：深泉是大作家，我們認識時他剛發表了著名作品〈玻璃窗下〉（一九五〇）、〈鯉魚門的霧〉（一九五一）等等；照泉是粵曲界鼎鼎有名的「王君如」，他的作品在粵曲界無人不知；禮泉捉象棋、彈三弦瀟灑利落；柏泉曾跟隨楊善深老師學畫，琴、棋、書、畫樣樣皆精。由照泉作曲，禮泉彈三弦，柏泉拉二胡，深泉唱曲，他們四人已經可以表演了。他們常說我比他們聰明，但我認為他們四位都是難得的奇才。我沒有他們的才氣，但他們沒有我的「殺手本能」（killer instinct）：如果我要做一件事，一定會堅持到底，直至完成為止。他們幾兄弟為人低調，不求聞達，自得其樂，與我一往無前的品性不同。儘管性格不同，我與他們相處融洽，無分彼此。他們的母親甚至待我如兒子般，十分疼我。

太寧街能人雲集，出入的都是古靈精怪的人物，但他們都沒有從事不法勾當。深泉為人正派，旁門左道的人士都不會走到廿七號。如果沒有深泉，我不敢擔保太寧街會不會從事不三不四的非法勾當。我自小讀書不成，在太寧街流連的八年歲月（一九四九至一九五七年），終日在一群奇才之間打滾，心領神會，總會悟出成就學問的竅門。我後來到美國讀書闖出名堂，都是拜長時間在太寧街耳濡目染所賜。

我們之中，只有深泉擁有中學畢業的學歷，而且是唸英文中學的，後來在桂林更擔任美軍翻譯。他不僅以文學創作成名，而且能撰粵曲、唱粵曲、繪畫等等。當年，太寧街的人都稱呼他為「泉哥」，十分尊重他，我則跟隨他的母親叫他「深泉」，沒有其他人夠膽這樣稱呼他。

深泉喜歡吸煙和飲咖啡，下班後經常到位於電車路的廣德隆，邊飲咖啡（每杯三毫子）邊看報紙，經常一坐一、兩小時才離開。

馬：請問廣德隆的具體位置在哪裡？

張：我們慣稱太寧街為第二街，廣德隆位於第四街對開的電車路，而第一街對着街市，第五街對着球場。第二、三、四街兩旁都有紅磚樓，第一、五街只有一旁有紅磚樓。深泉不想別人知道他的作家身份，發表作品時用了很多筆名。

馬：他為甚麼用這麼多筆名去掩飾作家的身份？

張：他是「打工仔」，不想老闆知道他的作家身份。他當時為《新晚報》寫稿，而《新晚報》是一份左派報紙，他當然不想太張揚。他曾經有一些親左的傾向，與我爭辯過馬克思的思想，包括「剩餘價值」的問題。幸好，他沒有沉迷共產主義，尤其是文革之後，令他對共產主義更有戒心。

深泉吸引我之處，在於他的學問，譬如對平仄的分析，對杜甫、蘇東坡、李白的看法，甚至與托爾斯泰、巴爾扎克的比較等等，都是中學不會教、教科書不會講的學問。這些學問就是他的「一家之言」。一九四九年，他只有廿八歲，也不過是一名中學畢業生，已經能夠成為一家之言，殊不簡單。坦白說，我對這些作家的看法，都是受到他的影響。

深泉的學問深厚，除了我以外，絕少與人爭辯文學問題。我與他經常爭辯至天昏地暗，在太寧街的街坊之中，無人不知。他看得起我這個黃毛小子，可能與我背誦詩詞的能力有關，儘管我對詩詞的內容不甚了了，但勝在倒背如流，令他刮目相看。例如，我們對李白和杜甫的看法不盡相同，我喜歡李白，他則喜歡杜甫，我們經常為此爭辯不休。我喜歡李白的誇張可愛，但討厭杜甫的哭哭啼啼。除了李、杜外，他還欣賞李賀的鬼才，以及毛澤東的詞。

另外，深泉的打油詩一揮而就，如行雲流水，令我佩服。我曾經懷疑報刊刊登他的打油詩，是因為「秦西寧」的大名。大約是一九五四年，有一天我與他打賭：如果他的打油詩沒有「秦西寧」的名字，編輯就不會選用他的作品。深泉聽後不服氣，隨手寫了兩首打油詩，然後由我謄寫一遍，胡亂寫上一個筆名後寄往《新晚報》，看看編輯會否刊登這兩首詩。後來，這兩首詩竟然刊登出來，嚇了我一跳，我立即跟柏泉說：「這兩首詩已經發表了，千萬不要告訴你大哥。」當深泉看到這兩首詩時，他同樣跟柏泉說：「你千萬不要告訴張五常這個消息。」我不得不信，深泉的確是有才華的。深泉的品味好，我們都受到他的影響，品味也好起來。

馬：張教授曾經在文章中提及抗戰期間在廣西「暗」隨一位「八股先生」背誦古書的往事。張教授可否談談這件事？

張：當時我只有七歲，隨家人走難來到廣西一條叫「那沙」的小村落。這時候，剛巧遇到一位「八股先生」走難到那裡，他身上帶着幾本古文書，其中包括《唐詩三百首》。母親認為多讀一點書總是好事，於是囑我跟這位先生學習。當時的物資奇缺，沒有紙筆，這位先生只好吟誦一遍，我就跟着他背誦一遍。小孩子的記性比較好，很快就牢牢記住了。半年下來，我已經背誦了很多唐詩。不過，對詩詞的內容，就不求甚解。後來，在與深泉論詩的過程中，對詩詞有深一層的體會。

馬：當時有哪些奇人異士在太寧街廿七號出入？

張：在太寧街廿七號，深泉是主角，我亦分佔一個角色，其他如乒乓球高手容國團（曾代表中國奪得世界乒乓球賽男子單打冠軍）、象棋神童徐道光（曾代表香港參加國際賽）、足球名將黃文華（曾是中國國腳）、功夫教頭陳成彪、粵樂師傅黎浪然、龔添貴、何佳等，其他特立獨行的人物如陳文、劉基、黃德寬、劉仔、楊仔、徐炳垣、甄錦旋，還有「通天曉」大珠、「科學家」王洪慶等等二十餘人經常在那裡出入。雖然他們大部分是在太古船塢打工的「散仔」，但全屬一時人物，惺惺相惜，在太寧街廿七號留下不少風雲逸事，成為佳話。

馬：舒巷城先生在《太陽下山了》經常提及一個場景，即「泰寧街」與海旁之間的沙地，與現實的太寧街與海旁之間的沙地相似嗎？

張：太寧街廿七、廿八號與海旁之間有一條長長的沙地，沿海旁一直伸延至太古船塢，寬四、五十呎。晚上，沙地上有很多賣藝人開檔，如耍功夫、唱粵曲、說書人講武松過崗等等，與《太陽下山了》的描寫相似。我常常跑到沙地聽故事，母親經常要拉我回家。

我對經濟活動的觀察，是由太寧街開始的。在太寧街生活的人，經常朝不保夕，他們怎樣思考、掙扎和求存，我都瞭如指掌。譬如黎浪然因為窮，把外套拿去當舖，我冬天見到他只穿一件單衫，問他為甚麼不穿外套，他很幽默地說：「我在扮泰山！」由此可見，生活在太寧街的人面對艱苦生活時如何變通求存。所謂窮則變，變則通。所以，我當年撰寫英文論文時，運用理論靈活多變，善於觀察生活細節，與接受傳統訓練的學者大異其趣。我這套理論的根源，無非來自對太寧街的觀察。如果沒有太寧街的經歷，我的文章就沒有現在的神采。

馬：經常出現在太寧街廿七號的人物中，有沒有與《太陽下山了》的兩位主角林江和張凡相似的？

張：我沒有在太寧街見過與林江或張凡完全相同的人物。我覺得林江有些地方似我，有些地方又似其他人。《太陽下山了》所描繪的生活，則與太寧街廿七號相似。如果說有甚麼不同的話，就是深泉只集中描寫人性善良和美好的一面。

當年，他把《太陽下山了》寄給我，我一看就知道是傳世之作。後來，我把這本書給一位很喜歡文學的朋友看。他讀畢後，對我說：「諾貝爾文學獎的作品也是如此而已！」我覺得《太陽下山了》有諾貝爾文學獎的水平。譬如大文豪海明威的《老人與海》，只是一本小書，但小說傳達的哲理，令人印象深刻。《太陽下山了》表達的哲理與《老人與海》不同，透過窮苦階層的生活，表現人性善良的一面。在太寧街生活的人都是一窮二白，前路茫茫。深泉偏偏對這些人給予無限的同情，寄予深切的希望，寫起來感情豐富。生活無論多艱苦，人與人之間仍然有愛。他對《太陽下山了》十分滿意，我們通信時，他曾經提議由我英譯這本小說。但我的英文水平是無法處理文學翻譯的。

馬：舒巷城先生為甚麼會有翻譯《太陽下山了》的想法？與諾貝爾文學獎有關嗎？

張：他認為這本小說是傳世之作，所以希望把它翻譯出來，帶給西方讀者。他純粹以為我可以替他翻譯，絕對沒有想過諾貝爾文學獎的事，他並不是追逐名利、沽名釣譽的人。

馬：舒巷城先生的作品經常提及海員的生活，而且寫得巨細無遺。他是否有特別熟悉的海員朋友呢？

張：深泉的家位處海邊，自然有很多海員出入，其中一位叫徐炳垣，是深泉的好友。他們都是說故事的能手，深泉對行船的知識，都是從他們那裡聽來的。

馬：除了〈太寧街的往事〉一文外，張教授似乎未有多寫太寧街的文章……

張：我今年已經七十六歲，經濟學的思維還像四十年前，希望利用未來一、兩年時間完成《經濟解釋》第四卷。之後，我還要應付很多工作，暫時無法分神寫太寧街的舊事。當年在太寧街生活的人之中，可能只有我殺出重圍，到外面闖。我廿四歲才開始讀大學，用了九年時間就取得教授的職銜。其實，當年在太寧街的能人異士如果有機會到外面闖的話，同樣會造出驕人的成績。最令人傷感的是，當年不少奇人異士的下場都不好，包括愛國的容國團。

馬：我們離開太寧街，轉轉話題。一九八五年開始，舒巷城先生為張教授修訂文字。張教授如何說服舒巷城先生來幫忙？

張：我出版了《賣桔者言》（一九八四）之後，發覺需要找人替我修改文字。於是，我想起深泉。他考慮了幾天後就答應了，辭職後到香港大學上班，我安排了一個辦公室給他。

他每天通常都回來一趟，準時完成給他的工作。每次，我用原稿紙寫好文章後，就交給他修改，然後他替我謄寫一遍；所以，我收藏的舊稿一部分是深泉的字迹，他的字很漂亮，每個字都在方格內。那段日子，深泉的生活很愉快，自由自在，無拘無束。有時，我回內地進行經濟調查，他也會同行，分別到過溫州、武漢等地。

深泉替我修改文章時，通常改動不大，只換換幾個字。我後來才知道他不敢隨便改動我的文章，因為我是大學教授。事實上，我從他身上學了很多中文的寫作技巧。

舒巷城攝於香港大學辦公室

深泉由一九八五年開始幫手，直至他患心臟病為止，前後十二年。病發前三年，我強迫他接受我的稿酬，按期存入他的戶口，再授權給我管理。深泉為人淡泊名利，不會無緣無故受人恩惠，我只好想到這個辦法，讓他放心日後的生活，最難得的是他肯接受這個安排。他患病後，很擔心王太（即深泉嫂）日後的生計。我對他說：「你不用擔心深泉嫂，我不會那麼早死。」他們在鰂魚涌有一個住宅，日後的生活費又有着落，深泉就可以無牽無掛了。深泉逝世後，我對王太說不要動用這些稿酬，我會用我的版稅來成立花千樹出版有限公司，出版深泉和我的書。我們都知道，文藝書籍在香港的銷路不多，與其求人出版，倒不如成立出版社自己出版。

馬：張教授曾經在文章中表示，當讀者知道他的文章由舒巷城先生修訂後，反應很大。舒巷城先生的反應又如何呢？

張：他常常向朋友澄清，說很少修改我的文章，每篇只改幾個字而已。他這種說法也是實情。其實，我覺得他的修改不是太多，而是太少。深泉走了後，我再執筆寫文章，只能夠自己修改。我發覺我的中文進步了，是因為深泉多年來替我修改文章所致。

多年來，我只有一篇文章被深泉勸止不要發表，那是一篇關於辛棄疾的文章。我以《青玉案》及稼軒其他的一些詞為例，指出辛棄疾在作品中是以光寫意，並且認為他可能是歷史上第一個印象派藝術家。深泉認為我的論點過於膽大，會開罪「專家」，勸我不要發表。深泉為人處事謹慎，很少胡亂發表意見，所以他的話，我很少不聽從。最後，我也沒有發表那篇文章。

馬：張教授認為舒巷城先生在哪方面改善了你的文章？

張：深泉的文字根底比我好，懂得運用最恰當的文字。譬如，他向我提過「實不相瞞」是用來形容好事，「毋庸諱言」是形容壞事；又如，在日期前不用加「在」或「於」字等等。對於我的文章，他曾經稱讚過兩點，其一是我在文章中可以隨意套用古典詩詞，其二是我為別人寫的序言寫得好。總的來說，深泉喜歡我的文章。要不然，我怎麼可能請到他幫手。

我現在寫好稿後，首先會修改一次，然後傳給人打字，打字稿回來後再修訂一遍，更正後傳給花千樹總編輯葉海旋先生校訂，訂正回來後我會再改一次，因此讀者看到我的文章已經是第五稿了。

馬：張教授曾在〈悼深泉〉一文中說：「深泉看似平凡，自認平凡，凡事小心，從來不說謊話，對聲名避之若蠍。」[1]張教授可否對此略作說明？

張：我知道深泉對自己的作品頗有自信，不過從不宣之於口，更從不公開批評別人，為人謙

① 見張五常〈悼深泉〉，http://nscheung.blogspot.hk/1999/04/blog-post.html。

厚。他很重視自己的作品，有好幾次我們私下閒談時，表示他的作品與一般的水平不同。他說一首詞是否通順，一看便知曉。我一直認為有才華的人怎可能會不高傲呢？深泉不會是例外吧。

馬：我們談談花千樹吧。花千樹出版了二十多本舒巷城先生的著作，哪幾本作品最受讀者歡迎？

張：深泉最受歡迎的五種著作依次為《舒巷城小說集（共五卷）》、《我的抒情詩》、《鯉魚門的霧》、《太陽下山了（紀念版）》和《淺談文學語言》，每種的銷量超過一千。當大家都知道文學書不好賣，但我們堅持出版深泉的書，而圖書館亦有收藏他的著作。當圖書館都有深泉的書，他的著作就有機會傳世。從這個角度來說，我們已經成功了。

馬：花千樹會否考慮出版舒巷城先生的全集？

張：如果出版全集，一定要考慮銷量的問題。香港寸金尺土，存放一千套全集需要很多成本。假如市場有一定需求的話，我會考慮這個建議，譬如出版印製精美的限量版。老實說，我最初出版深泉的書時，沒有想過會堅持到今天。借用深泉經常掛在口邊的一句話：「守得雲開見月明」，現在看起來，我們終於守到了，因為很多人談論舒巷城，很多人買舒巷城的書，其中包括不少青年人，實在始料不及。

深泉逝世後十多年來，王太一直堅持出版他的著作，不畏艱苦，至今已出版了二十多本。最難得的是，她甚至不放過一紙一墨，如國寶般妥善保存起來。一九五七年我出國時，拿了紀念冊給深泉留言，他寫了四句給我：「此夜分離，燈前言送；他日來歸，談笑與共。」多年後，我的紀念冊已經不知所終。但王太還保存着深泉寫下這幾句贈言的紙條，幾十年後更在書上刊印出來。其實，深泉十分重視他的著作，早期發表的作品固然一一貼好，甚至隨手寫在紙上的手稿也保存下來。我相信沒有王太，現在未必有那麼多人會提起舒巷城。這是深泉的福氣。

張五常教授伉儷（左一、二）、巷城嫂（左三）、劉曉虹女士（右一）合攝

馬：以往，中國大陸有好些學者研究舒巷城先生。近年，台灣也有些學者注意他了，陸續發表研究成果。

張：如果他在世，看到他的作品得到廣泛注意，一定會很高興。他生前很重視並保存有關他的報道和文章，曾經給我看過這些文章。

馬：我們知道花千樹的成立，是為了出版張教授和舒巷城先生的著作。現在花千樹亦出版了很多不同作家和類型的書籍，未來花千樹有哪些出版方向？

張：在香港出書，賣一、二千本已經很不容易。在中國內地，印一、二萬本是平常事。直到目前為止，花千樹的聲譽都不錯，我希望將來在中國內地設立出版社，出版簡體字版的書。

馬：舒巷城先生與張教授交往半世紀，除了在文學上的切磋交流外，舒巷城先生對張教授有沒有其他方面的影響？

張：深泉在待人處事上給我很多提點。有一次，我到溫州公幹，他也同行。當時的溫州副市長接待我們到雁蕩山遊覽。閒談期間，副市長忽然請我題字。我想起李白的「桃花潭水深千尺，不及汪淪送我情」，於是題了上句「雁蕩其峰高千尺」，準備寫下句「不及溫州待我情」。深泉一看上句，就知道我快要闖禍。他立即用廣東話跟我說：「如果你題『不及溫州待我情』，就得罪了雁蕩山的官民了。」我們稍為商量後，下句改為「尚有溫州待我情」，勉強應付過去。這是天才對天才，我一寫他就知道我借李白詩句，深泉的聰明才智可見一斑。

另一次，一九八六年初冬參觀福州師範大學，陳征校長請我題辭，我想起離開泉州時下着微雨，途中經過著名的洛陽橋，抵達福州時已近深夜，於是寫下了王昌齡的一首七絕：「寒雨連江夜入吳，平明送客楚山孤；洛陽親友如相問，一片冰心在玉壺。」深泉讚賞我借用王昌齡的詩工整、妥貼。

馬：今天十分感謝張教授與我們分享了舒巷城先生在太寧街的歲月，以及在香港大學的工作情況，補充了很多鮮為人知的往事。謝謝！

愛荷華大學「國際寫作計劃」與舒巷城

——訪問聶華苓女士

聶華苓女士受訪時攝

聶華苓女士，一九二五年生於武漢。一九四九年到台灣，曾任《自由中國》編輯。一九六四年赴美定居。一九六七年與保羅・安格爾先生在愛荷華大學創辦「國際寫作計劃」，影響深遠。著有小說《桑青與桃紅》、《千山外，水長流》，散文集《愛荷華札記》、《鹿園情事》，自傳《三輩子》等多種。一九七七年，舒巷城先生獲邀參加「國際寫作計劃」，為早期參與該計劃的香港作家。聶女士已九二高齡，本訪問稿沒有經她審閱，一切疏誤不當之處概由筆者負責。

日期：二〇一六年八月十六日（星期二）

時間：下午二時至三時

地點：美國愛荷華安寓

聶：聶華苓女士　馬：馬輝洪

馬：今天很高興在愛荷華與聶女士談談舒巷城先生，尤其是他當年在愛荷華參加「國際寫作計劃」的往事。

聶：你跑這麼遠來到這裡，就是為了舒巷城，他好幸運。你這一次有沒有收穫？

馬：有的，我今天早上到愛荷華大學圖書館特藏組，找到了舒巷城先生的檔案，還看了一遍。

聶：那真好，我們把「國際寫作計劃」的檔案都放在圖書館，他們都保存得很好，你沒有空跑一趟。

馬：請問聶女士怎樣知道舒巷城這位香港作家？

聶：是戴天告訴我的。戴天是第一位參加「國際寫作計劃」的香港作家，① 跟我是好朋友。他對香港的情況很了解，我找他幫手推薦香港作家到愛荷華參加寫作計劃。

馬：從《舒巷城書信集》收錄的信件知道，聶女士早於一九七五年已經與舒巷城先生通信。請問他一九七七年來愛荷華之前，你們有沒有見過面？

聶：他來愛荷華之前，我看過他的作品，又通過信，但我們沒有見過面。一直等他到愛荷華，我們才第一次見面。「國際寫作計劃」很多作家都是這樣，我通過作品和書信去認識他們、了解他們。

馬：舒巷城先生當年在愛荷華的生活情況如何？

聶：「國際寫作計劃」每年接待三十多位作家，為他們安排了很多活動，我不可能很了解每個人在這裡的生活。我當然最喜歡見的是中文作家，但我作為主持人也不能夠總是找他們的，所以我跟舒巷城都是在活動中見面，單獨談話的機會不是很多，對他在愛荷華的情況所知不多。

① 歷屆參加「國際寫作計劃」的香港作家為：戴天（1967 年）、溫健騮（1968 年）、古蒼梧（1970 年）、張錯（1973 年）、袁則難（1974 年）、何達（1976 年）、舒巷城（1977 年）、夏易（1978 年）、陳韻文（1979 年）、李怡（1980 年）、潘耀明（1983 年）、鍾曉陽（1987 年）、潘國靈（2007 年）、林舜玲（Agnes Lam，2008 年）、董啟章（2009 年）、韓麗珠（2010 年）、謝曉虹（2011 年）、陳智德（2012 年）、李智良（2013 年）、鄧小樺（2014 年）、鄭政恆（2015 年）、伍淑賢（2016 年）。詳見愛荷華大學圖書館中文部 IWP Chinese Writers：https://iwp.uiowa.edu/residency/participants-by-region/Hong%20Kong。

參加計劃的作家來自不同的國家，性格各有不同。他們有些相處得比較好，交往比較多，偶爾互相拜訪，喝茶煮菜。有時候，他們也會到我家的陽台上喝茶聊天。至於他們具體的生活情況，我不一定清楚。

馬：聶女士從一九七〇年代末開始，多次回中國大陸去，途經香港時見見朋友。

聶：對，我是一九七八年第一次重返中國大陸，每一次經過香港都要找來過愛荷華的作家見面。所以，我跟舒巷城在香港見過不止一次，但多少次我已經忘記了。

馬：請聶女士談談一九七八年回中國大陸與艾青見面的情況。

聶：一九七八年五月十三日，我與保羅•安格爾和兩個女兒薇薇、藍藍回中國的消息，在報紙上

（前排）一九七七年秋，保羅•安格爾（左三）、聶華苓（右二）、舒巷城（右三）及外國友人攝於愛荷華

都有報道。那時候，中國政府管得很嚴，專門派人來接待我們。到北京的時候，我跟他們說我們想見艾青。當時艾青還沒有獲得正式平反，他們又不好說不，我又一再堅持要見艾青。一天，我終於接到艾青的電話，約好他六月十六日下午見面。他能夠與我們見面，表示已重獲自由。當日，我們叫了一輛車，前往他的家，但他住在很偏僻的小胡同裡面，我們轉來轉去好不容易才找到。我們到達時，艾青和高瑛站在門口。見面時，他第一句話就說：「怎麼現在才來，我們等了半天！」我說：「我們找不到你住的地方啊……」艾青一家人住在小院落其中一間小屋子裡，一張雙層床和一張單人床已佔了一半屋子，地方都很擠的。我們能夠見面，是這次中國之行的高潮。

我們回來後不久，艾青寫信給我說：「我家的門是被你給推開的，現在再也關不住了。」①一九八〇年，我們邀請艾青和高瑛來愛荷華，他們夫婦倆就來了，住在「五月花公寓」（Mayflower）。那時候，參加「國際寫作計劃」的作家都住在「五月花」。Mayflower 現在已改為學生宿舍了。

① 參見艾青寫給聶華苓書信（一九七九年十二月八日），刊於《創作》一九八三年第三期。轉引自周紅興《艾青傳》（北京：作家出版社，一九九三），頁五〇八。

馬：聶女士對舒巷城先生有甚麼印象？

聶：他溫文爾雅，待人隨和，不是那種性格剛烈的人。

馬：請問聶女士對舒巷城先生的作品有甚麼印象？

聶：我很久以前看過他的作品，現在都記不住這些印象了。當然，他是很好的作家，我們才邀請他到愛荷華來。

馬：聶女士在《三輩子》中談到「國際寫作計劃」時沒有提及舒巷城先生……

聶：我寫這本書的時候，已經有過千位作家來過愛荷華，我不可能每一位作家都提到。舒巷城不是那種喜歡表現自己的人，所以在書裡面就沒有特意寫他。

馬：聶女士對「國際寫作計劃」有甚麼願望？

聶：我已經退休二十多年，很多事都不管了。IWP 現在只有三位職員，每年接待三十多位作家，能夠做好接待的工作，細細節節的都照顧到，已經很不容易。他們從世界各地邀請到優秀作家，就已經很好了。

「國際寫作計劃」是我跟保羅創立的，就像我們的子女一樣，當時的作家都是我們親自選的。我們辦「國際寫作計劃」都沒有私心，除了邀請中國作家，也邀請美國、歐洲、非洲，以至世界各地的作家，只要是優秀的作家我們就邀請他們來。現在參與的作家都是當地的美國領事館推薦的，也有一些好作家。

馬：聶女士與保羅・安格爾先生創立「國際寫作計劃」是很了不起的貢獻，因為你們是用生命去照亮世界各地的文學。

聶：我們為了「國際寫作計劃」付出很多時間，很多心力。但是，我們都是作家，一直都有寫作，也有出書。我們有話要說，就要有作品拿出來，這一點很重要。

馬：聶女士有甚麼説話要跟香港讀者講嗎？

聶：香港有一個優點，就是能夠看到大陸的書，也可以看到台灣的書，閱讀面比較廣泛。喜歡文

安寓

學的朋友最重要是多讀、多寫。

馬：今天十分感謝聶女士在安寓中接受訪問，談到你認識五十多年的舒巷城先生，以及「國際寫作計劃」的情況。謝謝！

原刊於《城市文藝》，第十二卷第三期，二〇一七年六月

文學青蔥歲月——訪問余呈發先生

余呈發先生（一九一八年生）與舒巷城先生相識於一九三〇年代末，相交超過六十年，對於舒巷城先生年輕時學習寫作的情況所知甚詳。本訪問稿由三次訪問組成，第一次訪問（二〇一〇年八月十三日（星期五），下午四時半至六時半）和第三次訪問（二〇一〇年九月四日（星期六），下午三時至五時）在香港黃大仙下邨啟德花園進行，第二次訪問（二〇一〇年八月二十九日（星期日），下午三時半至六時）透過電話進行。本訪問稿經余呈發先生審閱定稿。

余呈發先生受訪時攝

余：余呈發先生　　馬：馬輝洪

馬：今天很高興余先生接受我訪問，談談昔日的往事，尤其是與舒巷城先生的交往。舒巷城先生五十年代以〈鯉魚門的霧〉及其後的著作深受讀者歡迎，逐漸成為知名作家，留下來的資料不少。不過，要找舒巷城先生早年的記錄，尤其是他在香港淪陷前的文學活動，卻不容易。儘管他在自傳中曾談及年青時的歲月，但內容頗為簡略。因此，這次訪問有兩項重點，其一是余先生與文學的關係，其二是余先生與舒巷城先生的交往。我從巷城嫂處得知，余先生很早已經從事寫作，請余先生首先與我們分享開始創作的經過。

余：我年幼時，是在「耕梅學塾」開冬學的，上課時根本不明白「人之初，性本善。性相近，習相遠」的課文是甚麼意思；但右鄰高年班的「上山尋猛虎，入海斬蛟龍」的故事，卻很引起我的興趣。那年我冬學的成績，全班最差，經媽媽向學校求情後，准許我繼續唸一年班。不過，我第二年的成績仍然是全班最差。於是，我轉到一間叫「為山小學」讀二年級，雖然我努力讀書，但全級三十人，我仍然考第二十八名。當時，有一位范廣培老師，經常帶學生到青年會聽學者演講，而且鼓勵我閱讀商務的《兒童世界》、《少年》等刊物。范老師每星期在堂上會講一個德育故事，亦會請同學為大家講故事，訓練同學說故事的技巧。那一年暑假，我從哥哥的書櫃中發現了一本《作文百法》的書，讀完後茅塞頓開，很快掌握了寫作的方法。三、四年級時，我作文的成績突飛猛進，經常貼堂。後來，我們一家人從灣仔搬到深水埗，我在「鑰智中學」的附屬小學繼續五年級的學業，結果六年級上學期考第一名。六年級尚未畢業，因哥哥失業，交不出學費，我也無法繼續學業。

失學後，我經常溫習以前的課本，尤其是四書五經及《古文評註》。我唸書時用文言文，而坊間的雜誌卻文白夾雜，於是我想到將文言文翻譯成白話文，又將白話文翻譯成文言文，藉此練筆。我持續練習了半年……每天晚飯後從深水埗步行至油麻地上海街的「一定好茶樓」地下擺賣的報攤，買一角三份的「拍拖報」，回家啃到通宵達旦，才肯罷休。最初投稿時，當然失敗。我第一篇文章發表在《華僑晚報》，題目是〈月亮寄來的一封信〉，因為當時華北大水災，我呼籲大家把慶祝中秋的金錢寄回內地賑災。爾後，我繼續投稿。我第一篇在《東方報》的文章是題為〈生之掙扎〉的散文，描寫工人到船上搬運大米的苦況。以後，《東方報》經常刊登我的作品。其後，我陸續在《循環日報》、《華字日報》、《華僑晚報》等報刊發表文章。後來，我把發表過的作品貼在兩本冊子上，第一本是《玻璃窗上的蜜蜂》，第二本是《母親的生忌》。香港淪陷期間，我原本打算燒掉這兩本小冊子，因為這些文章有反日思想，但我一位姓溫（名字忘記了）的朋友認為太可惜，提議替我保存這兩本小冊子。我對他說如果情況太危險的話，就即管燒掉吧。現在已經不知道這兩本小冊子的下落了。

馬：余先生有否用筆名發表文章？

余：有……兒時玩伴聚首，都不喜歡叫你的本名，每以綽號或諧音代替。小朋友李太原一勁叫我「予老逞」，我初時覺得「逞」字狠了一點（從沒有見過有誰的名字中有個「逞」字的），但聽久了又頗順耳，妙，人棄我取，就用「予老逞」作筆名吧。

馬：三十年代後期來港的中國作家漸多，他們的出現會否減少了本地年青作者發表作品的機會？

余：不會，只要作品的質素高，同樣有發表的機會。中國作家的湧現，對年青作者來說，有正面而積極的影響。當然，中國作家的文字水平較高，經常在《大公報》、《文匯報》、《立報》、《星島日報》等報刊發表文章。所以，我就避重就輕，以街頭巷尾的故事、平民百姓的生活為題材寫作，從內容上取勝。

馬：余先生這種取材的方法與舒巷城先生相似，同樣喜歡以低下階層的生活為寫作的對象。我知道余先生接觸過茅盾、薩空了等多位作家，可否談談這方面的經歷？

余：當時，我出席過茅盾、郭沫若等作家在港接見文學界朋友的聚會，聽他們的講話。後來，我入了《立報》工作，有機會親身接觸這些作家。《立報》最初在上海創刊，後來遷至香港出版。《立報》的「言林」副刊全國有名，另有較為通俗的副刊「花果山」，由薩空了主編。後來，我看到《立報》招聘編輯、會計、校對、排字工人等職位的廣告。對於新聞學，我也很感興趣，只是自知學歷淺薄，於是應徵初級的排字練習生……期間，我得到深泉的幫忙，借用他爸爸士多的圖章擔保我做這份工作，最終獲聘。與其他報館不同，我受訓半年期間，不僅不用繳付學費，而且每月有十五元的生活費。我首先從排字房練習生做起。那時候，排字房經常有一卷兩、三日的文稿，是茅盾主編的《言林》副刊，我趁他到排字房時，常常借故向他請教，與他有點個人接觸。茅盾離任後，由謝六逸主編「言林」；謝六逸離任後，由葉靈鳳主編，直至《立報》結束為止。葉靈鳳給我的印象，是一位謙謙學者，態度隨和，沒有架子。

馬：總體而言，中國內地作家當時與香港年青作者的關係如何？

余：其實，我沒有多少資格談這麼大的課題。據我所知，中國內地作家一方面有名氣，另一方面也有實力，寫出來的文章質素高，因此香港的報刊也樂於收錄他們的文章。他們也沒有因為自己是知名作家而恃才傲物，相反地他們經常鼓勵香港的年青人寫作。

馬：請問余先生當時與香港文學界的交往如何？

余：我較為被動，不善於攀附別人，與當時香港文學界的交往不多。我這種性格，與深泉很相似。

馬：現在請余先生憶述與舒巷城先生的認識和交往。

余：我是在很特別的情形下認識王深泉的：他當時住在筲箕灣的西灣河，我住在九龍半島的深水埗，一個是英文書院的番書仔，一個是失學青年。我的鄰居中有兩兄弟是深泉的同學，弟弟的名字叫李太原，他與我甚為熟稔，知道我在學寫稿，便叫我以後的稿件不用再郵寄了，讓他於學校放午飯後替我送去（當時的報館多數設在荷李活道）。而我於每月領到稿費時，就邀請他和幾位死黨同學一起到荷李活道尾大笪地的「陳財記粥麵店」，開大食會，甚麼艇仔粥、鹹肉糉、紅豆粥任飲任食，由我請客，以答謝李太原的幫忙。就在這個時候李太原介紹了王深泉（即舒巷城先生）跟我認識，說他也喜歡閱讀文藝書籍。深泉要我教他怎樣動筆寫作，因為他也很喜歡寫稿。我對他說寫稿一定要寫自己熟悉的題材，不熟不寫，寫得多，自會熟了。

有一次，李太原說深泉寫了一篇稿，寄給三間報館都不獲採用，請我看看出了甚麼毛病。一看，原來是一篇寫「譚公廟」的本地風光之類的文章，這就要看報刊編輯的需求了。我只改了兩三句，便與我另一篇約二千餘字的文章〈接船〉，放進同一個信封內，一起託李太原交去報館。三天後，兩篇文章都同在《東方報》的副刊刊登了。深泉高興得不得了。這是我們認識後他第一篇給刊登的文章，他當時用的筆名是「克寒」。我立即給他寫信：你的文學號角的第一聲已經吹響了，只要繼續努力，將會吹奏更偉大、更動人的樂曲。你的筆名很好，「克寒、克寒」，克服寒冷，發放溫暖！很有朝氣和勇氣！

馬：除了幫助舒巷城先生發表作品外，余先生對他的創作還有哪方面的影響？

余：我在《立報》工作時，深泉仍要往香港華仁中學上課，每逢星期六他下課後，我們便約定到中環街市後的士丹頓街的大牌檔，踎上板櫈，先要一碗免費奉送的「吉水」（即雜菜味精湯），再來兩碗「大肉飯」（即肥豬肉飯），如未飽肚，再來一碗紅豆沙。然後搓搓肚皮，開始我們逛書店節目。我們最常到的是位於《立報》樓下的生活書店，因為此店專賣進步的書刊，其他常到的是商務、中華和世界書局等等——《太陽下山了》中的張凡不是介紹林江閱讀一些中國現代作家的作品嗎？我就曾經教他繞過一些小布爾喬亞作家的作品，多些親近老舍、張天翼、陳白塵等的作品。那時荷里活的電影雄霸香港市場，而每年的「奧斯卡電影金像獎」更搞得有聲有色。我們兩人坐在兵頭花園濃濃的樹蔭下，一邊吃菠蘿包，一邊飲汽水，商量着我們也可以搞個文學作品的金像獎：「每週將我們讀過的文學作品分門別類，各抒己見，來個研討批判，倒很有趣。」還有，我們選擇兵頭花園，是因為我們讀得興起時，會得意忘形，越來越大聲，故此要找個偏僻的樹下，以免騷擾別人。

第一個星期，我們選的是散文。深泉説他最喜歡的是泰戈爾的《飛鳥集》。起初我想選屠格烈夫的散文詩，最終選了老舍的一篇散文〈有聲電影〉。深泉詫異地説：「哎吔，你拿老舍的一篇散文，來應戰我的泰戈爾?!」我説你讀過這篇散文之後，你就知道甚麼是超級「幽默」……我後來讀到舒巷城的〈小流集〉，最末的第三十七段：

我站在窗裡，你站在窗外。

一片薄薄的玻璃把我們隔開。你向我招呼着，微笑着走了。

我打開了窗。

然後把你的微笑關在窗裡。

最末的兩句，我相信如果泰戈爾讀了，也會相當讚賞。第二個星期，我們選取了中國的短篇小說：他選了穆時英的〈南北極〉，我選了陳白塵的〈李大扣子上學〉。他說〈南北極〉的句子鏗鏘有力，擲地有聲。我說我不認同末段那一句：「誰的胳膊粗，拳頭大，誰是主子。」因為暴力不可以解決問題。而我的〈李大扣子上學〉，講述一個推車的勞工，一心求學但最終失敗的故事，讀後叫人歎息！結果是我勝了。第三個回合是外國的短篇小說之選：深泉選的是兩篇皇牌小說：莫泊桑的〈項鏈〉和奧•亨利〈聖誕禮物〉。我選的是奧•亨利的〈最後一葉〉和英國作家傑克•倫敦的〈一塊牛扒〉。敵人的來勢太強，我輸了。第四個回合是外國長篇小說：深泉選的是海明威的長篇，而我選的是雨果的《悲慘世界》，我又輸了……這些作品都是世界名著，我們透過互相討論，從中學習寫作技巧。巷城的學習能力很強，能夠融會貫通，而且善於運用這些技巧到他日後的作品中。這個作品討論活動到暑假時就結束了。

另外，我在《立報》工作期間，每當深泉投稿《立報》後，經過報社時，喜歡在街上大聲叫上來：「予老逞、予老逞，有冇？」想早點知道他的稿會否刊登在《立報》上。因為我負責排副刊欄，所以知道會否用他的稿。如果有他的稿，我就會向他大聲說

「有」，否則我就向他擺擺手。他在《立報》的「言林」和「花果山」都有作品。一九四〇年前，因家庭原因和時局變化，我離開了《立報》。

馬：余先生，請問你們當時讀西方文學作品時，是看中文的譯本，還是英文原著？

余：我只能閱讀中文譯本；深泉懂英文，當然讀原著。

馬：我從舒巷城先生的作品中，經常讀到他提及海明威，他是否特別喜歡這位作家？

余：對，深泉特別喜歡海明威，說他的句子短小有力，尤其是《老人與海》。

馬：求學期間，舒巷城先生有否受中國內地作家的影響？

余：有。詩方面，他受艾青和臧克家的影響最大，也喜歡讀戴望舒的詩。深泉既勤力好學，又博覽群書，熟悉中國和西方的名著。

馬：舒巷城先生第一篇文章為甚麼發表在上海的《兒童世界》？香港當時是否缺乏適合年青人投稿的園地？

余：對，香港當時可供年青人發表作品的園地不多，而《兒童世界》在香港的書店很容易購買。深泉自小希望寫稿，所以他在小學階段便投稿到《兒童世界》。

馬：舒巷城先生早期的創作以哪種文類為主？

余：深泉早期的作品以散文為主，然後學習創作小說。三十年代後期，深泉有一位任職小學老師的朋友楊先生（名字忘記了），這位楊先生喜歡寫詩，偶然也寫寫散文。深泉開始寫詩也是受到楊先生的影響。

馬：舒巷城先生在一九四二年離港北上，是不願意在日本人的統治下過活，希望投入抗日的工作。在湘桂大撤退中，他卻看到內地的人間慘況。經歷過這些遭遇後，舒巷城先生當時的心理狀態如何？對中國的態度如何？

余：我們閒談時，深泉曾經提及當時的生活很淒涼，又解釋中國為甚麼會如此多災多難。儘管如此，他仍然希望中國強大起來。

馬：余先生，請問舒巷城先生甚麼時候開始舊體詩詞的創作？

余：我不清楚深泉甚麼時候開始寫舊體詩詞，但他在一九四二年離港前已經有舊體詩詞的作品。

馬：舒巷城先生的作品如〈鯉魚門的霧〉、《太陽下山了》等是否有意用文字反映和保留香港逐漸消逝的歷史舊貌和人間世相？

余：我同意這個說法。深泉寫這些作品都是發自內心的，因為他就是居住在這些地方，而且很熟悉這些地方。

馬：舒巷城先生的小說中是否經常有自己的影子？例如《太陽下山了》的林江和張凡？

余：有。林江就是年青時候的深泉，就算不是完全相同，至少有一半相同。張凡也有深泉的影子，譬如張凡和深泉都寫稿。

馬：《太陽下山了》與《巴黎兩岸》兩部長篇小說之間，舒巷城先生較喜歡哪一部作品？

余：我相信深泉較喜歡《太陽下山了》。

馬：余先生認識舒巷城先生超過六十年，以你所知他有否寫過「為稻粱謀」的作品？

花千樹紀念版，二〇一〇年

余：沒有。他很喜歡寫作，但完全沒有想過靠寫稿過活。他一邊工作，一邊寫作。

馬：舒巷城先生為甚麼經常轉換筆名？

余：他不希望別人知道他的作家身份。另外，他改筆名最勤是寫詩的時候，因為這些作品批判香港社會的現象。

馬：今次很感謝余先生接受訪問，和我們分享了昔日寫作的往事，以及與舒巷城先生交往的回憶，讓我們有機會了解他早年的寫作和生活情況。我一直相信，除了少數天才作家以外，大多數作家的成長，或多或少會受到別人的啟發或影響，經過學習的階段，透過不斷改進，不斷堅持，才能夠寫出優秀的作品。雖然舒巷城先生在〈放下包袱，談談自己〉這篇自傳性質的文章中指出，他一生中未有多少機會得到著名作家的指導，但是我相信余先生在舒巷城先生早期寫作的階段，的確對他起了引導和鼓勵的作用。我相信這段求學切磋的經歷，絕對是舒巷城先生一生中重要的階段，也大抵補充了他成名前如何自學成材的空白。謝謝！

原刊於《城市文藝》，第五卷第四期，二〇一一年一月

文藝路上結伴而行——訪問李怡先生

李怡先生與舒巷城先生五十年代末透過文字結緣和認識，有深厚的交情。李怡先生先後創辦《伴侶》（一九六三至一九七〇）、《文藝伴侶》（一九六六）、《七十年代》（一九七〇至一九八四）和《九十年代》（一九八四至一九九八）四種期刊，並發表大量舒巷城先生的作品，其後出版舒巷城先生的《我的抒情詩》（一九六五）、《給珍妮的一束英文信》（一九六六）、《趣味英語會話》（一九六六）、《倫敦的八月》（一九六七）、《艱苦的行程》（一九七一）和《都市詩鈔》（一九七三）六種著作。此外，李先生亦參與由中流出版社出版的《回聲集》（一九七〇）和《巴黎兩岸》（一九七一）的編輯工作。本訪問稿經李怡先生審閱定稿。

日期：二〇一二年三月十日（星期六）

時間：上午十時至十一時三十分

地點：香港北角麗東酒店飛鳴閣

李怡先生受訪時攝

李：李怡先生　　馬：馬輝洪

馬：今天很高興李怡先生接受訪問，談談與舒巷城先生的交往，以及他的文學創作。從《香港文學作家傳略》的小傳中，知道李先生一九五四年香島中學畢業後，任職於上海書局，請談談當時的工作情況。

李：一九五四年，香島中學畢業後，我入上海書局工作。當時有一位比我年長很多的編輯叫吳靄凡，他曾在延安受過中共革命洗禮，其後來港。他是杭州美專林風眠的學生，知識廣博，通曉音樂、美術、文學、政治等等各種學問，從他身上我明白到這個世界原來如此廣闊，自己仍有很大的學習空間。從此，我日以繼夜地閱讀、學習。吳先生十多年前在加拿大去世了。

馬：請問李先生甚麼時候開始投稿？當時的作品在哪些報刊上發表？

李：一九五六年，我開始投稿給《文匯報・文藝》副刊。當時，「文藝」的編輯是羅孚，他很快就用我的稿，給我很大的鼓勵。因為「文藝」的作者包括許多著名老作家，是以發表成名作家的作品為主的周刊，我和李陽應該是當時發表較多作品的年青作者。這段日子，我寫了很多詩、散文、小說、評介的文章。我當時年少無知，投稿純粹是出於對文學的興趣和對左翼文學理念的追求。後來，我逐漸明白到共產黨是利用「文藝」副刊來團結當時的文藝界。

馬：請李先生分享與舒巷城先生認識和交往的舊事。

李：大概一九五八、五九年，我們一群文藝青年每星期日中午見面，大部分是《文匯報‧文藝》副刊或給《新晚報》「都市場景」專欄投稿的作者，搞手是海辛，參加者包括韓中旋、舒巷城、鄧仲燊、藝莎等等。雖然深泉的年紀比我們稍大，但我與他特別談得來。除了星期日的聚會外，我們平日也會約出來飲茶見面，談文說藝，有時會一起看電影。

馬：請李先生談談一九六三年創辦《伴侶》半月刊的經過。

李：因為投稿的關係，我認識了《文匯報》、《大公報》內許多左派的文化人，那時候的左派，大都是有理想、有抱負、有追求的人，其中交往較多的是在《文匯報》當副刊主任的吳羊璧。我們有一次談得興起，談到可以辦一份給少男少女看的刊物，主調是愛情和友誼，覺得市場有這種需要。我記得起先我們想過用《愛神》這刊名，後來決定含蓄些用「伴侶」。《伴侶》很受年青人的歡迎，讀者中以少女為主。我和羊璧都沒錢，我們找了一個也在香島畢業，後在華南美術學院受過繪畫教育的王鷹合夥。王鷹原名王綺薇，她先生有點產業，投資了一些日常運作的錢，我們三人以勞力投資，就這樣辦起來了。

馬：當時有沒有類似《伴侶》這種「輕文藝」的雜誌？

李：沒有，市場上主要以影劇明星雜誌為主。所以，當時的文化環境提供了空間給《伴侶》出版。我們最初想辦月刊，後來發行方面給意見覺得半月刊比較適合這種內容的刊物，故以半月刊方式出版。其實，當時辦得很辛苦，因為《伴侶》拉不了多少廣告。而且，沒有請人，就靠我們三人，而我和羊璧都另有正職，《伴侶》只是兼職，寫稿、編輯和發行的工作都是由我們「一腳踢」。

馬：李先生為甚麼一年後辭去上海書局的工作，全職辦雜誌？《伴侶》的印數是否達一萬五千份？

李：三人之中，以我投入《伴侶》的時間最多。後來，我實在無法兼顧書局的工作，只好辭職全力搞雜誌。高峰期，《伴侶》的銷量的確超過一萬五千份。不過，我當時仍然是義務工作，沒有收取薪酬。為了生活，我編寫了好幾本《青年自學叢書》，包括《美學初步》、《哲學初步》、《經濟學初步》、《社會科學初步》、《哲學與人生》、《邏輯學初步》、《心理學初步》……等等，大概一個多月寫一本，每本六、七萬字。除了寫作的時間，還要花大量時間閱讀有關著作，才能夠動筆。編撰這些書與我的文學觀有關。我很認同魯迅的看法，就是文學作品寫到深處，是必然觸到哲理問題。換句話說，文學不可能是純粹的情感抒發，因為情感本身亦是一個哲理問題。我覺得自己對哲學和社會科學方面的認識不足，於是大量閱讀這方面的著作。撰寫這些入門書籍時，我先自啃大本的巨著，消化後採用通俗的筆法，介紹這些知識。出版後，這套叢書頗受歡迎，賣了七、八版，甚至九版。

馬：一九六三年李先生以筆名「舒之暢」出版第一本小說《快樂——你在那裡？》。當時為甚麼會出版這本小說？

李：當時，我與許多年輕人一樣，受左派思想影響，閱讀很多馬列哲學的書籍。牟宗三先生說過：「三十歲前如果不相信社會主義是沒出息；四十歲後仍相信社會主義就是沒見識」。社會主義是我年輕時的理想和追求。《快樂——你在那裡？》就是在那段時間寫的，有非常明顯的左傾思想，希望用文以載道的方式來說明一些人生道理。

這段時候，我很沉迷俄羅斯文學，最喜歡的作家是契訶夫，因為他的短篇小說和戲劇反映人性，流淌着淡淡的哀愁。除了契訶夫外，我還喜歡托爾斯泰、杜斯妥也夫斯基和屠格涅夫等作家的作品，我曾寫過一篇很長的讀書心得關於托爾斯泰的小說《復活》，分兩期發表在《文藝》周刊上。我畢生受托爾斯泰的人道主義影響很深。

馬：為甚麼舒巷城先生在《伴侶》發表中英文詩？

李：我記得他當時主動跟我說：「我曾經在《新晚報》發表過一些情詩，想將這些情詩譯為英文，然後以中英文對照的方式刊登在《伴侶》。」我對他說：「這個主意很好，因為《伴侶》的年輕讀者未讀過這些詩作。」於是，在《伴侶》開始發表他的中英文情詩。他的詩寫得真好，尤其是中文部分。

馬：據我了解，新、馬一帶不少讀者都是因為這些中英文詩才認識舒巷城先生。我去年到新加坡訪問幾位作家時，他們不約而同提到《伴侶》和舒巷城先生的中英文詩作。可以說，舒巷城先生的作品在新、馬一帶的傳播和影響，是由《伴侶》開始的。

李：他的許多詩句我都背得出，比如〈橋〉：

橋有時躺在水之上仰望天空
橋有時跑到天空上化一道彩虹
橋在我心上是一座美麗的憧憬
橋把我的夢境連着你的夢境
橋是我們的路中路
橋呵使我們之間有路相通

六十年代中期，我交了一些年輕的音樂朋友，其中一位是鋼琴家溫其忠，他未得我同意就幫我買了一座鋼琴，然後定時到我家中教我彈，原因是他覺得我有音樂細胞。幾個月我居然學到第五級。溫其忠是藝術家的性格，有好的音樂家來演奏，他會預先幫我買演奏會的門票，但在開場前半小時才想起要我去聽。無論我是否有事在身，都只能「撲去」，因為不想他浪費金錢。後來，他幫我報名參加皇家音樂學院樂理科的考試，然後才幫我惡補樂理課。我也居然考到樂理第五級，有作曲的基本知識了。我用深泉的詩譜了幾首曲，其中一首是〈海鷗〉。那時深泉常到我居住的小房間，和我一起用鋼琴彈唱以他的詩譜的歌曲。溫其忠後來在我去北京旅行期間，突然去了英國深造，我的音樂生涯也淡出了。

馬：請問《伴侶》行銷新馬及其他東南亞國家的情況如何？李先生認為《伴侶》廣受新馬一帶年輕讀者歡迎的原因為何？

李：《伴侶》的發行量，主要在香港，新馬佔的比例應不到三分之一。新馬當時對左傾讀物管制很嚴，但《伴侶》基本上以愛情為主調，沒有甚麼政治色彩，所以不受影響。當時著名作家馮鳳三曾給《伴侶》的風格起了一個名稱，叫「輕文藝」，我覺得很恰當。是文藝，但卻是年輕人的文藝，是愛情和友誼為主體的文藝，而不是沉重的文藝。這也許是受年輕人歡迎的原因。

馬：《伴侶》的讀者為甚麼多是二十歲以下的年青人？

李：因為我們鎖定了《伴侶》的內容以年輕讀者為對象。

馬：當時是否經常收到《伴侶》讀者的來信？

李：每天收的來信很多，不計其數，因為設有愛情信箱和生理信箱。此外還有「徵友」的通訊，這些是來信的主要內容。像月明（即巷城嫂）那樣寫給作者的信也有，但不太多。

馬：《伴侶》編輯部是否經常轉讀者的來信給舒巷城先生？

李：我那時在《伴侶》用舒樺的筆名寫小說，要說在《伴侶》上受歡迎，我不客氣地說，絕對在舒巷城之上，當然論文藝水準我是遠不如他。月明最初是寫信給我的，我們通了好多信，後來她談到很喜歡讀深泉的詩，我將月明的信交給深泉。月明的信寫得很誠懇，很能打動人。後來我知道他們之間互通書信了。一段時間後，深泉對我說他們有了感情，他要到馬來西亞找月明。我問他：「你有沒有她的相片？」他說：「沒有。」我再問他：「既然你沒有見過她，你不擔心她是聾是啞，是跛是殘嗎？」他答：「無論如何，我都要去找她。」

月明來港後，我與他們二人的交往頗多。一九七四年，我太太和兩個女兒來港團聚。月明知道我們兩個女兒的英文不好，義務幫他們補習英文。我與深泉的交往，已經由我們二人之間的關係轉變為我們兩個家庭之間的關係。後來，我因為家庭、孩子、雜誌、政治等各種因素，與深泉的往來漸漸少了。

馬：出版《伴侶》期間，為甚麼另外出版《文藝伴侶》？

李：那也是基於一種理想。《伴侶》雖暢銷，但畢竟是比較淺薄的文化產品。我和羊璧那時認為，純文藝的刊物，縱使銷量少，但對社會人心的影響卻深遠，而且影響的不止一代人。《伴侶》既有點盈餘，就發燒要辦純文藝雜誌了。《文藝伴侶》就是這樣產生的，它刊登真正的文藝作品，介紹各地的文藝思潮。我們着手編《文藝伴侶》，深泉的興趣就來了，又有小說，又有詩，每期都有他的作品。大概深泉認為《伴侶》的水平不高，所以只肯發表抒情詩，從來沒有在《伴侶》發表過小說。我每次找他為《伴侶》寫小說，他總是婉拒。

馬：李先生曾經在〈《文藝伴侶》的足跡〉一文中，[①]提到《伴侶》能夠「稍有盈餘在很大程度上依靠的是同人的『勞力補貼』」，可否稍作說明？《文藝伴侶》是否因為銷路不理想，所以「連同人的『勞力補貼』也撐不下去了」？

李：出版了四期後，我們發覺《文藝伴侶》真的曲高和寡，銷路不高。雖然我們已經盡心盡力辦好這份雜誌，最後也不得不停刊了。其實，我們當時撐得十分辛苦，每月除了出版兩期《伴侶》外，還要應付《文藝伴侶》。雖然我們勉強應付到沉重的出版工作，但《文藝伴侶》的銷路始終無法打開，最終逃不過停刊的命運。

馬：李先生對署名「張羽」在《文藝伴侶》發表的三篇報告文學有頗高的評價。「張羽」是誰？

李：他的本名叫張初，那時在《香港商報》工作。他太太是工會幹部，接觸很多低下層人士的生活。張初也是我們的好朋友，他現在仍住香港。

馬：《文藝伴侶》停刊前有否考慮過將它與《伴侶》合併出版？

李：不可能的，因為兩本雜誌針對的對象不同，讀者的閱讀水平也不一樣。

馬：《伴侶》為甚麼停刊？

李：上世紀六十年代的世界局勢相當動蕩，中國有文革，美國有反越戰，我逐漸失去辦愛情雜誌的興趣。一九六七年暴動後，我意興闌珊，不想再編《伴侶》了。當時，上海書局邀請我回去搞出版社，我於是回去幫手。後來，有左派的高層人士向我提議，將《伴侶》交給其他人編，我當時對《伴侶》亦沒有留戀，就同意這個安排。離開後，《伴侶》由左派背景很強的人士接管。具體負責的是一位姓傅的，名字我不記得了，他們好像原來主持左派的青年統戰刊物《青年樂園》的。總之，一九六八年後的《伴侶》不是我編

① 參見李怡〈《文藝伴侶》的足跡〉，《香港文學》，第十三期，一九八六年一月，頁七三至七五。

的。儘管發生這些變化，深泉和我最初仍然為《伴侶》寫稿，後來就漸漸沒有寫了。一九七〇年，《伴侶》最終停刊。

馬：為甚麼出版《伴侶叢書》？

李：出版《伴侶叢書》，是因為讓刊物的作品不要隨刊物的過期就失去生命，另外也是可以長銷，增加收入。

馬：請李先生談談舒巷城先生《我的抒情詩》（香港伴侶雜誌社，一九六五）、《給珍妮的一束英文信》（筆名王思暢，香港：伴侶雜誌社，一九六六）、《趣味英語會話》（筆名王思暢，香港：伴侶雜誌社，一九六六）和《倫敦的八月》（香港：伴侶雜誌社，一九六七）四本書的出版經過。銷量和讀者反應如何？

李：這四本書都是結集深泉在《伴侶》發表的文章，重新排字出版，初版一般印二千本。我現在已忘記了具體的銷售數字，印象中這幾本書的銷量頗好，而且發行到南洋一帶。相

《我的抒情詩》兩種版本：花千樹版（二〇〇二）和伴侶版（一九六五）

對來說，南洋的銷量較香港多。《倫敦的八月》之外，舒巷城還寫過一本《巴黎兩岸》，他去一趟歐洲，回來後就寫了這本書。

馬：李先生可否談談一九七〇年創辦《七十年代》月刊的經過？

李：一九六九年底，我開始籌辦《七十年代》。深泉知道後，主動提出幫我們寫稿。至於內容方面，我完全由他決定，從來沒有要求過他寫哪類文章。這段時間，我們經常聯絡，每星期總有一、兩次見面。

馬：請李先生講述舒巷城先生在《七十年代》「長街短笛」發表詩作的緣起。

李：當時，深泉表示有意寫反映都市面貌的詩作，我同意他的想法，並設了「長街短笛」這個專欄。欄名似乎是我提議的，長街是指香港的街頭，短笛是表示以短短的小詩抒發一絲感慨和情懷。

舒巷城與李怡對談中

馬：一般認為，舒巷城先生的詩作由早期《我的抒情詩》的抒情風格，逐漸轉變到《都市詩鈔》的批判詩風。①據李先生的了解，舒巷城先生的詩風是否經歷過這些階段性的轉變？

李：我認為真誠的作家面對社會時，必定持批判的態度。正如馬克・吐溫曾說，悲觀者和樂觀者的區別，就是悲觀者掌握的資訊比樂觀者多。作家對人性對社會的了解越多越無法樂觀。所以，當我們面對社會的發展，總是帶着批判的眼光，這是很正常的現象。我甚至認為，如果對社會不是時刻抱質疑的態度，寫作人是無法進入寫作狀態的。當然，抒情作品強調個人情感的自然流露，與書寫社會情狀的作品不同。

作為寫作人，寫出的東西總要考慮符合發表作品的媒體的風格。如果雜誌本身不強調批判性，寫作人固然以抒情作品為主。反之，社會性越強的雜誌自然會刊登批判性強的作品。我認為兩者並無衝突，寫作人可以同時寫這兩類型的作品。我在《伴侶》以筆名「舒樺」寫了很多感情豐富的小說，亦同時在《文匯報・文藝》寫很多帶批判性的詩作。至於舒巷城，他除了在《伴侶》寫抒發感情的詩作外，亦同時在《文藝伴侶》寫批判社會的小說。所以，他對社會的批判意識是一致的，而「長街短笛」就是這類作品的代表。

我們認識了這麼多年，他很清楚我編雜誌要甚麼稿，我從來沒有退過他的稿，亦從來沒有批評過他的作品。

馬：這麼多年來，有沒有修改過他的稿？

李：沒有。他來稿的態度認真，文字整齊清晰，基本上毋須修改，可以原文刊登。

馬：舒巷城先生面對上世紀六、七十年代香港急速都市化的轉變，李先生認為他有沒有在作品中作出相應反映？

李：他對這種轉變當然有感覺，但我不能夠肯定他有沒有參照香港發展的步調來創作。從我們日常的閒談中，我知道他十分關心香港，以至中國內地和文革的發展，而且有自己的看法。

馬：但舒巷城先生很少在作品中談到政治議題。

李：相對來說，他是純文藝作家。對社會時事的看法，他不會直接訴諸政治理論，而是以人

---

① 一九七〇至七三年間，舒巷城以筆名「石流金」在《七十年代》「都市詩鈔」專欄發表詩作。

文的筆觸，透過文藝作品反映出來。雖然我與他很談得來，但我們的思考方式到底不同，我較受哲學和政治思想的影響，而他較受文藝思想的薰陶。其實，他的作品同樣帶有哲理的訊息，透過形象塑造、故事情節等文學技巧表現出來。我則以政論的方式直接表達對社會時事的意見。

大致而言，深泉對愛國的想法與我相同，即國家越窮越困難，我們越要愛國。他離開香港，前赴桂林，就是出於愛國的情懷。在以他自身經歷為藍本的《艱苦的行程》中，明顯地表現出他的愛國思想。我們都很喜歡艾青、何其芳的詩，特別是他們抗日時期的作品，比如艾青的〈為甚麼我的眼睛常含淚水〉，我們常一起吟誦。其實，當時追求理想的人，都有這種愛國思想。深泉不僅愛國，更愛香港。他真的很喜歡這個地方，不想有任何改變。九七前，他對我說過很多次，很擔心九七後香港原有的價值和人與人之間的關係會撕裂和改變。

馬：請李先生憶述舒巷城先生在《七十年代》發表《艱苦的行程》（共九期）的緣起。

李：大概與反日的浪潮有關。當時有很多人談論三年零八個月的生活，深泉說他親身經歷過日本入侵香港的日子，提出撰寫《艱苦的行程》的構思。我贊同他的想法，所以連載他這個長篇。他是每期供一篇稿，應是邊寫邊發表的。

馬：舒巷城先生《都市詩鈔》（香港：七十年代雜誌社，一九七二）和《艱苦的行程》（香港：七十年代雜誌社，一九七二）的印數多少？能否銷到南洋一帶？

李：雖然《七十年代》被南洋國家禁止入口，但這兩本書仍可銷往當地。至於銷量，我記不得了，大概有三數千本吧。

馬：論者經常用《都市詩鈔》來研究舒巷城的都市意識，有批評的，亦有讚賞的。李先生有甚麼看法？

李：《都市詩鈔》是很有詩意的作品，不純粹是對都市現象的批判，而是深泉當時真切的感受。不過，我始終認為作品的風格與刊登作品的媒體有很密切的關係，媒體的編輯方針與讀者對象決定了選用甚麼作品。

馬：為甚麼舒巷城先生沒有在《九十年代》發表作品？

李：他以往為《七十年代》寫的作品，都是他主動給我的，不是我約回來的。至於他為甚麼沒有在《九十年代》發表作品，我不清楚箇中原因。其實，我們聯絡最多、關係最密切的時候是六十年代至八十年代之間，熟稔的程度可以直斥對方的不是。如果以朋友的關係來說，我們之間是最純粹的。後來，我們各有各忙，聯絡漸疏，我只知道他在張五常處工作，而我亦忙於雜誌的工作，大家就越來越少見面。真可惜。

馬：舒巷城先生談論過李先生的作品嗎？

李：編《伴侶》時，出於讀者的需要，我以「舒樺」的筆名寫過幾本濫情的小說，他曾經當面批評過我這些作品。但，他亦寫過一封長信給我，讚賞我在《文藝伴侶》（第一期）發表的小說〈人為什麼要結婚？〉。我好像在《文藝伴侶》刊登了這封信。這篇小說曾經引起過一些爭論。編完《文藝伴侶》後，我只寫過為數不多的詩和小說，亦未有結集出版。

馬：李先生對舒巷城先生的寫作態度有甚麼看法？

李：香港有些作者純粹為了謀生而寫作，日寫一、二萬字。深泉有一份正職，在中環當會計，業餘從事創作，寫較為純粹的文學作品。另外，他對於財富和名利都比較淡泊，只要有基本的生活費就可以了，他所追求的就只有文學。我很佩服他這種人生態度，因為他完全有條件要求更多物質回報，但他偏偏沒有這樣做。

馬：李先生的文章多不勝數，除了〈記憶——念舒巷城〉[1]及〈萬物唯心現〉[2]兩篇紀念舒巷城先生的文章外，還有其他憶述他的文字嗎？

李：有時候，自己很熟很親的人，就越難寫文章來紀念他。反而是略有認識的朋友，就較容易寫文章來談他們的點滴。深泉的逝世非常突然，以我與他多年的交往，可以回憶的事太多，實在不知從何説起，難以下筆，所以寫他的文章不多。但心裡面一直記着深泉這位好友。

他在香港的文學地位，似乎在他去世後才得到應有的更重要的肯定。這使我很高興。因為舒巷城幾乎所有作品的結集出版，從六十年代到七十年代，都是我主持的出版社出第一版的。從出版人的角度來看，我是他最早的知音。對這一點，我是毋須謙虛的。

馬：今天很感謝李先生接受我的訪問，談了很多舒巷城先生的往事，尤其是你們的交往，

---

① 參見李怡〈記憶——念舒巷城〉，《香港經濟日報》，一九九四年四月廿四日。另，收入思然編《舒巷城紀念集》（香港：花千樹出版有限公司，二〇〇九），頁一九六至一九七。

② 參見李怡〈萬物唯心現〉，《香港經濟日報》，一九九九年五月十八日。另，收入思然編《舒巷城紀念集》（香港：花千樹出版有限公司，二〇〇九），頁二三〇至二三一。

以及他為《伴侶》、《文藝伴侶》和《七十年代》寫稿的情況。毫無疑問，舒巷城先生在這三份雜誌上發表作品，是他文學生命中的重要階段，李先生的憶述有助讀者更加了解舒巷城先生。謝謝！

《太陽下山了》及其他——訪問譚秀牧先生

譚秀牧先生在上世紀五十年代認識舒巷城先生，先後為他出版長篇小說《再來的時候》，在《南洋文藝》上連載長篇小說《太陽下山了》，以及出版《太陽下山了》單行本，對舒巷城先生的小說成就有深刻的了解。本訪問稿經譚秀牧先生審閱定稿。

日期：二〇一一年十二月二十二日（星期四）

時間：下午三時至五時

地點：香港北角海逸酒店 The Point 餐廳

譚秀牧先生受訪時攝

譚：譚秀牧先生　　　　馬：馬輝洪

馬：今天很高興譚秀牧先生接受訪問，談談舒巷城先生其人其事。我知道譚先生小學畢業後來港，可否先談談來港時的經歷，以及來港後的生活和寫作情況？

譚：我在故鄉開平唸小學時，正值抗戰期間。上課時，遇上日本空襲的話就要走難，根本學不到多少東西。一九四七年，即和平後第二年，我覺得留在鄉下看不到出路。當時，我的姊姊已在香港謀生，叫我到香港工作。我來港後，暫住在灣仔永豐街姊姊的家中。後來因四處工作為生，搬離姊姊的住處，亦無法繼續學業。我未入文化界前，曾在廣告公司做過短時間的散工。然後，我到彌敦道舊百老匯戲院（現今滙豐銀行）旁邊一所錶行學習修理鐘錶。當時，錶行附近（約今旺角警署）有一間學生書店，我時常利用下午空閒時間到書店打書釘。一九五四年左右，我利用工餘時間寫作，開始投稿到《文匯報》一個綜合性的副刊「彩色版」。《文匯報》當時的開度只有現時的一半，而「彩色版」是綜合性的文藝副刊，由溫輝先生主編，刊登小說、散文等作品。海辛、谷旭、牛琦、寧珠、蒙知還、李陽、天可居士、田咩（黃茗谷）、鄧仲燊、秋適等經常有作品在這個版發表。其中以海辛最多，我記得我的稿件入選率也頗高。溫先生很關心年青作者，除了盡量用我們的稿外，有時還約我們見面、閒聊，與我們很熟落。他不時對我們的稿件提些意見，對我們的幫助很大。在當時來說，溫輝夠膽起用年青作者的文章，應記一功。後來，我寫了一部約二十萬字的長篇小說，到翟暖暉開辦的學文書店，找他們出版這部小說。他們對我的小說提了一些意見，我亦按照他們的意見修改了，但他們最後還是無法幫我出版這部小說。這部小說的手稿現在也不知所終。後來，翟暖暉找我到學文書店工作。同時間，顧鴻與溫輝合作開了自學出版社，創辦了《自學》雜誌，顧鴻想找我到《自學》雜誌做校對。我對顧鴻說，我剛剛答應了學文書店，但他說只要我答應到自學出版社，可以幫我推掉學文書店的工作。最後，我決定到自學出版社工作。韓中旋和潘肇也曾在《自學》雜誌工作過。《自學》雜誌的銷路一直很好，不知怎的忽然停刊，我只好離開出版社。

馬：譚先生離開自學出版社後，曾經以新月出版社的名義編了一套叢書，其中包括舒巷城先生以筆名「秦西寧」出版的長篇小說《再來的時候》。請譚先生談談這套叢書的出版緣起及《再來的時候》的出版經過。

譚：那時候，我與顧鴻、韓中旋、雷坡、麥正、鄧仲燊等一起住在摩羅廟街一個單位。期間，我跟顧鴻提議出版一套香港作家的叢書，他要我寫一個出版計劃，我就寫了一個名單給他，提議先出四本，即舒巷城的《再來的時候》（一九六〇）、藝莎（譚秀牧）《明朗的早晨》（一九六〇）、呂達《海與微波》（一九六〇）和范劍（海辛）《遠方的客人》（一九六四）。

馬：為甚麼不用自學出版社的名字？

譚：因為這套叢書與自學出版社全無關係，實際上是顧鴻支持我的計劃，為何用新月出版社的名字出版，我已不記得，估計是要一個較軟性的名字而已。[1]我們將這四本書列為《海外文學叢書》，其實沒有特別用意，只是讓讀者知道出版的不只一本作品，尚有其他性質近似的作品陸續出版。這套叢書不是由我們自己發行的，似乎是由上海書局代發行的。

馬：《再來的時候》出版前，舒巷城先生只寫過短篇和中篇小說，似乎沒有寫過長篇作品。為甚麼譚先生想到找他寫一本長篇小說呢？

譚：我對舒巷城說，顧鴻願意幫我們集資出版幾本書，我準備幫他出版一本，問他有甚麼書可以出版。他當時已經寫好《再來的時候》，就將這份稿交給我出版。記憶中，他當時應該未發表過這篇小說。

馬：結集時，有沒有修訂過《再來的時候》？

譚：舒巷城交來的手稿很整齊，字體清晰，很少改動之處。這反映了他寫作時深思熟慮，一個一個字寫下來。由交稿到出書，我們都沒有修改過這篇小說。印象中，《再來的時候》的水準相當高，寫作技巧純熟，語言流暢，我覺得甚至比《太陽下山了》更好。

馬：《再來的時候》出版後的銷路如何？

譚：我們出版這套叢書，初版印二千本。以香港當時的人口來說，算不俗了。《再來的時候》雖然沒有再版，但銷路應該沒有甚麼問題，因為當時出版的書有八成都是銷往星

---

① 根據羅琅先生二〇一二年八月廿一日給編者的來信指出：「當年秀牧交稿出版時，讀書出版社日新書店（上海書局外圍書店）負責人周壽籛先生與我談起，我當然支持。他說：『日新是專門出版兒童書的，我想改個名，你有甚麼好意見？』我說：『上海書局準備印國內紙型書也曾接納我用『中流出版社』，方志勇先生聽了同意，你的書應是日新日新，那麼出版文藝書何不用新月出版社？當年徐志摩他們在上海就辦過這出版社。』他聽了點頭說：『那就用新月出版社吧！』」

馬、南洋一帶。由香港運往星馬的新書，不論水準高低，銷量都很好。如果新書不能夠運往星馬發售，就一定蝕本。香港讀者當時多看內地作家的書，不大看本地作家的作品。

舒巷城為人率直，從不計較稿費多寡。我對他説出版《再來的時候》沒有稿費，但賣出後會有版税。後來，他也沒有收過版税。書售出後，我們先把出版費還給顧鴻，再版時才計版税。負責發行的書局通知我，説該套叢書可以再版，着我把紙型給他們以便安排；我告訴他們，初版印行後，紙型沒有交還給我們（當中只有我的《明朗的早晨》，交還給顧鴻先生，其他的可能尚在書局或印刷廠，但他們都説沒有）。沒有了紙型，便要重新排版，在當時的條件，實在無法辦到。所以，這套叢書只有我的《明朗的早晨》曾經再版，其餘三本都沒有再版。[1]我將所得的版税全部退給顧鴻，沒有支取任何稿費。其實，當時能夠出版一本書已經很難得，尤其我們是年青作者。

馬：譚先生有沒有聽過讀者對新月出版社這套叢書或《再來的時候》的意見？

譚：我沒有主動調查過，所以不知道當時讀者的反應。我原本計劃是：如果這套叢書成功的話，由四本出到八至十本。後來，由於第一輯四本的收入不足以支付第二輯的出版費用，而且發行遇上困難，這件事就不了了之。不過，有一點可以肯定的，就是叢書作者都是年青作者，學識不高，作品的水平難免參差，甚至稍為粗糙，我認為較為成熟的作品，就只有舒巷城的《再來的時候》。話雖如此，相對於當時十分流行的獵奇、偵探等通俗小說，新月出版社這套叢書已算是較為嚴肅的文學作品。

馬：譚先生離開自學出版社後的情況如何？

譚：我離開出版社後，經一位同鄉介紹，到理髮店幫手洗髮、吹髮和一些電髮的前期工作，前後做了兩年多，共四十多間理髮店。後來，我將一疊已發表的短篇小說帶到位於永樂街口的萬千出版社，希望找他們出版。萬千出版社當時有兩位編輯，看過稿後始終沒有表示會否出版我的小說集。後來，我才知道其中一位編輯是甘豐穗先生，另一位是余思牧先生。雖然他們沒有幫我出版這本小說集，但甘先生可能對我有些印象，知道我喜歡寫作。後來，甘先生到世界出版社工作，希望找人幫手，於是想起我。他知道我在理髮店工作，每一次到理髮店剪髮都問店員認不認識一位姓譚又有寫稿到報紙的師傅。他找

① 舒巷城《再來的時候》曾於一九六四年再版，而呂達《海與微波》改名為《黑夜與黎明》（增收五篇小說）亦於一九六四年再版，此二書仍用「新月出版社」的名字。譚先生表示此二書的再版工作與他無關，所以不清楚詳情。

了很久，仍然找不到我。後來，甘先生終於問到我一位舊同事，留了電話號碼，囑我致電給他。我們見面時，他要我立即到出版社幫手。一九五六年我進入世界出版社工作後，從此沒有離開過出版界。

我跟余思牧先生見那一面之後，數十年沒有再見，但後來他出版《巴金研究》時，特別寄贈一套給我。我回信向他致謝時，並説遺憾地從未與先生謀面，但他卻説：幾十年前我見過你，我一直都認識你。大概所指的是這回事。

世界出版社最初以發行為主，甘先生加盟後才發展出版業務，並提出了很多出版計劃，其中一項是出版西方名著如《戰爭與和平》、巴爾扎克的小説等的節寫本，另一項是出版中國名著如《水滸傳》、《紅樓夢》等的節寫本，藉此向學生普及文學名著。甘先生要推行這些計劃，就要找人幫手，所以甘先生就約了很多作家見面，其中一位就是舒巷城。我們出版過他節寫的《紅樓夢》、《死魂靈》、《卡拉馬助夫兄弟們》等小説。當時剛推出這些節寫本叢書，很受歡迎；每一種書再版幾次，是很平常的事，實際數量我就不知道了。

有一件事我一直不太明白，有些人對甘先生的作品印象不太深刻，雖然沒有批評，但亦沒有讚賞。其實，甘先生年青時寫過很多作品，是文壇的前輩。甘先生作為編輯，很關懷作者，尤其是生活有困難的作者，他願意預支稿費給他們應付生活，所以他的人緣很好。

馬：一九五四年以藝莎為筆名發表的小說是否譚先生創作的起點？當時的作品主要在哪些報刊上發表？有否得到前輩的提點？

譚：其實，我早在一九五三年在理髮店工作時，已經開始用藝莎這個筆名投稿到《文匯報・彩色版》。當時，《文匯報》的報社在荷李活道，我經常到那裡交稿和取稿費。那年代，除了《文匯報》，我很少投稿到其他報刊，當年公開的園地也不多。我踏上寫作的道路，是得到溫輝先生、甘豐穗先生、何達先生的指導和幫助。在世界出版社工作期間，世界出版社出版一份名為《婦女與家庭》的雜誌。當時，何達和夏易為這份刊物寫一些家庭生活的文章，通常是何達來交稿，因而認識他；他又曾多次約我到他家裡去，那時，一九五七、五八年間，我經常到他們住在鑽石山的一間小石屋，我曾多次在那裡聽何先生談文學和創作，有時候何達會對我的作品提些意見，往往一談數小時，我得益不少。後來我負責《南洋文藝》的編輯工作時，他給了我很多寶貴意見，譬如怎樣組織一項計劃等等。

馬：譚先生在〈我與《南洋文藝》〉一文中談及創辦《南洋文藝》的經過①，表示周星衢先生找你編一份文學雜誌，希望像《小說月報》般有聲有色。可否談談這件往事？

譚：世界出版社當年的發行網很大，尤其星馬的市場最大，所以能夠賺到錢。大概周先生覺得當時出版和代理、發行的書無疑可以賺錢，但這些書對時代的貢獻不多，譬如文學名著節寫本雖然有普及文學的作用，但畢竟只是改寫本，與原著的成就不可相提並論。每年周先生會飛來香港幾次，巡視業務。每次到來，經常與我閒談，有一次，我們閒聊時談起《小說月報》，他認為《小說月報》對中國新文學的影響很大，培養了很多出色的作家，問我香港可否辦一本類似的雜誌？我對他說，從事出版工作最重要的因素是財力和發行，只要解決了這兩方面的問題，其他問題就不大。於是，他囑我寫一份出版計劃。我起草計劃書時很匆忙，甘先生因太忙而沒有參加，反而何達先生很熱心，對雜誌的方向和內容提了很多意見。我寫好出版計劃後，隨即把計劃書寄給新加坡兩位編輯林晨先生和郭史翼先生交換意見，作出修訂。經過研究後，認為辦一份以南洋讀者為對象的雜誌是可行的，於是決定試辦一年。由起草到接納計劃，前後只用了約三個月的時間。

馬：周先生有沒有提及找你編《南洋文藝》的原因？為甚麼不找甘先生幫手？

譚：周先生沒有提過，可能認為我既是編輯，亦是寫作人，我編輯和寫作的經驗對辦雜誌會有幫助。而且，我除了出版社的工作，仍可撥些時間兼顧雜誌的出版。至於甘先生，他當時負責整個出版社的事務，根本無法抽身打理雜誌的工作。有人誤以為《南洋文藝》是我辦的，其實並非如此，我是《南洋文藝》的執行編輯，負責香港的編輯工作，至於新加坡的編輯工作交由林先生和郭先生負責，我們各自組稿，然後交換審稿，大家同意後才發稿，最後由我負責其餘的編輯和出版工作。林先生大概是在新加坡實際執行出版工作的編輯，不過我們從來沒有見過面，大家以書信討論稿件和雜誌的工作，所以往來的信件很多。我後來移民時，才扔掉這些信件。現在回想起來覺得有些可惜，因為這些信件對於研究星馬文學可能有參考價值。

① 參見譚秀牧〈我與《南洋文藝》〉，《香港文學》，第八十五期，一九九二年一月，頁七六至七八；另收入譚著《譚秀牧散文小說選集》（香港：天地圖書有限公司，一九九〇），頁二七六至二八一。

馬：請譚先生談談創辦《南洋文藝》時的編輯方針。

譚：原則上，《南洋文藝》面向南洋的讀者，應該以星馬的稿件為主，而他們缺乏的稿件才由香港方面補充。雖然星馬的作家不少，但我們收到的稿件中，水準高的作品不多。其實，星馬不是沒有成熟的作家，不過他們當時的思想未必認同我們辦《南洋文藝》的方向。因此，我們可以採用的南洋作品不多。創刊時，我們希望《南洋文藝》較有份量，開度定為十六開，每期一百頁，共二十萬字，在當時來說屬於大型刊物。不過，南洋當時的來稿不足以支持每期二十萬字的出版量，我們別無選擇，惟有選用香港的稿件。

馬：舒巷城先生在《南洋文藝》創刊號（一九六一）開始連載他的著名小說《太陽下山了》。這篇小說是否譚先生向舒巷城先生約稿的？請談談當時約稿的經過。

譚：出版社接納了《南洋文藝》的出版計劃後，我們就開始約稿。我們希望在創刊號發表一篇有份量的長篇小說，每期一萬字左右，我一開始就想起舒巷城。於是，我約他見面，告訴他創辦《南洋文藝》的事，請他寫一個長篇給我們發表。他一口答應，我請他首先寫一個大綱給我。他很短時間內寫起《太陽下山了》的大綱，我隨即把大綱發到新加坡。林先生同意後，我立即請舒巷城動筆，趕及在創刊號發《太陽下山了》。舒巷城大概有一個多月的時間寫第一篇稿（他要上班，只用業餘時間寫作），然後逐期發表。我總覺得《太陽下山了》前半部寫得有點鬆散，而後半部又濃得化不開。這個情況可能受到寫作時間的影響，他開始時寫得匆忙，又要在我們限定的十期內連載完畢。以舒巷城的功力，他應該在後半部分開展情節，但未有展開故事便匆匆收筆，造成前後未能呼應。他一向對寫作的要求很高，把故事想得透徹才動筆，通常下筆後不用多少修改就可以發表。

《太陽下山了》主要寫小市民的生活，人與人之間的矛盾只是淡淡地觸及，人與社會之間的矛盾寫得也不深刻。《太陽下山了》文字優美，用詞準確，明快清晰，是高水準的作品。我看到小説的風格受到大作家的影響，包括海明威、傑克·倫敦、威廉·薩洛揚等，譬如小説中以跳躍性的對話概括一些情節，把時空壓縮，似乎是受到海明威的影響，而塑造小孩子天真幽默的性格，有威廉·薩洛揚技法的痕迹，至於小説整體結構有傑克·倫敦（如《馬丁·伊登》、《馬背上的水手》等）的影子。

稿費方面，我們只能夠發每千字七元給他。以他當時的名氣和水準，每千字應該收十二至十五元。他從不計較稿酬多少，是真心喜愛文學的作家。

馬：由此看來，舒巷城的《太陽下山了》是《南洋文藝》的重頭作品。讀者是否喜歡《太陽下山了》這篇小說？

譚：當時的情況確是如此，因為其他作品的水準未符理想。按照原先的計劃，《南洋文藝》出版一年後再作檢討，所以只能給舒巷城十期篇幅發表《太陽下山了》。我有時候會想，假如舒巷城當年沒有這次發表機會，他會否以小說的方式把這些生活經驗和故事貫串起來？至於讀者的反應，我記得《南洋文藝》曾發過「讀者意見調查表」，回覆的讀者不算踴躍，對個別作家或作品提出意見，似乎沒有提及《太陽下山了》；或者是作品尚在連載中，未及判斷吧，所以不清楚讀者是否喜歡這部作品。或者，當時的讀者沒有現時的讀者那麼熱心，看完雜誌後也不會有甚麼回應。至於新加坡的編輯部有沒有收過讀者來信或反映意見，我就不清楚；如有，他們必會轉寄給我。總體來說，新加坡兩位編輯都滿意《南洋文藝》的內容，只是對個別作者的作品提出過意見。

馬：創刊一年後，《南洋文藝》的銷量如何？

譚：《南洋文藝》出版了十二期後，周先生跟我商量是否繼續出版。創刊時，他已經說明不要求《南洋文藝》賺錢，只要求收支大致平衡，蝕一點錢沒有問題。《南洋文藝》每期印二千本，定價二元，每期賣完二千本的收入剛好足夠支付印刷費，尚欠的只是作者的稿費。因此，一年後的收支情況不壞，只是蝕了少少錢，符合預算，周先生決定繼續出版另外十二期。其實，我十分感謝各位作家不計較稿酬低，《南洋文藝》才勉強可以維持下去。我當時提出減少一半篇幅，主要考慮到稿件不足的問題，而不是資金的問題。幸好，第二年仍然維持到每期二千本的銷量。我估計，以香港當時的社會環境、人口密度、文化水準來說，《南洋文藝》能夠維持二千本，應該算是很難得了。

馬：我們剛才談到《南洋文藝》面向南洋讀者，八成的雜誌都是銷往當地。南洋國家中，以哪一個國家的銷量最高？

譚：我們主要運往星馬，其中新加坡的華人最多。當時，印尼已經排華，書店禁售中文書籍。後來，南洋國家陸續排華，中文出版業務逐漸萎縮。

馬：《南洋文藝》停刊有兩個原因，其一是銷售量停滯不前，其二是譚先生離開出版社。〈我與《南洋文藝》〉一文已交待了前者的情況，請譚先生談談離開出版社的原因。

譚：我當時認為《南洋文藝》的銷路大致維持在二千本左右，不會有大發展的機會，而且也未能達到創辦《南洋文藝》的目標。《南洋文藝》原意是為了扶助南洋的作家，推動南洋文化的發展。事實卻是，雜誌雖名為《南洋文藝》，但內容多數是香港作家的作品，成為「非驢非馬」的刊物。香港讀者見到《南洋文藝》的名字不無隔膜之感，而南洋讀者讀起來又不是南洋的內容，兩面不討好。所以，我們都覺得《南洋文藝》辦下去的意義不大，決定停刊。我將所有未發的稿件退回作者後，才正式結束《南洋文藝》的工作。至於我離開世界出版社，主要是當時《明報》創刊，何達先生擔任副刊編輯，但做了十六天就離開，他問我有沒有興趣做報紙。因為《南洋文藝》剛剛停刊，我決定轉轉環境，便到《明報》接替何先生做副刊編輯。我記得當時《明報》的職工很少，主要有查良鏞、沈寶新、潘粵生、雷煒波（採訪主任）、戴茂生（會計）和我，以及一位姓鄺的港聞編輯。我名義上是編副刊，其實所有稿都是查先生約回來的，我主要負責發稿、校對。有時候，報館沒有人接新聞，我也充當記者做採訪，回來寫稿、發稿後又繼續校對副刊。我每天下午二時上班，一直做到凌晨二時多才下班，然後返回與潘粵生合租的房間。洗澡後已經四時了，睡不了幾小時又起身飲早茶。這段時間，長期睡眠不足，工作得很辛苦，我做了約四個月就離開《明報》。過了一段時間，甘先生又找我幫手，到教育出版社（與世界出版社隸屬相同集團）工作。

馬：請譚先生談談《南洋文藝叢書》的出版緣起及經過。

譚：我編《南洋文藝》時，覺得有些作品值得留存下來，譬如舒巷城的小說《太陽下山了》、林晨的劇本《建屋工地上》，決定同時出版《南洋文藝叢書》。《南洋文藝》是十六開，我提議將每期《南洋文藝》拆版前改為書度，這樣就可以省去重新執字粒和排版，只須支付紙型費、印刷費和作者稿費（每千字二元），以低成本出版一套書。

馬：出版這套叢書要否向新加坡總公司寫計劃書？

譚：不用，我自行決定就可以了，亦毋須徵求他們同意，我只對他們說出版這套叢書的成本很低。

馬：譚先生以甚麼原則挑選作品編入叢書？有沒有特別選南洋的作品？

譚：我主要看作品的水準，而南洋作品的份量不足夠出版單行本。我記得在每期《南洋文藝》入選的文章上蓋章，做妥這件事我才離開出版社。我記得在我未離開之前，已見到《寂寞的山村》、《建屋工地上》、《太陽下山了》，還有一本《陳錬青文集》，似乎是星馬文學遺產選集，其他尚有約四、五本，已改好版，但後來是否出版，或改用其他出版社名字出版，我可不知道了。除了幾本書如舒巷城《太陽下山了》較為滿意外，我認為《南洋文藝叢書》算不上成功，自己也沒有保存一套留念。

馬：舒巷城先生的《太陽下山了》一九六一年在《南洋文藝》創刊號連載至第十期，翌年一月收入《南洋文藝叢書》出版。請譚先生談談出版這部單行本的經過。是否該套叢書的第一部作品？

譚：我現在記不清楚這些細節，不過我相信《太陽下山了》應該是叢書第一部作品，因為將它改版最容易，不需要多少功夫就可以出版了。我在校清樣時，同時蓋一個「改排書樣」的印，印刷廠就會把雜誌版進行改版。

馬：出版《太陽下山了》單行本時，舒巷城先生有沒有任何改動，以及參與編校的工作？

譚：印象中，他沒有修改過叢書版的《太陽下山了》。以他的性格，我以為他會精心修改一遍才出書，但他完全沒有這樣做。我們編這些叢書，都是由我先揀選合適的作品，然後通知作者以每千字二元出版他們的書。如果他們同意的話，我們就着手編書，由我校對一遍後就可以上機印書，作者不用參與編校的工作。

馬：《太陽下山了》印了二千本，行銷香港、澳門和南洋一帶。其後，有沒有再版？

譚：據我所知，《太陽下山了》沒有在南洋文藝出版社再版過。我離開後，出版社曾經搬遷過，很多資料已經散佚，《太陽下山了》更加沒有可能再版了。

馬：可否談談舒巷城譯海明威等撰《橋邊的老人》（*Old Man at the Bridge*）（一九六二，收入《南洋文藝叢書》）的出版緣起及銷售情況？

譚：《橋邊的老人》並非長篇單行本，只是將《南洋文藝》的短篇小說集合成一個單行本出版而已。出版時，我已離開出版社，不知銷路如何。

馬：譚先生與舒巷城先生同樣喜歡繪畫，你們有沒

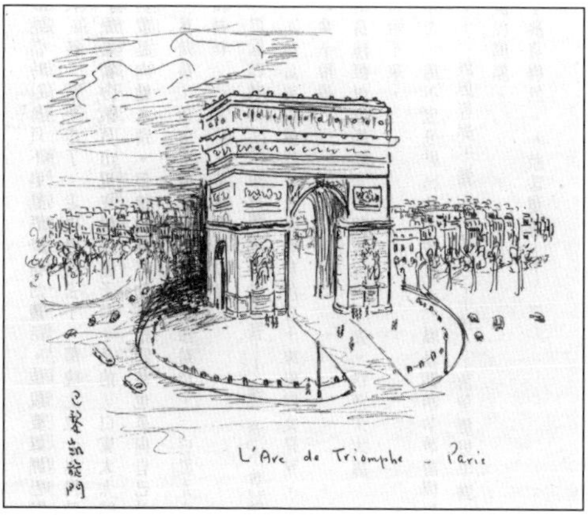

舒巷城的速寫作品

有交流繪畫的心得？譚先生對舒巷城先生的速寫有甚麼看法？

譚：除了編書和期刊期間外，我們很少見面，亦沒有談論過繪畫的問題。其實，我一直不知道他喜歡畫畫，因為他從來沒有提及這方面的興趣。後來，我在《巴黎兩岸》中看到他的速寫才知道他對繪畫也有興趣。他的速寫以線條勾勒出事物的形象，欠缺細節，不太講究技巧。

我最後與他的接觸，大約在一九九六至一九九七年間，幫鑪峰雅集約他出書，即後來的《夜闌瑣記》。我們居住的地方接近，每次約他到西灣河文娛中心門口交稿時，見他走起路來已經很辛苦，要邊走邊休息。

馬：談過舒巷城先生後，我們談談別的話題。譚先生曾經編過《中國新文學大系‧續編》之《文學論爭集》及參與《中國新文學大系‧續編》的工作，現在可否透露在國內的「主要編者」的名字？為甚麼《中國新文學大系‧續編》移往香港出版？

譚：「主要編者」其實是常君實先生。我在自己的網誌（http://tamsaumokgblog.blogspot.com）開始整理這個問題，我剛寫了一篇前言，可以參考。這件事是二〇〇〇年常先生寫了一封信給羅琅，其中有幾頁是談《中國新文學大系・續編》的問題，他對這套大系的出版甚為不滿，特別是對我的批評；因此，我才整理這個問題，以免文學界對我有所誤解。我會將他信中談這件事的內容，以及我回覆的信件在網上發表，公開交待這件事。至於《中國新文學大系・續編》移往香港出版，我不清楚具體的原因，不過我估計以當時文革的情況來說，內地出版社出版這套書會有風險，誰願意冒這個風險呢？

雖然《中國新文學大系・續編》是大型叢書，而且印了五百套，每套售五百元，但短期內全數賣完，這個事實說明了當時有不少人需要這套書。我曾經在《中國新文學大系・續編》之《文學論爭集》的序言中，用黑體註明序言是我「編寫」的，而且在「編寫」二字旁加上黑點，但我離開出版社後，接手的人沒有依我的指示做，以致別人誤以為這篇序言是我的創作。如果說序言中有哪些是我個人的觀點的話，就是談到文學應該為誰服務的問題，我認為文學不一定為工農兵服務，應該為需要文學作品的人服務。序言中其他內容，我是根據手上的資料編寫出來的。所根據的資料，我曾列出所有參考書名、作者、出版者、年份，大概有四、五十種；後來我才發覺，有些被遺漏了，可能是後來接手的人疏忽。

馬：譚先生有一段頗長時間停止文學創作，原因為何？

譚：我在出版社的工作，收入根本未能應付生活，編《中國新文學大系‧續編》之餘仍要兼顧教畫及其他工作，所以停止了文學創作。坦白説，畫畫比寫文章更易討生活，因為不用靠地盤發表作品。

馬：今天十分感謝譚先生接受我的訪問，談到與舒巷城先生在文學上的交往，以及他兩本長篇小説《再來的時候》及《太陽下山了》的出版情況，加深我們對這兩部作品的認識。謝謝！

原刊於《城市文藝》，第七卷第四期，二〇一二年八月

師友情誼——訪問韓牧先生

韓牧先生一九六〇年代開始閱讀舒巷城先生的詩作，後來認識舒巷城先生，建立友誼。韓牧先生對他的詩有深刻的認識，曾撰寫長文暢論舒巷城先生詩作的特色。二〇一一年十一月十六日（星期三），筆者透過電郵發訪問大綱給身在加拿大的韓牧先生；二〇一一年十一月二十五日（星期五），收到筆訪韓牧先生的回覆。筆者特此鳴謝。

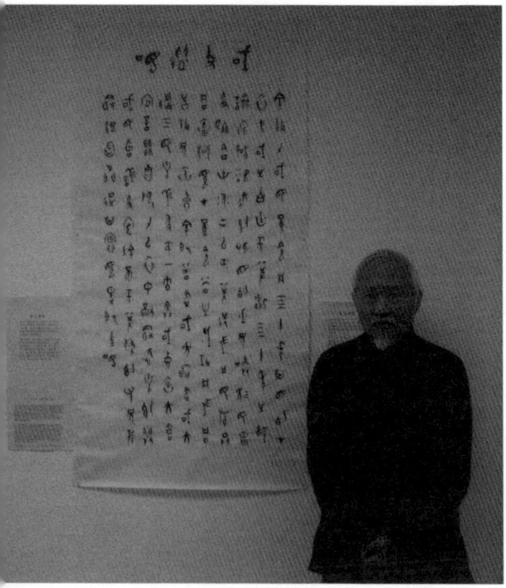

韓牧先生近照

韓：韓牧先生　　馬：馬輝洪

馬：請韓牧先生分享年青時學習寫作的情況，以及在澳門、香港和加拿大三地走過的文學道路。

韓：感謝你給我機會，與讀者分享我的「回憶舒巷城」，但這個問題，是要我回憶我自己了。是讓讀者先了解我的背景吧。

我在澳門出生、長大、受教育。初中時，國文課本裡有冰心的新詩，但老師一翻就過，不教。他酷愛舊詩詞，每堂都要教一兩首，他最喜歡的是陸放翁、蘇東坡。我卻偷偷寫了些新詩，還把哥哥的高中國文課本拿來，專找新詩看，記得有聞一多的〈洗衣歌〉、朱湘的〈採蓮曲〉、劉半農的〈一個小農家的暮〉等。

學校裡各班定期出版「壁報」，掛在走廊爭妍鬥麗。一次，負責編輯的兩位同學都沒有來，我只好一人包辦，缺稿，就把自己的一首過百行的長詩抄了貼上去，題目好像是〈沙漠行軍〉，當然是純想像的了。

雖然愛寫作，但發表慾不強，澳門也沒有可供發表的報刊。除了學校的年刊外，我第一次公開發表的是一篇散文，名〈翠亨村遊記〉，登在名為《澳門學生》的學生團體的刊物上。

一九五七年高中畢業，到香港覓食，考進一家很具規模的紡織廠，不久當上了實驗室的主管。我深切體驗到貧富懸殊、官商勾結以及勞資矛盾。矛盾激化起來，是互相用拳頭以至槌頭來解決的。或者用恐嚇，說：「『政治部』要來調查你！」此外，當時我有「少年維特之煩惱」。我要記錄這些血淋淋的、淚斑斑的、令我感動的事實，就寫了一些新詩。當年馬壩人的出土，南韓暴烈的學生運動，都成了我詩的題材。第一次在報刊上發表的是一首愛情詩，名〈寒風〉。

閱讀了幾本寫詩的入門書。大量閱讀詩集，把公立圖書館裡能借到的全部借來，連妹妹就讀的學校的圖書館的也全部借來，一本接一本的看。最初幾年工廠還是兩班制，每天工作十一小時半，我哪有那麼多的時間看書呢？有，因為我會「偷」。

我把詩集攤放在我的寫字枱半開的抽屜裡。實驗室的同事明知我在偷偷看書，但都不敢走近，因為他們都是我的下屬。工廠裡階級分明，例如，職員（管理人員）與女工（被管理者），是不能談戀愛的。一旦廠長在門外經過，我就把抽屜一推。我要走開時，就把抽屜鎖上。工廠裡的職員廁所、出廠公幹時路過的小公園的角落，都是我看書的場所。

除了中國和外國的新詩，古典詩我也學習，偶然也寫一兩首。硬性規定自己一天要背熟一首，沒有背熟，明天就要背兩首了。不敢積壓。後來又進修香港大學的校外課程，與新詩有關的，如詩文朗誦、廣東民歌，以至哲學。

二十三歲初戀失敗，女友，我找到了「書法」這個代替物，沉迷其中，詩不寫了。幾年之後覺得，書法是善於「陶冶性情」而拙於「抒發感情」，於是全副精神重回新詩。那時二十九歲。

那年代，香港的文藝青年組織「文社」之風極盛，我雖努力寫詩，着意投稿，廣交左、中、右的詩友文友，但卻游離於團體之外。這一點，與後來認識的舒巷城相似。他也不參加任何團體。到了八十年代後期，作家團體競相成立：有擅把他的名字寫入創會者名單內，他厚道，只向我訴苦，沒有公開澄清，不了了之。這方面，我與他有同有異，同的是：被動。異的是：後來，凡是邀請我的，我都加入。因此，我可以同時是兩個對立的團體的成員。我可以藉此維持我的「平衡」。

我在香港，這一個開放的國際城市，學得最多。六十年代初，我看到以色列的舞蹈團，女兵持槍上舞台跳，比《紅色娘子軍》早得多；幾內亞歌舞團的男女舞者，一律光着上身跳：不損藝術。

八十年代開始，我關心到我的出生地澳門，我認為澳門人應該醒覺了。「澳門文學」這一名詞和概念，不知何故，一直沒有人提出過，包括廣大的大陸、貼近的香港、若即若離的台灣、和澳門自己。我趁一次以香港作家身份到澳門參加「港澳作家座談會」的機會，呼籲「建立『澳門文學』的形象」，接着以在香港參加詩人聚會的經驗，創立了「澳門新詩月會」。其後又有一系列「建立形象」的舉措，如大型的澳門文學研討會、澳門青年文學獎、全澳學生朗誦比賽等等。

一九八九年冬我移居加拿大，立刻參加了「加拿大華裔作家協會」的活動，被推舉為理事會成員。這二十多年來，我所走過的，在我詩集《新土與前塵》的自跋中，已有較詳細的敍述，不贅了。

總括而言，在加拿大這些年，我除了寫出幾本詩集、幾本散文集，還把在港澳學得的經驗，引進加拿大來。例如強調「加拿大文學」和「加拿大華裔文學」的獨立性，不應依附「美國文學」和「中國文學」。正如「澳門文學」，沒有依附「香港文學」的理由。

你問我「三地走過的文學道路」，我可以總的說一說：歸納為四個字——斷續，崎嶇。斷續，是時間的，都是我自己主觀的選擇；崎嶇，是空間的，全是客觀、也就是別人給我的困難。

先說澳門。少年時代，文學只是我愛好之一。當時也愛音樂，唱歌、奏琴、作曲、作詞，還喜歡舞蹈、繪畫、書法。當時在文學的學習上，只有「斷續」，沒有「崎嶇」。八十年代我不斷回澳門作文學活動，沒有「斷續」，卻有「崎嶇」。最初我大聲疾呼「澳門文學」一時，竟然聽到反對聲音，遇到阻力。有人妒忌，也有人以為我搞「澳獨」。後來我們聲勢實在太大，才把對方壓住。

再說香港。我的青年、中年，是在香港度過。「斷續」，是先寫新詩，轉而寫書法，再重歸新詩。三個時期都是截然的，沒有交叉，也沒有兼顧。「崎嶇」，是鋒芒太耀時，幾乎掩蓋了前輩頭上的光環，遭到壓制、打擊，以致靈感不來，心灰意冷。可幸恩師吳其敏老保護、勸導，才得以重生。

最後說加拿大。五十一歲直到如今，在這裡。為了向加拿大各族裔人士推廣中華文化，同時也可藉此謀生，大致上，頭十年我專心書法，尤其是一如圖畫的甲骨文書法的創作和展覽，十年沒有寫一首新詩。踏入廿一世紀，我重歸新文學，新詩、散文、評論，源源不絕，寫出了幾本書來。「斷」了之後又「續」了。在加拿大也有「崎嶇」嗎？有。我們出身「港澳」的，一個時期，曾經遭遇到文學界個別來自「中土」的同胞的排擠、要清除出局。她們把創會會長、創會副會長都架空後，因為我最熱情坦率，又學得香港人的洞察，於是成為她們要先擒的「賊王」。感謝香港教得我精明，見招拆招，最後，使出身港澳的同行得到公平的對待。這就是「崎嶇」。其實，大家都來自中國，都離開了中國，都成了加拿大人了，幹嗎還要內鬥？

馬：韓牧先生在上世紀六十年代開始閱讀舒巷城先生的詩作。請韓牧先生憶述與舒巷城先生認識的經過和日後的交往。

韓：我最早讀舒巷城的詩，是他的中、英文詩集《我的抒情詩》，然後是在《伴侶》半月刊上的（後來又有在《七十年代》月刊、《海洋文藝》月刊上的），他長期有詩在《伴侶》，想來關係是密切的。踏入七十年代，我應《伴侶》之邀寫一個專欄，名「旅行小札」，也就成為它長期的作者了。那時聽說，雜誌社會辦一些作者與讀者聚會的活動，但我沒有參加過，連社址也沒有上過去，只是每個月把稿件交給約稿的人。以舒巷城內向的性格、低調的作風，我想他同樣不會參加這類公開的活動。否則，我與他的結交會早一些。

到底第一次見面在何時？在何處？經誰介紹？忘記了。只記得七十年代初大家已經很熟落，無所不談，無所忌憚。年齡上他大我半代，正正是我的「亦師亦友」，這是一種比較特殊的關係，我從他的作品上、言談上、身上，應該學到一些東西。他平等待我如好友，我的話、甚至我的詩，也有啟發他的可能。當時，我已離開青年時期，與他同屬中年人了。

也不一定「亦師亦友」就可以無所不談；那時我的詩友、文友，大多是小我半代的。常常覺得他們不夠成熟，甚至幼稚無知。我與他們相待如友，他們和我，都完全沒有「亦師亦友」「亦生亦友」的感覺。一方面，這不是因為我特別成熟，可以和「師」（舒）對等；另一方面，他們只二十歲上下，實在是青嫩的年齡。他們視舒巷城為師（雖未謀面），畢恭畢敬，只有向他學習的份兒。

至於我與舒巷城交往的具體內容，我在〈亦師亦友，再續情誼〉一文中已經寫了不少。①

馬：一九七八年，韓牧先生與太太沈惠治女士出席了美國駐港領事館邀請與聶華苓、保羅‧安格爾（Paul Engle）的晚宴。當晚宴會的目的是甚麼？談了些甚麼話題？

韓：那次我聽從舒巷城的勸告，與內子沈惠治應邀出席美國駐港領事館的約會，其實不是甚麼隆重的晚宴，地點是在半山的官邸，記得總領事夫人是華裔。

我倆到達時，見到何達。舒巷城在我耳邊輕輕一句：「他想不到你也獲邀請的。」我問為甚麼，他只輕輕一笑。

聶華苓後來多次訪華。一九七八年那次是首次，與丈夫保羅‧安格爾及兩個女兒，薇薇、藍藍一起去。從美國來，路經香港，就安排了這次與香港詩人的聚會。應該沒有甚

① 參見韓牧〈亦師亦友，再續情誼〉，《城市文藝》，第四卷第三期，二〇〇九年四月，頁十二至十六；另收入思然編《舒巷城紀念集》（香港：花千樹出版有限公司，二〇〇九），頁一三五至一四七。

麼特殊目的，因為邀請的五位除了我之外，何達、舒巷城、戴天、古兆申（古蒼梧），都曾參加過愛荷華的「國際寫作計劃」，記得當時戴天任職於美國領事館，身兼主、客兩重身份。從他們談話的內容，那是一次敍舊。他們談愛荷華的事、一些外國作家的事，我是不了解的。聶是湖北人，她談到家鄉時，我才勉強可以插嘴。

印象不能磨滅的是藍藍的一段大膽、直率的話。她是現代舞舞蹈家，這次到香港後，剛剛看了本地一位著名現代舞舞蹈家的一台表演，她極度不滿，說：「她，這個人不懂跳舞的！」

我與沈惠治坐在一旁，只聽不講。聶華苓夫婦走過來，聶有意無意的詢問我倆的職業、生活近況等，Paul Engle 問我是在哪裡、如何學得寫詩。我說我主要是自學，盡量多讀別人的詩，盡量注意生活細節。聶知道我出身於澳門，問我讀的是哪一間學校，我答話剛完，旁邊一位老詩人急不及待冷冷的一句：「這學校，我沒有聽過。」他與澳門沒有淵源，也不認識，沒有聽過是理所當然的。他這句話，當時我沒有在意。

還是沈惠治旁觀者清，後來她分析：獲邀的幾位，都是「愛荷華」的老朋友，邀請我，應是注意到我當時在《海洋文藝》月刊發表的詩，鋒頭勁、數量多，每期不缺席，海外名氣越來越響。事先，舒巷城就說，對我可能是一次重要的約會，一定要去。聶華苓夫婦又對我倆問得那麼細微，種種看來，那實在是一次「面試」。其後，舒巷城又問我倆具體的生活情況，又要了我的英文地址，更可證實。再後來，舒巷城才對我說明：「愛荷華」本來打算邀請我，但遭那老詩人極力反對，他是贊成的，也沒有用。

那時期，老詩人甚至在大學公開演講時，也暗指我「自命愛國」，其實是「假愛國」。導致有兩位與我同齡的、極要好的大陸新移民詩友，懾於其威勢、影響力，立刻與我畫清界線，疏遠、斷交。這兩位，我曾經在他們在香港的文學道路上以至生活上，給過很大的無私的幫助。

沈惠治說：這種朋友，不要也不足惜。老詩人那冷冷的一句，就露出「搞破壞」的馬腳來。

總的說：當晚的氣氛是融洽的、自然的。

馬：韓牧先生曾經在《新晚報・星海》（一九八二年一月十七日）撰文〈對詩評者的寄望——《談舒巷城的詩》讀後〉回應行健〈談舒巷城的詩〉一文，並表示「從來不寫評論」，但「這次不得不開禁了」。韓牧先生可否說說這次「動氣」的前因後果？今天回望這次辯論，會否維持當時的觀點？

韓：「行健」先生我至今還不知道他是誰。現在我把他的文章和我的回應，找出來逐字細看，相信他就是那次的「舒巷城專輯」的編者。因為他文中引用了舒的一段話，那段話就是在該專輯的一篇訪問記中。編者才有機會預先看到吧。訪問記沒有署名，可能也就是編者。

他這篇談舒詩的文章和我的回應，同樣有教訓人的口吻。我的還有「動氣」的表現。我文寫於一九八一年除夕，三十年過去了，句句雄辯滔滔、咄咄逼人，連諷帶刺。不過我認為，全是有憑有據的講道理，因此我完全「維持當時的觀點」。現在看來，他下筆草率，而我下筆前思考周密，下筆時字句嚴謹一如寫詩，對方是極難回應的。除非認錯。

你問「前因後果」。「前因」，是我一向對不少詩評者缺乏親身體驗，常常「捉錯用神」，謬讚亂彈，很是不滿。偶然見到該文，舒詩又正好是我熟悉的，於是趁機開刀，不惜大加鞭撻。「後果」是促使我立刻寫了該五千字、對方或他人都沒有回應。對我來說，我破了不寫評論的戒。

我不甘心人家胡亂評說，我也要加入評說、加一把口，爭鳴。但評論不是創作，不能單靠靈感和經驗。沒有學術基礎、沒有學歷、學位，大眾也不信你。後來引致我放棄職業，重新進大學學習文學理論、文學批評，作學術研究。對我，這是一次冒險，因為我最愛、最習慣、最擅長的，只是創作；轉而埋頭搞理論、作研究，極可能弄到創作靈感之泉枯竭，一舉兩「不得」。

馬：韓牧先生在〈出發，從我從都市從鄉土——探索舒巷城詩的特點〉認為，[①]「舒巷城在香港文藝界，甚至文學史裡，應有一個特殊的位置，因為難以找到與他同類的作家。」除了是香港和中國的「重要的詩人」，韓牧先生可否進一步說明「特殊的位置」的意思？

韓：我說「舒巷城在香港文藝界，甚至文學史裡，應有一個特殊的位置」，就正「因為難以找到與他同類的作家」。自成一類，就是「特殊的位置」了。

首先，他土生土長卻有抗戰經歷。其次：他全面，小說、新詩、散文、報告文學、評

① 參見韓牧〈出發，從我從都市從鄉土——探索舒巷城詩的特點〉，《讀者良友》，第一卷第三期，一九八四年九月，頁八八至九五。

論、翻譯、英文詩、舊體詩詞，件件皆能。

再其次，我覺得他能達到別人難以達到的「三化」：他熟悉並刻畫小市民、低下階層，但詩中卻沒有直接用入方言，但本土性甚強。那是食「土」而化之。有些香港詩人愛用香港的方言俗話，本土氣氛反而不及。那些沒有提煉過的方言俗話，不但不懂粵語的外省人茫然，看不下去，錯失了極大量的讀者；甚至連懂粵語的香港人如我，亦不明白。

他能翻譯、寫英文詩，中文詩裡卻不見洋式語句，那是食「洋」而化之。一些不懂外語的詩人，中文詩卻像洋詩直譯。他的舊體詩詞極好，新詩中卻沒有夾用入文言（已經融入白話的文言，如「其實」「似乎」「並非」「否則」「總之」「諸如此類」「原來如此」之類除外），那是食「古」而化之。至於他的不群不黨，那是餘事了。

馬：一九八八年，韓牧先生以〈舒巷城詩的本土性〉為題參加「香港文學國際研討會」。① 韓牧先生為甚麼提出以「本土性」的角度分析舒巷城的詩？

韓：我素來重視文學藝術的本土性。恰巧舒巷城是個本土性強的作家，大眾公認，他自己也同意。

以本地為本位，刻畫本地的普羅大眾，寄予同情，以至演奏本地的地方音樂、廣東音樂，唱本地的地方戲曲、粵曲，是我們的共同愛好。

當然，如果要分析、評論另一個詩人，我就會用另一個角度。依據作家、作品特具的、獨具的、最鮮明的特點來定角度了。例如擅寫山水詩的，我會用「山水」的角度；擅寫諷刺詩的，就用「諷刺」的角度。說深一層，舒巷城擅寫都市詩，也可以用「都市」的角度，不過，這「都市」，也正是他的「本土」。他所寫涉及大自然的詩，都是泛指，並非香港本土的大自然。

上世紀五、六十年代，我如飢似渴大量閱讀文學書籍時，也大量閱讀了南洋的。大概因為討厭身處環境的污濁，而嚮往南洋的純樸。久而久之：竟然意外形成了我的「星馬面貌」。香港不少文學界的師友，往往以為我是「南洋人」。知名的如《海洋文藝》主編吳其敏先生、《文藝》主編曾敏之先生、前輩詩人柳木下先生、武俠小說家梁羽生先生

① 參見韓牧〈舒巷城詩的本土性〉，《韓牧評論集》（香港：紅出版，二〇〇六），頁九八至一三〇。

等，對我的身份都有過這美麗的誤會。其實迄今，我還未曾踏足過「星馬」。當年香港大會堂圖書館的書架上，整整齊齊排列了一套星馬出版的文學叢書。有詩、散文、小說，也有理論和評論，我全看了。我因而知道，他們曾有過「僑民文學」與「馬華文學」的論爭。由此我感到本土性、獨立性的重要。後來我強調「澳門文學」的獨立，這也許是根源。

馬：請韓牧先生分享創作〈亡友的筆名——舒巷城早年有筆名「秦西寧」〉一詩的經過。這次是否韓牧先生第一次到太寧街？

韓：此前我從未到過太寧街，那次是第一次。二〇〇六年十一月，我回香港探師訪友。那天天雨，我憑地圖，渡海找到了「香港電影資料館」，目的是找館長羅卡，順便送他一冊新出版的《剪虹集：韓牧藝評小品》。幾年前他曾應邀作為「二〇〇一年中國大陸、香港、台灣電影節」的嘉賓，首次來到溫哥華，有過一些交往。他又是我澳門同鄉。我書中有一篇〈羅卡勾起的回憶〉，就記下這一段緣。

原來他已退休，那天沒有到館。沒見到，很失望，「悵然的秋雨的午後」，就如詩中所寫，我尋找歸路時，無意中蘇醒了「一個地名一個筆名：西灣河太寧街——秦西寧」，轉轉折折找到了因舒巷城而久聞其名但從未到過的太寧街。

寫詩重客觀描述。一如畫家的現場寫生，我習慣當場握筆速記，包括現場的環境、氣氛、人事，及當時自己的心理活動。常常，只需稍稍修飾一些字眼，調動一下句子的次序，就是成品了。這一首也是如此。詩末，我註了日期及地點，表明是當場完成的。實際上，若不當場速記，許多細節事後都會遺忘，那些細節，往往是詩意所寓。

忽然想到一句話，舒巷城常常說的，他愛用來總結、平衡某一件事：「得一失一」。現在我反過來說：「失一得一」。如果當天羅卡在館內，我見到他，我不熟路，他一定會指示我正確的歸路，那麼，我就不會見到太寧街，不會有這首詩了。

馬：韓牧先生在〈亦師亦友，再續情誼〉提到「港澳以至南洋的青年」受到舒巷城先生的都市詩影響，「有意的或無心的，學習他的寫法、或不自覺的被潛移默化」。請韓牧先生列舉一些例子。

韓：據我當時所見所知，港澳以至南洋，有不少文藝青年，學習舒巷城寫都市詩，甚至模仿。大概一般人的想法守舊，認為風花雪月、青山綠水、鳥語花香，或者個人內心「不像人言」的話，才算是詩。繁囂污濁的都市，沒有詩意。舒巷城不避寫，專門寫，他自然、平白、精煉、富音樂性的語言，傳遞出他對都市百態的細膩觀察、獨到了解，對所在都市的愛，對市民大眾的同情。得到大多數都市居民的共鳴，讓不少文藝青年佩服，成為他們學習的對象。讓他們知道，自己熟悉的、耳目隨時可及的現實，縱然不美、醜陋、可憎，卻原來可以提供源源不絕的詩材。這樣寫的，也是詩。（其實，老杜的「朱門酒肉臭，路有凍死骨」不醜嗎？）

舒巷城為他們開闢了一條新路。現在是四十年之後，當年許許多多文藝青年的名字，我印象模糊了。他們大部分沒有繼續寫作，或者沒有出版詩集。

不過：我可以舉出幾位我的詩友，星、馬、港、澳各一，及其都市詩兩首，與舒詩近似的。他們四人的共同點有四：一、是當地著名詩人，又是文學團體的領袖或文藝刊物的編輯；二、都出版過一些詩集；三、至今四十年了，仍未停寫作；四、都自認受到舒巷城都市詩的影響，或在其詩集的序跋中，或在給我的信件中。

新加坡的秦林：〈上班時間〉、〈社會新聞〉

馬來西亞的孟沙：〈賽馬日〉、〈一個小職員的夢〉

香港的陳浩泉：〈病〉、〈哀電車〉

澳門的江思揚：〈蟬〉、〈白天與黑夜〉

江思揚有詩集《向晚的感覺》，上兩首就是從該詩集選出。對於受舒的影響，他說得最多，節錄如下：

> 在我讀詩寫詩的過程當中，舒巷城的詩對我影響至深。原因是，當年我十分欣賞舒先生的價值觀：同情和讚美勞苦大眾；批判剝削階級；對為富不仁者的鞭撻不遺餘力；對草根階層有深厚的感情；追求平等

花千樹增訂本，二〇〇四年

和公義。……

而事實上他的表現手法不俗，文字有魅力。我由欣賞以至到刻意摹仿。……影響我最深的是《都市詩鈔》。……

雖然我與舒巷城先生素未謀面，但對他非常敬仰和崇拜。我曾有一個筆名叫「秦西行」（寫評論、雜文用的），是因為太崇拜「秦西寧」了，所以取了一個接近的筆名，以茲紀念，並希望學到其文采之萬一。……

馬：韓牧先生的創作有哪些方面受過舒巷城先生的影響？

韓：要談「受過的影響」可以分兩方面來談：一是其人，二是其作品。其人，看來我沒有受過甚麼影響。他與我有許多共同點，如輕視虛名、認真、要做足一百分、熱情待友等。但也有許多不同點，他的厚道、謙讓、平和，絲毫沒有影響我的嚴苛、好勝、衝動。當然我也影響不了他。我們在保持自己天性的前提下交往。我們都愛現代的和古典的文學、詩、音樂、戲曲、繪畫。我也剛好趕上了一點抗戰經歷。因而，電話也好，見面也好，每次都談不完。

文學上我主要是寫詩，他的作品若對我有影響，就是詩方面。氣質上，我與他不同。記得他曾問我，我希望在哪一個地方終老。我說不知道，我反問他，他說「上海」，因為繁雜豐富。我想，選擇在何處終老，可以窺見其人心底的最愛。可知他最愛的是都市，而我最愛的是大自然，攀山涉水。不客氣說，憑我對大自然的認識：我感到他詩中的彩虹、山林、河流、鳥兒、野花、曠野、水之涯、山之巔、瀑布、銀色的月光等等，都不是耳聞目睹的，只是從書本來，從想像來，既不真實，更無地方特色。讀者也是如此，就不會發覺。這點，八十年代我在評論舒詩的文章中也提到過。我不為賢者諱，雖然是好朋友。

細細思量，我雖在讀到舒巷城都市詩之前，也有寫都市詩，但在七十、八十年代我大量寫都市詩，無可懷疑是受到他的啟示。不過我覺得，我與比我年輕半代的詩友不同（包括上一問題所提到的四位），他們比舒巷城年輕一代，多是主動學習他的寫法。而我，也許是被潛移默化。在與舒巷城這麼多年的交往中，他當面只讚過我一次：「韓牧，你悟性很高。」其實我也不清楚他何出此言，具體指甚麼。

我把他的《都市詩鈔》重看了一遍，我找出我兩首：〈工廠區偶拾・午飯〉和〈住所〉，可能是最似他的，現列下，供比較：

〈白領的夏季之二〉（舒巷城）

午飯時間在中環
人潮混濁
像週末的海灘
好容易才在餐廳裡找到
一個不夠伸懶腰的空位
吃一個不易消化的「常餐」
或者急急忙忙
咽下一碟牛腩飯

〈工廠區偶拾・午飯〉（韓牧）

一群群疲乏加上飢渴加上胃病
湧向街道上擁塞的熟食檔
六月　驕陽盛怒在頭頂

每一把太陽傘遮住十幾個
枯黃臉映着傘的紅光在流汗
地上蒸發着乾不掉的腐臭
病菌、在繁殖子孫

飯桌是手掌　座椅是兩腳站
你來一碗鴨血韭菜麵
我來一碗「魚翅」　白粥的價錢
還有雞腳　牛筋　豬皮豬肺
總之來自動物
卻找不到一根動物纖維

找到了　有一隻雞就握在你左掌
全隻的　畫在你的八角缽邊

我有一首〈住所〉，現在看來，好像是用舒巷城的四首都市詩綜合而成，實際上不可能如此。現把這五首詩列下，讓你和讀者去比較、分析好了：

〈住所〉（韓牧）

都市的樹　生長　在盤上
都市的鳥　飛翔　在籠裡
加鎖　加鏈　加鐵門
我們把住所改裝成監獄
自己作囚犯

都市的魚
安全在海鮮酒家的水族箱

〈白鴿籠之一〉（舒巷城）

人住的「白鴿籠」
比白鴿住的白鴿籠擠
幸運的偶然看見
一點點變了色的陽光

有人一輩子對着牆壁不見窗
而且僅有的一點空氣
也越來越漲價了，一吋一吋

〈鎖〉（舒巷城）

這裡有太多的鎖
門　患了麻痺症
而上了鎖的心
也難得開心見誠

〈鑰匙〉（舒巷城）

那一串串的鑰匙
纏住我們
像牆內牆外的爬藤
纏住磚石欄杆和別的植物

而我們，在生活的搏鬥裡
已成了配帶鑰匙的動物

〈水族館〉（舒巷城）

水族館
是魚的七彩繽紛的都市
那裡面
有爭食於玻璃缸內的
變種的金魚

原刊於《城市文藝》，第七卷第一期，二〇一二年二月

結緣在鑪峰——訪問羅琅先生

由上世紀五十年代開始，羅琅先生透過文章認識舒巷城先生，然後往還見面，到一九九七年為舒巷城先生出版他生前最後一本著作《夜闌瑣記》為止，橫跨四十多年，交情深厚。本訪問稿經羅琅先生審閱定稿。

日期：二〇一一年五月二十日（星期五）

時間：下午三時至五時

地點：香港北角海逸酒店 The Point 餐廳

羅琅先生受訪時攝

羅：羅琅先生　　馬：馬輝洪

馬：十分感謝羅琅先生接受訪問，談談舒巷城先生的往事。首先請羅先生講述昔日由中國內地來港後的生活，以及開始寫作的情況。

羅：我出生於潮州，一九四九年來港。當年國民黨軍隊經汕頭撤退去台灣抓壯丁湊成士兵領取軍餉，被抓的人被剃去眉毛送上停泊於港口的船上防止逃跑。

當年我十八歲，不滿國民黨統治，且曾受金圓券、銀圓券貶值帶來的苦難。媽媽知道我反國民黨的心情，而我又是她的獨子，恐怕會出事，要我暫時離開汕頭，來香港投靠大姑媽暫避。但當時時局緊張，汕頭隨時會解放，已無大輪可搭來香港，只有用坐單車尾的方式，要兩日路途才到香港。

我姑媽叫羅美銀，住在香港西營盤西元里一層舊唐樓，小小地方住了很多家人，有三間板間房、兩列碌架床，我表哥一人睡吊床，我被安排與表哥孖床。

語言不通，日間無事常到三角碼頭一處小客棧去找些同鄉熟人，有幾個做水客的同鄉平日住在那裡，後來三家人合作搞了一間叫和興盛行的出入口莊，代客帶貨落船賺取費用，他們見我有氣有力又年輕無事幹，便叫我在他公司換三餐一宿，每月只給我二十元作為零用、理髮、買木屐、買舊衣。我的工作負責煮三餐，烹茶掃地清潔。我想讀夜學，但下班時已趕不及上課，所以夜晚較空閒，有位朋友帶我去參加一個叫華人文員協會的社團，晚間為會員開設的歌劇組，地址在干諾道中五十六號四樓，離我工作的地方干諾道西六十一號三樓不遠。我參加合唱團又參加話劇組，這團體的負責人叫趙克，抗戰時他在田漢的話劇組宣傳抗日的演出，勝利後曾做過澄海縣督學，後來到香港任上海書局編輯。他很看重我。當年香港很多人不懂國語，所以要成立一個國語班供會員學習，他見我國語講得流利，便叫我負責籌辦。上海書局就在文員協會二樓，後來搬到德輔道中二七一號三樓擴充業務。一九五四年四月他介紹我進上海書局工作，月薪只有八十元。上海書局經理方志勇，叫我負責文書與星馬泰海外同業通訊，另外撰廣告、圖書發行等工作。到年底，方經理見我工作積極努力，加我薪水至一百五十元。

上海書局出版的小學課本是由宋雲彬、葉聖陶、孫起孟、陳君葆等人編撰，所以出版後一紙風行，星、馬、泰、印尼及香港的學校紛紛採用。我的工作也由普通職員升為發行主任，是公司中可參加高層出版、發行、會計及經理聯席會議的負責人之一。

在上海書局工作有固定工作時間，我便到九龍報名入讀「中業學院文學系」，兩年畢業。該院前身為著名教育家陶行之在上海創立的「中華業餘學校」，董事長為郭沫若，院長為成慶生。

我在上海書局工作至一九六七年三月才辭職，改去一家建築材料行任主任秘書。至一九七八年在中環永樂街開設宏圖出版社、宏圖文具圖書公司，出版圖書、售賣文教用品，也參加許多大社團工作，還為報章寫幾個專欄。

平日我工作已很忙，但我卻常閱報看書以增加自己知識。在上海書局工作時，該局訂有許多海外報紙如新加坡、印尼、泰國華文報紙，是公司訂來參考用的。可以說主要是我一個人看的，我經報上了解各地情況，方便工作。

我在香港寫第一篇稿子叫〈不速之客〉，投去《新晚報》，因初解放有人想套匯，而國內是嚴禁從大陸套匯香港的，因此有人向要匯款返國內的人游說把港幣交他，然後從國內叫人把錢交給收款人。我揭發這種勾當，文章刊出後還發來稿費，受到鼓舞，就寫點小文寄去報館，幾個報館設的圖書介紹版也約我寫稿，所以常常在《文匯報》、《新晚報》投稿，磨練筆尖。

《文匯報》的《文藝》版是由羅孚先生主編的，廖一原先生在《文匯報》管副刊，又為我們主編《少年文叢》而認識。

後來我又為《鄉土》雜誌、《新語》雜誌撰稿而認識吳其敏先生，因發行《文藝世紀》而認識源克平、張建南。後來又認識《大公報》的陳凡、《晶報》的莫光、《香港商報》的張初、《華僑日報》的鄭家積……等。

在上海書局時，負責圖書發行使我認識香港與南洋左、中、右的許多行家，我肯幫人，所以他們對我也尊敬。

五十年代，香港左派的新聞出版電影界有一個名為「團結杯」的體育活動，組織人是《大公報》的尹任先先生，我代表上海書局協助，將電影、出版、報紙的同人組織起來舉辦康樂活動和比賽如籃球、游泳比賽，星期天在淺水灣租泳棚，供同人換衫等，我還常去值班。鍛煉身體舒暢身心，也認識許多朋友。而工餘便撰稿，寄各報章雜誌發表。

馬：我知道羅先生上世紀五十年代已經認識舒巷城先生，請問你們在甚麼時候和場合認識，以及日後的交往如何？

羅：上世紀五十年代香港出版的報紙如《華僑日報》、《星島日報》，《工商日報》、《文匯報》、《大公報》、《香港商報》、《晶報》、《新晚報》屬大報，出版二張紙以上，而小報有的只有一張或張半如《上海日報》、《真欄日報》，只有一張紙，後來又增加至一張以上也不少。

舒巷城和我、海辛、李陽……這班人常投稿到適合自己的專欄去，而這些報紙也常聯繫投稿者搞些文學活動，如一九五八年十月十九日為紀念魯迅逝世二十二周年，他們寄請帖邀請參加，我們自然樂意出席，那次曾在紀念會發言的就有金堯如、吳荻舟、陳君葆、葉靈鳳、俞惠、吳羊璧、夏果、林青、十木本、韓思莽、譚藝莎、牛琦、阮朗、梁羽生、林歡（金庸）、舒巷城、海辛、麥秋適、俞何、羅琅、任真漢、陳凡、史復（羅孚）、高朗等。

因為報館有這類組織活動，有些未謀面的，因此認識，時常有書信往來、電話聯繫的，真正相見增加感情，我與秦西寧（即舒巷城）初見面可能從那時開始，但事隔五十多年，已記不清楚了。

吳其敏先生編輯出版《鄉土》雜誌，需許多僑鄉過去和現在的人與事，以供泰國華僑閱讀，每期都要我寫潮汕方面的文章，後來又編《新語》雜誌，我也為他在每期供稿，他寫字樓後來設於中環機利文新街，每發稿費都約在永吉街的陸羽茶室交稿和取稿費，舒巷城因在灣仔工作，海辛則在九龍，所以他們不常來，只好有空到他寫字樓去取稿費，但我們有空常相約品茗聚會。

馬：從資料上翻查鑪峰雅集第一次春節聚餐的年份有點模糊，請問舉行第一次聚餐是否一九五九年呢？

羅：我們第一次春節聚餐只稱春節聯歡會，應該是一九五九年春節之後，在尖沙咀德成街借影聯俱樂部舉行，有三十多人參加。

馬：舒巷城先生曾經出席鑪峰雅集第一次春節聚餐，並即場演唱粵曲，請羅先生憶述當時的情況。之後，舒巷城先生是否經常出席鑪峰雅集的活動如「茶啡會」？

羅：我記得認識秦西寧等文友後，過年都互發賀卡。一九五九年春節後，我與辛雄、李陽、譚秀牧、黃夏等幾人發起搞一次春節聯歡會，大家都同意由辛雄與黃夏負責向影聯借俱樂部搞聯歡晚會，秦西寧答應參加和表演節目，林真也熱心參加工作。當晚參加的還有吳其敏、藍真、何達、鄭樹堅、盧敦等人。當晚還有助興表演，秦西寧唱粵曲，由麥秋適二胡伴奏，何達詩人和我太太唐淑明朗誦詩人邵燕祥《建設詩選》中的新詩，也有人講笑話等。這次活動在十時左右結束，大家盡興而歸。

這次只是開始，後來還舉行旅行，后海灣品嚐肥蠔、到鋼線灣燒烤游泳等活動。平日每星期的飲茶則風雨不改堅持下去至今。

到了九十年代香港成立了藝術發展局，文學界可申請資助印書，但申請機構必須是香港註冊社團，因此我與海辛、高旅、吳羊璧、張君默、王方決定向警察局註冊為不牟利社團，並定名為「鑪峰雅集」，這聯歡聚會從無名稱變有名，限定成員交相同金額作飲茶費用，不敷費用由我包底。此外六十年代我和舒巷城、李陽、海辛，有時還有陳浩泉星期六中午常在灣仔有個「茶啡會」，消磨一個下午。

馬：羅先生可否談談短篇小説集《市聲・淚影・微笑》及散文集《海歌・夜語・情思》二書的編選經過，[①]以及選收舒巷城先生〈喇叭〉、〈賣歌人〉、〈香港仔的月亮〉及

〈鯉魚門的霧〉的具體情況？

羅：一九五九年聚餐後，有一次我聯同出版界同業到湛江旅行參觀，同行者有三聯書店的藍真先生、上海書局的歐陽乃沾、萬里書店的陳球安等人。萬里書店剛成立不久，以出版文學書為主，而且以祖國多種文學書紙型印書，陳琪兄從學生書店轉來萬里為負責人，他選了《冰心小說選》、《冰心散文選》，銷路不錯。旅途中，我向藍真先生提議出版香港青年作者的一本小說、一本散文、一本詩歌，以作鼓勵。藍先生答應與陳琪商量，結果萬里同意了，就請吳其敏編選。由李陽、海辛約稿，我為聯繫人。這就是《市聲・淚影・微笑》和《海歌・夜語・情思》兩書，每冊大概印二千本。十七年後，還再版一次。今年陳琪

《海歌・夜語・情思》（一九七九年再版）及《市聲・淚影・微笑》（一九七九年再版）

① 此二書由萬里書店於一九六二年出版。

兄來信，還談起這兩本書取名的經過。他說吳老編好書約陳琪兄見面交稿時，問兩書應用甚麼書名？吳老表示可用：《青年短篇小說創作集》及《青年散文創作集》。陳琪不表示反對，但他想了想後說小說集用《市聲・淚影・微笑》，散文集用《海歌・夜語・情思》，不老套又有文藝味道好不好，吳老聽後連聲說好，就這樣定下來。這兩本書主要是李陽約稿的，也有部分是海辛約的，這兩書出版後，詩人何達於一九六二年二月份的《海洋文藝》用筆名蕭鳴指小說集：「作者眼見在無邊黑暗中，所感到的陰鬱與痛苦的血淋淋現實淚影的關懷。」

吳其敏在散文後記中說：「這本集子正展示的，是我們目前所處環境下面的一些生活橫斷面，眾生相裡，正好兼備着鹹甜酸苦辣的許多味道，甚至可以說是苦味相當多。」十七年後再版，陳琪在再版〈序〉中說：今天的青年，「讓他們看看六十年代的青年們在文藝這塊土地上是怎麼開墾耕耘，不會是沒有用處的。」畫家陳球安當年初學畫，他的速寫早有成就，於是便選他幾幅速寫作封面和裝幀，反映當年香港原來風貌。〈喇叭〉、〈賣歌人〉、〈香港仔的月亮〉及〈鯉魚門的霧〉都是舒巷城自選的作品，分別收入《市聲・淚影・微笑》及《海歌・夜語・情思》。後來，劉以鬯先生要編上世紀五十年代短篇小說選，請我推薦作品，我影印舒巷城的〈香港仔的月亮〉和〈鯉魚門的霧〉

給他，他最後選了〈香港仔的月亮〉。[①]

馬：《五十人集》和《五十又集》二書收有舒巷城先生（當時用「秦西寧」）的作品，[②]分別為〈小流集〉及〈船及其他〉，請羅先生介紹此二書的出版緣起，以及選收舒巷城先生作品的情況。

羅：上世紀六十年代初出版的《五十人集》和《五十又集》是當時任香港中國通訊社社長張千帆（即張任濤）主催，由《文藝世紀》老總源克平集稿和編輯設計，那兩本書的作者大都是有名的作家作品，也選青年一代有成就的少作參加，所以秦西寧、李陽和我都有作品被選入。因是每人一篇，有五十人，所以稱為《五十人集》。第一本出版後，反應不錯，因此再編一本叫「又集」，「又集」的作者有第一集的也有

《五十又集》（一九六二）和《五十人集》（一九六一）

① 參見劉以鬯編《香港短篇小說選（五十年代）》（香港：天地圖書有限公司，一九九七），頁三二五至三三〇。
② 此二書由三育圖書文具公司於一九六二年出版。

新作者，還有南洋作者。

當年王深泉兄還未用「舒巷城」作筆名，用最多的是「秦西寧」或「秦可」，但秦西寧用的最多，因此我們一班朋友呼他名字都叫「秦老西」，後來香港大學《學苑》以為初見「舒巷城」是發表於《學苑》，因此還誤説「舒巷城」的成名是《學苑》培養出來的。因當時同左派無往來，他們不讀左派作品自然不知左派中也有佳作。〈小流集〉及〈船與其他〉是秦西寧自選交來，而那兩篇作品水準不差。可能是李陽約的稿。

《五十人集》、《五十又集》每位作者只取一篇稿子，但當年許多作者佳作不少，但又未能印單行本，所以又想出由四五人合集印成一本書，最初出版的是《春雨集》。當年要出版個人文集不易，第一因為當年出版社要付稿費給作者，第二左派作家集子不能運進星、馬、泰等反共地區發行，第三左派作者作品未能進入右傾中小學，第四作者都窮，無法自資印書。所以只好幾人合印一本，我與李陽就合印一本散文集叫《兩葉集》。

馬：《市聲・淚影・微笑》和《海歌・夜語・情思》的出版與《五十人集》和《五十又集》的出版是否有關呢？

羅：雖然這兩套書部分作者相同，而且都是由相近的人組稿，但二者其實是無關的。從銷路而言，《五十人集》和《五十文集》初印較《市聲‧淚影‧微笑》和《海歌‧夜語‧情思》好，大概是與作者的名氣有關，但後兩種卻有再版，前兩種未聽說有再版。這大概因主事人離港有關。

馬：羅先生曾經在〈舒巷城兩三事〉提及文革期間舒巷城先生「心情苦悶」。[1]他為何苦悶？

羅：舒巷城雖然與左派作家有來往，但不密切。他工作的地方是做香港人的生意，所以他不希望給人他是左派的感覺。他與我們幾個朋友來往，都是比較低調的。不過，他一直關心國內的情況，抗戰期間甚至回國，曾經為美軍做翻譯的工作。國內解放後，一連串運動，倒行逆施，他很心痛。文革期間，有一次我在北角雲華大廈遇見他，我們到樓上一間餐廳飲咖啡，談起國內作家的情況，特別是對批鬥作家秦牧，因為他與秦牧在抗戰時認識，一直有聯絡。當時，秦牧因為寫過幾篇文章，被批鬥得很厲害。其實，秦牧為人積極，而且他歌頌祖國的文章已廣為傳誦。舒巷城聽到秦牧的遭遇橫逆，所以感到「心

① 參見羅琅〈舒巷城兩三事〉，《作家》，第四期，一九九九年六月，頁五至十。

情苦悶」，是感同身受的表現。

馬：羅先生曾獲香港藝術發展局撥款，出版了兩輯《鑪峰文叢》共十一本香港作家的著作，而舒巷城先生生前最後一本著作《夜闌瑣記》（一九九七）收入《鑪峰文叢》第二輯，請羅先生介紹這套文叢及《夜闌瑣記》的編輯及出版情況。

羅：香港藝術發展局成立時，審批的書以右派作家較多，中立作家較少，左派作家甚至沒有人申請。於是，我組織自己熟悉的作家，向香港藝術發展局申請撥款出書。香港藝術發展局審批出書是沒有稿費的，只資助印刷費。當時，我提出申請出版二十本書，但藝展局只批出十本，而且分兩次撥款。我們首先出版第一輯五本，包括海辛《戴臉譜的香港人》、黃蒙田《黃蒙田散文・回憶篇》、譚秀牧《看霧的季節》、羅隼《羅隼選集》和高旅《高旅雜文》，然後出版第二輯另外五本，包括絲韋《絲韋隨筆》、吳羊璧《香港五十秋》、張君默《聚散依依》、楊柳風《覆瓿小集》和舒巷城《夜闌瑣記》。後來把黃蒙田的《黃蒙田序跋集》一併加進去，前後共出了十一本。我原本打算把舒巷城收入第一輯出版，但他當時幫張五常工作，一直沒有空整理舊作，遲遲未能交稿。最後，我只能把他的《夜闌瑣記》收入第二輯出版。後來，胡志偉任藝展局文學委員會主席，他主張用撥款幫助窮困的作家，我們申請第二批書最後被否決了。《鑪峰文叢》中，《夜闌瑣記》因為舒巷城而較多人認識，而且有很多散文介紹宣傳，但我不清楚發行情況和具體的銷售數字。

馬：一九九八年夏天，許翼心先生有計劃編輯《香港新文學大系》，曾與羅先生一起邀請舒巷城先生擔任編輯工作，請羅先生講述當時的構思。《香港新文學大系》後來為甚麼沒有出版？

羅：《中國新文學大系》（一九二五至一九三五）由上海良友圖書公司出版，在六十年代，香港世界出版社曾翻印供海外發行。《中國新文學大系續編》、《中國新文學大系三集》解放後在北京由常君實先生編好，續集在六十年代寄來香港由世界出版社譚秀牧校改出版，第三集則在國內改革開放後出版。

但廣州方面，暨南大學的學者提議與花城出版社合作編輯《香港新文學大系》，由劉以鬯先生任主編，也斯任編輯，由許翼心等人物色香港資深作家負責編輯。他到香港與我聯絡，希望我約舒巷城參加編委會（名單中還有黃維樑等人），我們三人在西灣河一餐廳見面，許翼心道明來意，舒巷城一口拒絕，說他年事已高，身體不好，而且他正為港大張五常教授工作，平日很忙，不能幫手。而他們構思的幾位編委也不易合作，加上主編這樣大工程，經費不易籌措，實屬無米粥，最後自然不了了之。而許翼心實有心無力，且他心目中香港有兩位人選可能不能合作，他也不清楚，後來情況有變化，所以無疾而終。

馬：鑪峰雅集於一九九九年三月在三聯書店展覽廳舉行「鑪峰四十年藝展」，羅先生曾邀請舒巷城先生參加，請談談此事的始末。

羅：我們那次藝展參加的有三十三人，展出雜文家高旅、畫家小説家鄭家積、攝影家畫家陳迹、篆刻家小説家卓琳清（容穎）、作家甘豐穗、畫家蕭滋、譚秀牧、羅孚、杜漸、金依、張君默、潘淑珍、黃蒙田、吳羊璧、歐陽乃沾、魏翀、海辛、王方、郭魂等的書法、國畫、油畫和手稿，舒巷城我自然叫他參加，當時他身體違和；且他做事謹慎，又怕影響他工作，他未交稿，我也不勉強，因三聯展場其實也不大。

馬：羅先生於《鑪峰文藝》第二期（二〇〇〇）刊登舒巷城先生的詩詞遺稿，[1]並於第三期發表文章分析舒巷城先生的舊體詩詞。[2]雖然梁羽生先生和羅孚先生曾談及舒巷城先生的舊體詩詞，但以《鑪峰文藝》這兩篇文章在當時來説較具體呈現舒巷城先生詩詞作品及其特點。羅先生可否講述當時發表這兩篇文章的考量？與後來《詩國巷城》的出版有否關係？

羅：舒巷城寫新詩為多，偶也寫格律詩詞，但不常拿出來發表，大多寄給伍國才兄欣賞。他逝世後，我打電話給深泉嫂（即巷城嫂）問她可否找些詩詞給我，她説他寫的舊詩詞多數寄給伍國才研讀。我於是打電話叫伍國才選些寄給我，他滿口答應説先選部分發給我，相信若果是舒巷城自己選的話，其中一些他不一定肯拿出來發表。後來，伍國才編訂《詩國巷城》，並撰寫序言，那是為了花千樹出版社要出舒巷城的著作，相信同我兩篇文無關。

馬：如果要研究舒巷城先生的舊體詩詞，羅先生認為要注意哪些方面呢？

羅：舒巷城的舊體詩詞不免有些遊戲文章，研究時要將認真創作與遊戲的詩詞區分開來。其次舒巷城特別喜歡從生活中發掘題材，譬如他寫反戰的詩詞就是十分精采的作品。另

① 參見〈舒巷城詩詞遺稿——記念舒巷城逝世週年〉，《鑪峰文藝》，第二期，二〇〇〇年五月，頁一三〇至一三五。

② 參見羅琅〈讀舒巷城詩詞遺稿漫記〉，《鑪峰文藝》，第三期，二〇〇〇年七月，頁一一一至一一六。

外，他經常描寫西灣河、避風塘等有本土特色的作品。至於用字方面，他偶爾用廣東話入詩，十分傳神，譬如描寫筲箕灣阿公岩的作品就是如此。

馬：今天十分感謝羅琅先生接受我的訪問，由五十年代認識舒巷城先生開始，談到他生前出版的最後一本著作《夜闌瑣記》，以及他的詩詞遺稿。謝謝！

原刊於《香港文學》，總第三三〇期，二〇一二年六月

創作路上的扶持——訪問陶然先生

陶然先生一九七三年來港後，第一位認識的本地作家就是舒巷城先生。由最初書信往還，到後來經常見面，二人的關係亦師亦友。這次訪問既可從陶然先生的角度認識舒巷城先生，亦可了解舒巷城先生對陶然先生的影響。本訪問稿經陶然先生審閱定稿。

日期：二〇一一年三月二十五日（星期五）

時間：下午三時至四時四十五分

地點：香港鰂魚涌太古坊 Pacific Coffee

陶然先生受訪時攝

陶：陶然先生　　馬：馬輝洪

馬：首先感謝陶然先生接受訪問，談談舒巷城先生。我知道你們的認識，與蔡其矯先生有關，可否為我們講述這段往事？

陶：我是印尼華僑，一直在印尼生活。一九六〇年，我決定離開印尼，返回中國，主要有三方面的原因：其一出於愛國之心，其二希望回國讀書，其三印尼排華的情況日趨嚴重。印尼政府因為恐共的關係，要返回中國的人打手印發誓，永遠不會再回到印尼。回國後，直到七十年代初期，中國的情況令我感到前路徬徨，於是我決定離開中國。由於我不能返回印尼，別無選擇之下，惟有前來香港。對我來說，香港是一個陌生的地方；對於將來的生活，我更加是一片茫然。我當時與蔡其矯的關係比較密切，於是向他請教赴港之事。雖然蔡其矯與舒巷城沒有直接來往，但他曾經讀過舒巷城一些詩作，從詩中表現出來的氣質，認為舒巷城應該是一個交得過的朋友。所以，他建議我到香港後，如果希望繼續寫作，可以找舒巷城談談。

馬：陶然先生曾經在〈「性格決定命運」——漫憶舒巷城〉一文中，提及蔡其矯先生能夠讀到舒巷城先生的作品，是「一個在香港的閩籍詩歌愛好者」影印給他的。①請問這位「詩歌愛好者」是誰？

陶：他是尤水明，福建師範學院中文系的畢業生，亦是一位詩歌愛好者。蔡其矯在福建下鄉的時候，很多文學愛好者都喜歡與他來往，把他當成為老師，向他請教寫作的問題。尤水明就是在那個時候認識蔡其矯的。尤水明是較早的一批人前往香港，大概在一九七一、七二年左右吧。他後來轉行做保險，二十多年前在中環碰到，閒聊一會，匆匆而別。再後來就斷了音訊。

一九七三年，我來到香港後，不曉得如何聯絡到舒巷城。後來，蔡其矯寫信給我，教我寄信到舒巷城發表作品的報刊，然後請他們轉給舒巷城；蔡其矯又説，可以在信內提及他介紹舒巷城給我的事。舒巷城當時在《七十年代》有一個新詩的專欄「長街短笛」，於是我寫了一封信到《七十年代》，請他們轉給舒巷城。我原本沒有抱多少期望，後來果然收到舒巷城的回信。他在信中表示很高興收到我的來信，但沒有資格做我的老師，

① 參見陶然〈「性格決定命運」——漫憶舒巷城〉，《香江文壇》，第六期，二〇〇二年六月，頁四至八。另，收入思然編《舒巷城紀念集》（香港：花千樹出版有限公司，二〇〇九），頁一一〇至一二一。

也沒有資格做任何人的老師。他這兩句說話，我到今天仍然印象深刻。

馬：當時，舒巷城先生尚未認識蔡其矯先生，請問舒巷城先生如何知道蔡其矯這位作家？

陶：我現在不能夠確定舒巷城怎樣知道蔡其矯，隱約記得舒巷城提過由香港大學采刈社編選、波文書局出版的《中國新詩選一九一九—一九六九》，裡面收有蔡其矯〈西沙群島之歌〉和〈大海〉兩首詩。如果論資歷，蔡其矯甚至比艾青深，更早入共產黨；解放後，蔡其矯一直被主流社會排斥，一方面由於他的詩作與主流詩壇不同調，與當時主張文學只能歌頌光明不同；另一方面是他的私生活曾經受過批評。內地評論界一直忽視他的存在，對他的作品更加視而不見。直到上世紀八十年代，這個情況才逐漸改變。

蔡其矯與舒巷城合攝於海洋公園（一九八五年）

馬：儘管蔡其矯先生失意於當時的文學界，但他在福建時受到不少年青人的歡迎，可說得上是他們的導師。後來，蔡其矯先生為香港讀者認識，與香港文學研究社出版《蔡其矯選集》不無關係。我知道這本書是陶然先生主編的，可否談談這本書的出版緣起？

陶：我為香港文學研究社編過兩本選集，即《艾青選集》和《蔡其矯選集》，收入《中國現代文選叢書》。最初提出編這兩位作家選集的人是梅子。他知道我與艾青和蔡其矯有交情，所以交由我編這兩本選集。選集編目由最近期往前編，以詩作為主，散文為副，蔡其矯說惟有寫詩讓他興奮。當時他剛復出不久，沒公開發表的詩作也沒選入，其實那時他還未發的詩作很多。出於當時的環境，不便收入。

馬：陶然先生在〈意難平——憶舒巷城〉一文中，[①]披露了舒巷城先生部分信件的內容，其中不乏談文論藝的片段。請問舒巷城先生的書信對陶然先生從事文藝創作有哪方面的影響？

---

① 參見陶然〈意難平——憶舒巷城〉，《城市文藝》，第四卷第三期，二〇〇九年四月，頁十八至廿二。另，收入思然編《舒巷城紀念集》（香港：花千樹出版有限公司，二〇〇九），頁一五一至一六二。

陶：我本身是文學系出身的，一直關注文學。第一個在文學上影響我的人是蔡其矯。七十年代初，當時身在福建的蔡其矯寫了一封信給身在北京的我，他對於社會上流行的「文學無用論」很反感，並說就算把他燒成灰燼，他依然喜歡文學。他對我說，既然我是學文學的，為甚麼不拿起筆桿？這不是浪費了我嗎？他這兩句說話激勵了我走上寫作的道路。我先後寫了三篇作品給蔡其矯，他在覆信中對首兩篇作品提了一些意見，至於第三篇他說已經無能為力了，只要我繼續寫下去就可以了。之後，我到了香港，才與舒巷城通信。他除了談作品外，最重要的是教我做人。

我與大部分從內地到港的作家不同，我的作品一起步是以香港為背景的。我認為來到這裡，就應該投入這裡的生活，作品才能夠引起讀者的共鳴。無論怎樣努力回憶昔日在內地的生活，這畢竟都是過去的事，與本地的讀者無關。我以香港為本位的寫作方向，很可能是受到他的影響。另外，他曾經說過文字要避免陳腔濫調，要有自己的語言，對我都有警惕作用。

馬：除了舒巷城先生，陶然先生初到香港時有否與其他作家來往？

陶：我剛來到香港的時候，根本不認識本地的作家，更談不上來往了。我初期只跟舒巷城有書信來往。我性格較為被動，不會主動認識陌生人。我認識的舒巷城也是這種性格。我們一直通信，卻沒有要求見面。期間，我不是沒有想過與他見面，但總覺得香港人不習慣串門子，提出與他見面好像有些冒昧，兼且我當時可以與他通信，已經很滿足了，不敢提出非分的要求。

馬：我知道陶然先生與舒巷城先生首次見面與林臻先生有關。林臻先生是新加坡作家，很早就認識舒巷城先生。請問陶然先生甚麼時候認識林臻先生？

陶：我已經無法確切記起怎樣認識他了。大概因為我是印尼華僑，對於南洋作家有自然的感情，所以特別留意他的作品。後來我們就通起信來，他寄過一本散文集《風下雜筆》給我。我記得當晚與舒巷城首次見面，是接到林臻的電話，他說舒巷城正在他那裡，叫我現在就到他下榻的新加坡酒店。我稍為猶疑了一下，然後問他我是否方便到訪，他說沒關係的，叫我即管來吧。我們見面時，舒巷城分別在三把紙扇上寫詩，分別贈送給林臻和我，另外託林臻帶一把給李向。這次見面後，我與舒巷城的來往仍不多。後來到了上世紀八十年代初，大約是一九八二年吧，《新晚報》副刊辦了一次小型座談會，由羅孚主持，副刊編輯梁良伊（筆名一葉）組織，我記得當時有十多人參加，包括舒巷城、蕭銅等，其他人後來沒有見面，所以記不起他們的名字了。當時，我只是一位年青作者，能夠出席這次座談會令我有點受寵若驚。這次座談會主要談《新晚報》副刊改版的事情，徵求各位作者的意見。我記得當日討論過《下午茶座》的版面，甚至應否恢復馬經版等等。會後，我與舒巷城兩人去喝咖啡聊天。

馬：這次座談會有甚麼具體的成果，特別是文學上的收穫？

陶：沒有甚麼結果，主要是編輯聽取了我們這些作者對改版的意見而已。

馬：現在回看這件事，陶然先生認為這次活動是否有統戰的意味？

陶：多少都有這個意思……

馬：我們都知道舒巷城先生是很特別的人物，一直不群不黨。

陶：的確有些人當他是左派作家。他曾經不忿的對我說，他從來沒有在左派機構工作過，怎麼能算作左派作家呢？

馬：舒巷城先生雖然不是左派作家，但他不少熟稔的朋友與內地的關係密切，譬如羅孚先生、梁羽生先生、陶然先生、梅子先生等等，而他發表作品的報刊又以左派的居多。自從這次座談會後，你與舒巷城先生是否更加熟落？

陶：對。舒巷城當時住在黃泥涌道，在傳達書屋旁邊，租住了一個房間。一九七八年，我記得有一晚，我們在豪華戲院一起看了一齣西片；散場後，我們倚在軒尼詩道的欄杆閒談，他說他正在考慮是否購買一個位於鰂魚涌太古宿舍的單位，但始終下不了決定。我聽後就即時對他說：當然買啦！

馬：舒巷城先生當時正租住房間。他猶疑的原因是否與他的經濟情況有關？

陶：應該有關吧，但他沒有具體說明猶疑未決的原因。我從來沒有問他，因為實在不好意思問這些問題。那時候，南豐新邨剛剛入伙，我入住不久，知道他有機會搬至鰂魚涌，大家可以做街坊，我當然贊成他買太古宿舍了。自從他搬進太古宿舍後，我們就經常見面了。

馬：我們轉轉話題，談談舒巷城先生一九七七年前往愛荷華的往事。雖然他曾經在散文中提起赴美的事，但似乎沒有具體談到在愛荷華寫作計劃的經歷，譬如當時參與的文學活動、與其他作家的交往、生活情況等等。陶然先生知道他在愛荷華的情況嗎？

陶：他在愛荷華期間，曾經寫過兩封名信片給我，只簡略談到當時的情況，也沒有提及有否具體的寫作計劃。他回來後，我們見面時，他就有提到當時的活動包括詩歌朗誦會、旅遊等等。活動的詳情他就沒有多說了。

馬：舒巷城先生在愛荷華生活了幾個月，認識了一些來自不同地區的作家，但留下來的資料不多，實在太可惜了。我知道聶華苓女士對舒巷城先生的作品尤其是《巴黎兩岸》有頗高的評價，陶然先生可以談談這方面的事嗎？

陶：舒巷城遊歷過巴黎後，觸發了他寫《巴黎兩岸》這本小說的意念。這部小說是他比較滿意的作品，但結局比較悲觀。至於是甚麼原因導致這個結局就很難說清楚，可能是他見到當時在巴黎的畫家生活比較艱苦吧。我覺得舒巷城是一位有良知的作家，對人間事愛憎分明。在《巴黎兩岸》中，明顯看到舒巷城對當時流行的現代派藝術頗有保留。其實，他對現代詩也有意見，他曾經對我說，他雖然寫過詩，也出過書，但同樣看不懂這些所謂現代詩，一般讀者如何看得懂呢？我十分贊同他這種看法。

馬：陶然先生曾經在文章中形容聶華苓和保羅・安格爾於一九七八年的中國之行，在北京「見到艾青和蔡其矯，更是這次訪華的高潮」。[1]聶華苓和安格爾在中國還會見了楊沫、姚雪垠、夏衍、冰心、曹禺、黃永玉、吳作人、戴愛蓮等知名作家，陶然先生為甚麼如此形容聶和安格爾訪華與艾和蔡的見面？後來艾青前赴美國參加愛荷華國際寫作計劃是否與此行有關？

陶：聶華苓和保羅・安格爾先來香港，然後準備轉到內地。他們與舒巷城吃飯，談起艾青，當時我不在場。舒巷城回家後，想起我與艾青有書信來往，於是致電給我，表示聶華苓

舒巷城攝於巴黎香舍麗榭大道人行道上（一九六九年三月）

① 參見陶然〈腳怎樣看地板？——聶華苓帶來艾青、蔡其矯的近訊〉，《文匯報・筆匯》，一九七八年七月十六日。

希望到北京見艾青，問我有沒有辦法。我向他提出一個辦法：請聶華苓到北京首先找蔡其矯，因為蔡其矯與艾青的關係很好，經常見面，只要找到蔡其矯就可以找到艾青。聶華苓就是用這個方法，敲開艾青家的門。艾青當時仍未平反，他後來得到平反，聶華苓這次訪問可以說是起因吧。後來，聶華苓從大陸返回香港，舒巷城和我與他們在美麗華酒店見面。一九七九年，艾青在上海《文匯報》發表了一首詩〈紅旗〉，正式復出。一九八〇年，艾青平反了。同年，他前往愛荷華參加聶華苓主持的寫作計劃。幾年後，聶華苓曾提出邀請蔡其矯到愛荷華，但中國作協不同意，大概與蔡其矯是「邊緣人物」有關，最後也沒有成行。

馬：艾青夫婦曾經在一九八二年訪港，並且與舒巷城夫婦和梅子先生到陶然先生家中飯聚，可否談談這次聚面的情況？

陶：一九七九年艾青復出後，環境改善了，長期住在北緯飯店，高瑛（即艾青太太）透過艾青表示我們上北京的話，可以住在他們舊居。一九八〇年四月，我與聶華苓約定，一起到北京見他們，與他們的兒子艾丹、艾未未同住舊居。順帶一句題外話，北島與蔡其矯很熟，也到過艾青家找艾未未，但我未有機會碰過他。一九八二年，艾青夫婦與王蒙前往愛荷華經過香港，艾青夫婦住在華豐國貨公司旁的僑冠大廈（即三聯的招待所），而王蒙住在別處。難得艾青夫婦訪港，我做東請他們到我家中吃飯敍舊，還邀請了舒巷城夫婦和梅子，一起敍舊閒聊而已，沒有其他原因。我亦到過僑冠大廈，與他們聊天。這次與艾青見面，純粹是友情之約。

馬：據梅子先生表示，陶然先生提議香港文學研究社的《中國現代文選叢書》出版《舒巷城選集》。請問當時為甚麼有這個想法呢？

陶：以我當時認知的範圍，劉以鬯固然是香港重要的作家，其次就是舒巷城。我當時有一個想法：是否只有現代派才有出色的作家？我提議舒巷城確實有點抱不平的心態。我覺得舒巷城吃虧之處，在於評論界早已認定他是寫實派的作家，與現代派無關。其實，他有些作品是屬於現代派的風格，譬如《巴黎兩岸》。在寫作手法方面，他自成一格，並不如有些人說的陳舊。相較於其他作家來說，我覺得舒巷城是值得提出來收入選集的。我曾經問過舒巷城：「我向梅子提議出版你的選集，好嗎？」他很高興地說：「好呀！」他一點猶疑都沒有。選集內的作品由舒巷城選定，伍國才寫前言，梅子負責具體的編輯工作。

馬：在《讀者良友》的「舒巷城特輯」（一九八四年九月）中，陶然先生選擇了舒巷城先生的《白蘭花》為討論對象。① 為甚麼選擇這本較少人談論的長篇小說？

陶：舒巷城與我閒聊的時候，曾經提過這部長篇作品有偵探、愛情、奇情的橋段。雖然這部作品的藝術成就未見突出，但我覺得作為通俗的作品，還是有它的長處，譬如小說情節相當緊湊。一直以來，談論《太陽下山了》和《巴黎兩岸》的人很多，至於舒巷城用方維這個筆名寫的《白蘭花》則沒有人留意。很明顯，舒巷城不太滿意這部小說，否則他應該用「舒巷城」或者「秦西寧」作為筆名。我覺得大家應該要留意這部作品，因為它反映了作家的多面性，即舒巷城既可以寫嚴肅的《太陽下山了》和《巴黎兩岸》，也可以寫通俗的《白蘭花》，所以我就寫了那篇文章。

馬：請陶然先生介紹構思《香港作家》「舒巷城專輯」（一九九八年十二月）的經過。是否與舒巷城先生的健康狀況有關？

陶：我們籌備這個專輯時，知道他的身體不好，但沒有意識到他當時的情況是如此嚴重。我們搞「舒巷城專輯」，主要是認為他是值得推介的作家，以往大家對他的介紹做得太少。對於這位內斂的作家，我認為應該在文學上給予他適當的位置。當決定編這個專輯後，開始找認識舒巷城的老朋友幫手，內容以訪問舒巷城為主，同時選了《夜闌瑣記》一些文章，加上簡靜（即梅子）對《夜闌瑣記》的分析。無疑，當時編得有點匆忙，沒有甚麼組織，否則內容可以更加豐富。我記得我們在康蘭酒店訪問舒巷城，期間他仍然好像以往一樣，談笑風生，所以我們對他的健康狀況更加不以為意。訪問後，我們送他回南豐新邨，見到他有些氣喘，途中更停了兩、三次來休息。

馬：一九九九年，舒巷城先生逝世後，《作家通訊》的「悼念舒巷城專輯」（一九九九年五月）是首個推出的悼念專輯，可否談談編這個專輯的經過？

陶：當時最希望請到舒巷城的老朋友來寫悼念文章。黎歌認識舒巷城很多年，十分熟悉舒巷城的作品；而且，他們二人對古典詩詞特別投契，他們的交往比我與舒巷城更加密切。另外，我分別向梁羽生、羅孚等前輩約稿。舒巷城曾經在梁羽生編的《新晚報》副刊發表短篇小說，他們有很深的交情；至於羅孚，舒巷城在他編的《海光文藝》發表作品，建立了編者與作者持久的關係。為了紀念舒巷城，大家一呼百應，很快就交稿了。

① 參見陶然〈讀《白蘭花》隨筆〉，《讀者良友》，第一卷第三期，一九八四年九月，頁八四至八七。

馬：《台港文學選刊》於一九九九年第六期舉辦了「舒巷城專輯」，除了劉登翰的文章外，其餘的紀念文章都是出自《作家通訊》的「悼念舒巷城專輯」，《台港文學選刊》「舒巷城專輯」與《作家通訊》「悼念舒巷城專輯」是否有關呢？

陶：其實，兩者並無關係，《台港文學選刊》「舒巷城專輯」選收《作家通訊》「悼念舒巷城專輯」的文章前沒有跟我們聯絡，亦沒有徵詢我們的意見，出版後也沒有設法通知我們，更加沒有發稿費給作者，因此有些作者對他們的做法略有微言。

馬：二十世紀五、六十年代，香港文壇左右分明，舒巷城先生與當時的作家交往如何？

陶：舒巷城認識的香港作家不少，但交往密切者不多。舒巷城為人低調，在洋行工作時從不宣揚他的作家身份，同事間只知道他是一位從事會計工作的伯伯，喜歡稱他為「深泉叔」。他較少參與文學活動，反而與街坊的交情較深。他不喜歡人多的場合，只喜歡二、三知己促膝長談。據我所知，他與所謂右翼作家交往不多，與所謂左翼作家則較為熟稔。

馬：據陶然先生所知，舒巷城先生與中國內地作家的交往如何？

陶：舒巷城與中國作家的來往不多。除了艾青和蔡其矯外，他有提及與秦牧的交情，因為二人在上世紀四十年代廣西走難時認識，是多年的朋友。

馬：陶然先生曾經表示：「他（舒巷城）是香港文學史絕不能繞過的小說家，也是不能不提的詩人。」[①]陶然先生認為舒巷城先生在小說和詩歌方面有哪些成就？

陶：首先，舒巷城的寫作手法較為獨特，寫現代風格的作品時，既有新意之餘，又不流於晦澀難明。其次，他主張作品的文字不要過於花巧，內容要具體沉實。我很同意他這個主張，因為文字是作者與讀者溝通的工具，如果讀者無法明白作品，那麼作者也無法利用作品達到預期的效果。譬如，舒巷城在《太陽下山了》和《巴黎兩岸》兩部小說中，反映出他對人對事的看法，很容易引起讀者的共鳴，這就是舒巷城獨特之處。

馬：舒巷城先生一九四二年離港北上，是不願意在日本人統治下過活，希望投入抗日的工作。在湘桂大撤退中，他卻看到內地的人間慘況。經歷過這些遭遇後，舒巷城先生當時的心理狀態如何？

① 參見陶然〈「性格決定命運」——漫憶舒巷城〉。

陶：我只知道他走難時很艱苦，所以有《艱苦的行程》這部紀實作品。我知道他很滿意這部作品。

馬：舒巷城先生的作品是否有意用文字反映和記錄香港逐漸消逝的歷史舊貌和人間世相？

陶：他十分熟悉西灣河一帶的生活，而且對童年的生活印象深刻，所以很自然地反映在作品內。不過，我認為他未必有意識地保留西灣河舊日的風貌。他寫〈鯉魚門的霧〉和《太陽下山了》，純粹因為他熟悉這些地方，對低下階層的生活有較深刻的感受而已。

馬：舒巷城先生的小說中是否經常有自己的影子？除了《太陽下山了》外，還有其他例子嗎？

陶：他的作品中一定有他的影子，〈鯉魚門的霧〉和《太陽下山了》是明顯的例子。另外，〈雪〉中描述主角乘搭飛機時的經歷，應該是他外遊時觀察所得。

馬：請陶然先生談談舒巷城先生對《再來的時候》、《太陽下山了》、《白蘭花》和《巴黎兩岸》四部長篇小說的評價。

陶：舒巷城比較喜歡《太陽下山了》和《巴黎兩岸》這兩部作品，其中以《太陽下山了》是他滿意之作。

馬：今天十分感謝陶然先生接受我的訪問，暢談與舒巷城先生的交往，以及他對你的影響。

原刊於《城市文藝》，第六卷第三期，二〇一一年十月

相知相惜——訪問梅子先生

梅子先生與舒巷城先生交情深厚，除因大家的性格同屬內斂沉實外，還因對文學同樣一往情深。梅子先生在舒巷城先生生前，為香港文學研究社一九七九年出版的《舒巷城選集》和香港三聯書店一九八九年出版的《舒巷城卷》兩本重要選集任責編；在舒巷城先生逝世後，又繼續把他的作品《太陽下山了》（紀念版）、《艱苦的行程》（紀念版）、《巴黎兩岸》（紀念版）、《小點集》……一本一本校編出來，還協助巷城嫂編輯《舒巷城紀念集》。本訪問稿經梅子先生審閱定稿。

日期：二〇〇九年六月十三日（星期六）

時間：上午十一時至下午三時半

地點：香港北角海逸酒店 The Point 餐廳

梅子先生受訪時攝

梅：梅子先生　　馬：馬輝洪

馬：今天很高興與梅子先生談談舒巷城先生。我知道梅子先生與舒巷城先生認識二十多年，可否談談你們認識和交往的事？

梅：我認識舒巷城是因為陶然的關係，而陶然認識舒巷城是因為著名詩人蔡其矯的關係。七十年代初，我到香港後最早認識的寫作朋友是古劍。後來，古劍介紹陶然給我認識。與陶然閒聊時，才知道蔡其矯是他的親戚。陶然與蔡其矯一直保持很好的關係，兩人剛巧都是印尼華僑。當年陶然決定南下來港時，蔡其矯因曾讀過舒巷城的詩，印象不錯，便說，到港若想寫作，可找舒巷城請教，其實蔡當時也未見過舒巷城。這番話，使本互不相干的陶然與舒巷城後來成為好友。有一次，我從任職的波斯富街某書局下班後與陶然見面，他談到舒巷城，我才知道有這位作家。

左起：陶然、舒巷城、蔡其矯、梅子合攝於尖沙咀（一九八五年）

至於陶然甚麼時候在甚麼場合介紹舒巷城給我認識，我已經記不真切，想來是和後來出書有關。舒巷城交新朋友，通常都先慢慢觀察，認為對方是信得過的，才會暢所欲言。所以，我們認識初期，大家的交往未深。後來，通過陶然，見面漸多，大家慢慢熟落起來。有一段日子，特別是我在三聯書店開始策劃《香港文叢》，決定請他編選《舒巷城卷》之後，為了及時交流意見，我們常在北角官立小學對面的金華餐廳見面，商定目錄並談天說地，這些往事實在令人懷念。

馬：舒巷城一九四八年回港後至一九五〇年期間的創作情況如何？以哪類作品為主？

梅：這都是研究舒巷城要解決的問題，但我還未有這些方面的資料。我想，他早年恐怕多寫新詩和散文。一九四八年底，逃難在外，流徙七年之後，重返香港，創作之泉想必此後才真正奔湧出來。

馬：舒巷城在一九五一年發表了成名作〈鯉魚門的霧〉後，佳作迭出，為甚麼五、六十年代期間研究舒巷城的文章只有寥寥幾篇？

梅：五、六十年代研究香港文學的風氣仍然淡薄，不僅研究舒巷城的文章不多，研究其他作家的也不多。我在一九八二年假廣州暨南大學舉行的首屆台港文學研討會中，就曾以香港的文學批評為題發言，認為香港文學未能普及，與文學批評的風氣淡薄有關。高旅在那次會議中，私下勸我不要搞文學批評，因為沒有人會感謝，搞得不好更加會開罪別人。所以他自己的文章盡量不評論身邊作家的作品。八十年代以前，香港學術界不重視香港文學，大學裡基本上沒有香港文學的課。無論是文學界的迴避還是學術界的忽視，都說明五、六十年代的評論界不重視本地作家。

馬：高旅這個例子印證了黃繼持認為研究同代人較易有「人事牽纏、情面拘忌」等蔽礙的觀點，[1]可見昔日研究香港文學真的如履薄冰、舉步維艱。我留意到六十年代舒巷城經常在《伴侶》雜誌和《南洋文藝》發表作品，又在香港南洋文藝出版社、香港海濱圖書公司、香港伴侶雜誌社等出版了多本著作，有甚麼原因嗎？

梅：《伴侶》雜誌、《南洋文藝》和這些書局的書發行較好，都會銷到新加坡及其他南洋國家，所以他重視在這些園地發表及出版作品。當時，新加坡非常缺乏素質優秀的中文書籍，因此舒巷城的著作深受當地歡迎。我年少時在印尼生活，知道南洋的中文書，無論是教科書、文學書、雜誌等等，全部都是由香港運過去的。舒巷城早年也因此與新加坡文壇多交流，關係密切，曾幫幾位年青作家（如：秦林、蔡欣、風沙雁）的著作寫序。

熟悉舒巷城的朋友都知道，他從來不為別人寫序，對新加坡的作家算是例外。

馬：《舒巷城選集》是舒巷城先生的第一本個人選集，由香港文學研究社列入《中國現代文選叢書》出版。梅子先生是叢書的主編，請與我們分享邀請舒先生編這本選集的經過。

梅：決定編《舒巷城選集》的時候，我其實跟舒巷城還不熟，是陶然幫忙聯繫的。陶然說，舒聽有此事，很高興地應允了。我對他的作品掌握不多，因此，當他要我幫他寫序時，我不敢貿然答應，建議他找熟悉他作品的朋友代勞。於是，他找了伍國才，我負責建議內容範圍，由他定奪。我那時已知他小說、散文、新詩都有佳績，有些文壇熟悉的名篇，如〈鯉魚門的霧〉、〈冬天的故事〉、〈黃昏星〉、〈回聲〉等；還聽說他自己也有偏愛的，如〈小流集〉、〈浪花集〉等，希望不要遺漏。自然，因他是香港的「代表」，總須着重顯現與此相關的特色。他同意了。伍國才的〈序〉（出書時，按叢書統一要求，〈序〉改為〈前言〉）經過幾次修改，最後才定稿。《舒巷城選集》的編選，

① 黃繼持認為，研究前代人較研究同代人「或可稍免於『同處局中』的人事牽纏、情面拘忌、習見不察、視近不明的種種蔽礙」。見黃繼持〈序〉，收入盧瑋鑾《香港文縱——內地作家南來及其文化活動》（香港：漢華文化事業公司，一九八七），頁十一。

可能就是我和舒先生交往之始。書出版以後，我與舒巷城的關係就日漸密切了。

馬：《舒巷城選集》於一九七九年出版，無疑是早期了解舒巷城一個較為完整的版本。上世紀八十年代，中國內地學者的香港文學研究中有一股「舒巷城熱」，請談談《舒巷城選集》與這股「舒巷城熱」的關係。

梅：《舒巷城選集》出版後，的確影響到中國內地學者的香港文學研究，尤其是最初幾屆台港文學研討會中論文的取向，幾乎每屆都有研究舒巷城的論文。我記得一九八二年第一屆會議在暨南大學舉行，香港有五位代表，即曾敏之、高旅、陶然、潘耀明和我。我在會上發言後，有與會者詢問我關於香港文學作家的情況，我就以《中國現代文選叢書》的《劉以鬯選集》和《舒巷城選集》為例介紹了劉以鬯和舒巷城兩位作家。後來，我知道有些內地學者如許翼心、潘亞暾等都是以《舒巷城選集》開始他們的舒巷城研究。那時候，中國內地學者要找舒巷城的資料不易，《舒巷城選集》可以說是他們研究舒巷城最主要的依據。在最初幾屆會議中，研究舒巷城的論文中提到的作品，大部分是《舒巷城選集》和伍國才〈前言〉裡涉及的篇章，由此可以説明兩者的關係。其實，香港文壇也注意到《舒巷城選集》的出版，例如《香港文學》雙月刊（一九七八年創刊，有別於後來創刊的先由劉以鬯後交陶然主編的同名月刊）和《新晚報・星海》先後製作的舒巷城特輯，與《舒巷城選集》的問世有直接的關係。

馬：一九八九年由三聯出版的《舒巷城卷》是第二本舒巷城的選集，列入《香港文叢》系列。請梅子先生介紹《香港文叢》的出版背景及編選情況。

梅：八十年代中，我因為負責《香港文叢》的策劃和編輯出版工作，曾經唯一一次出席聯合出版集團編委會的高層會議。當時是三聯書店經理兼編輯部主任（後升格改稱總經理兼總編輯）蕭滋要我出席，旁聽會議並報告策劃的旨趣、情況。集團某高層要員在會上質疑我們為甚麼要整理香港文學，因為他認為香港根本沒有文學。會後，蕭滋要我寫《香港文叢》的出版說明，於是我在說明中清楚指出：「編選《香港文叢》是以香港現存的文學作品為基礎」，藉此表示一地有一地的文學，我們的文叢着眼於客觀存在，

《舒巷城選集》（一九七九）和《舒巷城卷》（一九八九）

並非憑空想像，也不是以諾貝爾獎的標準選稿，完全是實事求是。後來，不知道是否因為時局和形勢的改變，內地需要深入認識香港，集團高層的態度完全轉變，支持出版《香港文叢》。其實，我是三聯較早提倡重視香港研究的編輯之一，並且力主研究香港的文學、文化、歷史等範疇，出版一系列的著作，至今我仍保留着當日的選題計劃書。《香港文叢》原來規模頗大，包括長篇小說、作家個人選集、評論和史料等三編，後來只完成選集約十卷、長篇兩種，評論和史料訴諸闕如。

馬：《舒巷城卷》是舒巷城的重要選集，請介紹此書的成書背景及編選情況。

梅：舒巷城因是土生土長香港作家的代表性人物，當然是「文叢」優先考慮的入選者。編《舒巷城卷》的時候，邀請了舒巷城挑選他最喜歡的作品，所以《舒巷城卷》裡的文章都是他自己選的，我只是建議一些篇目，提出一點意見，供他全盤考慮時參考而已。舒巷城為人認真，非常謹慎地挑選文章，所以遲遲未把編目給我，以致《舒巷城卷》的出版日程有些延誤。他樂意聆聽別人的意見，譬如《舒巷城卷》的舊體詩詞、從未發表或結集的作品和附錄內容、書前照片、代序等，都是我向他提出加入的，他最終接受這些建議。《舒巷城卷》裡面有中篇、短篇、詩歌、散文、舊體詩詞和研究資料，成了「文叢」

中口碑較多的品種之一。舒巷城十分重視《舒巷城選集》和《舒巷城卷》這兩本書，細微至書中的照片和插圖，都經他認真考量才選用。

馬：《舒巷城卷》對舒巷城研究有哪些影響？

梅：《舒巷城卷》同樣影響中國內地的舒巷城研究，因為書內收入研究舒巷城的論文撮要多篇，對國內的研究者而言，這些是難得的材料，很有參考價值。從他們引述的評論文字來看，這些材料多來自《舒巷城卷》。順便說說，一九九五年香港電台的「寫意空間」選《鯉魚門的霧》拍成短片在電視上播放，也是舒巷城受到更廣泛認同、肯定、研究的標誌。

馬：為甚麼《舒巷城卷》裡收入《巴黎兩岸》，而不是最多人認識的《太陽下山了》？

梅：這樣處理有兩個原因：一、《太陽下山了》已經有香港南洋文藝出版社和香港文學研究社兩個版本，而《巴黎兩岸》只有香港中流出版社的版本，當時《太陽下山了》在市面上仍有流通，但不容易找到《巴黎兩岸》；二、舒巷城有點偏愛《巴黎兩岸》。我忘記是舒巷城還是陶然對我說過，聶華苓很讚賞《巴黎兩岸》，而舒巷城很重視聶華苓這個評價，因此他想讓更多人看看這部作品。當然，舒巷城以中國人的身份，能夠寫出巴黎氣氛，絕不容易。考慮過這兩個原因後，他決定把《巴黎兩岸》收入《舒巷城卷》。我推測他這樣做，是希望《舒巷城卷》有不同風格的作品。的確，《巴黎兩岸》是一部充滿異國情調的作品，與他大部分作品不同。另外，我知道他原先也希望把《艱苦的行程》收入《舒巷城卷》內，因為香港罕有同類的作品，可惜篇幅所限，無法如願。我相信舒巷城有意在《舒巷城卷》留下多種多樣的作品，藉此反映他濃厚的創新意識。我們都知道，舒巷城曾經應邀參加美國愛荷華國際寫作計劃，說明了他不僅僅為香港文學界讚賞，亦同樣受到國際文學界的肯定。

馬：我曾聽梅子先生說，八、九十年代中國大陸學者曾向你索取舒巷城的資料，可否談談這方面的情況？

梅：當時，經常有內地學者向我索取舒巷城的資料。如廣州暨南大學許翼心教授曾叫他的學生來香港找我，我就把當時手上的舒巷城資料送給他，供他寫成以舒巷城為研究對象的畢業論文。廣州幾位研究香港文學的學者如何慧也向我索取過舒巷城的資料。另外，北京、福建研究香港文學的，也有相類情況，不一一談了。

馬：可否談談《香港作家》「舒巷城專輯」（一九九八年十二月）的出版背景及編選情況？

梅：當時，陶然是《香港作家》主編，而我和顏純鈎是副主編。《香港作家》一直重視編香港作家的專輯，如司馬長風。當我們聽說舒巷城患病，心臟有問題，剛從醫院出來時，我和陶然提出編「舒巷城專輯」，顏純鈎也同意。訪問當天，我、陶然、顏純鈎、周蜜蜜四人與舒巷城在鰂魚涌康蘭酒店見面。顏純鈎很欽佩舒巷城，主要由他執筆寫訪問稿。一九九九年舒巷城逝世後，《香港作家》（那時因資金不足，暫易名為《作家通訊》）是最早為舒巷城編紀念專輯的雜誌。

馬：自一九九九年，花千樹有系統地整理出版舒巷城的著作，請談談這件事對舒巷城研究有哪些影響？

梅：巷城嫂為了出版舒巷城的作品，費盡心思；舒巷城的至交、著名經濟學家張五常教授為保存並傳揚故友的著述，更創辦了花千樹出版有限公司，這些是大家都知道的事。一九九九年六月二十七日舒巷城海葬當天，儀式完成後，張五常曾經問我出版舒巷城作品集的意見，我提出：這套書要有好的設計，刊登照片、手迹等，然後邀請專家撰寫導讀，最後附上校訂好的正文。大抵，我的計劃需要較長的籌備時間，未能配合花千樹的出版期。一九九九年底，花千樹首先推出一套五本舒巷城的長篇小說。當花千樹編舒巷城的短篇小說集時，巷城嫂找過我、陶然和顏純鈎幫手，後來陶然和顏純鈎因工作太忙，主要由我一直協助校編舒巷城的散文和小說作品集。

花千樹出版舒巷城的著作對研究舒巷城有很重要的影響，因為研究者可以十分方便而且全面地找到他的作品。國內的學者尤其受惠，最明顯的例子是袁良駿，他研究舒巷城的論文大都是以花千樹的作品為底本的。至於香港年青的學者，也可省卻找資料的煩惱，畢竟《舒巷城卷》的出版已經是一九八九年的事了。所以，近年研究舒巷城的隊伍，人數較以前多，花千樹的系統整理舒巷城著作居功至偉。

巷城嫂曾經問我，應否把舒巷城所有著作出版，包括他生前從未結集的作品，我對這個做法有保留，因為舒巷城最好的作品已經出版了，只須再挑選尚未結集的優秀文章即可，不必百分之百一篇不漏的全印出來。

馬：花千樹推出第一輯舒巷城的作品，是五本長篇小說集，包括《太陽下山了》和《艱苦的行程》，為甚麼後來要出版這兩本小說的紀念版？

梅：由於花千樹首次出版《太陽下山了》和《艱苦的行程》時過於倉促，巷城嫂希望重新設計和出版兩本小說，找我幫手再推出這兩本紀念版，意在紀念作者逝世十周年。除了建議重新設計版面和封面，由我重新校對文稿外，我還建議增加照片、插圖、手迹，並代撰〈出版說明〉，詳述版本情況和作品旨趣，務求令這兩本紀念版更有閱讀和保存的價值。①

馬：《艱苦的行程》是舒巷城一部自傳體的作品，未知他生前認為這是一部傳記還是小說，抑或是兩者的結合？

梅：我發覺舒巷城對於如何界定《艱苦的行程》的體裁，也是相當矛盾的。他有時候不認為這是一部小說，但他又把這部作品歸入他的小說創作之內。我們可以明顯看到《艱苦的行程》的邱江海是舒巷城本人，但他用邱江海這個虛構的名字又顯然把它視為寫小說。因此，《艱苦的行程》是一部有報告文學性質的小說。我相信《艱苦的行程》裡有些內容是他創造出來的，這些情節的時序未必如此。很遺憾，我未有在他生前向他求證。從根本來說，他既以寫小說的方法來創作這部作品，同時又根據他的真實經歷為主，所以這部作品有虛構的成分，又有現實的成分。此外，我認為舒巷城最喜歡的長篇小說，依次是《艱苦的行程》、《巴黎兩岸》和《太陽下山了》。我曾經聽陶然說，舒巷城對《白

① 訪問後，還出版了《巴黎兩岸》的紀念版，編印的風格和已出版的兩本紀念版相若。

蘭花》不太滿意。

馬：舒巷城也曾經在訪問中表示過，他最喜歡的作品是《艱苦的行程》、《巴黎兩岸》和《太陽下山了》。這個次序亦可反映出這些作品在他心目中的位置。今年（二〇〇九）是舒巷城逝世十周年，請介紹《舒巷城紀念集》的出版緣起及概況。

梅：巷城嫂找我幫手編《舒巷城紀念集》時，我的工作較忙，於是我設計好全書的框架後，請巷城嫂依類選文。我給巷城嫂的意見是，盡量選收不同作者和時期的文章，讓研究者對舒巷城有較全面的認識。最後，入選的文章或多或少反映了巷城嫂的偏好，所以我在〈出版說明〉表示有些文章「產生於不同時空之下，部分內容難免重複、參差」。有些文章的內容或有出入，我在〈出版說明〉說：「為了盡量保存初始資料，亦照原貌收入。」至於封面、插圖等，我們商量後才確定下來。

馬：今年四月《城市文藝》辦了「舒巷城先生逝世十周年紀念特輯」，請談談這次特輯的出版背景及編選情況。

梅：二〇〇八年秋，當我正憂慮《城市文藝》能否繼續得到香港藝術發展局的資助時，巷城嫂對我說明年是舒巷城逝世十周年，問我會否編專輯？我對她說，假如明年有資助的話，我就一定在二〇〇九年四月編舒巷城的專輯。同時，我請巷城嫂協助提早約稿，如果《城市文藝》無法繼續出版，我準備在停刊號（二〇〇九年一月）提前推出舒巷城的逝世特輯。另外，我和巷城嫂與陶然見面，安排好如果《城市文藝》無法出版舒巷城特輯，由《香港文學》接手編這個專輯，陶然一口答應。除了在雜誌上出版紀念專輯外，我向巷城嫂提議重編《舒巷城卷》，順便補充資料。我為此事問過三聯，才知道《舒巷城卷》的菲林已經不存，可能是被出版社處理掉了，無法重編出版了。真是太可惜了！三聯何以不贈菲林予作者家屬留作紀念？實在想不明白。

馬：一直以來，評論界普遍認為舒巷城是「鄉土作家」，請梅子先生談談你的看法。

梅：所謂「鄉土」，是由「鄉」和「土」兩個字組成。「鄉」是指自己的家鄉，不過，這個家鄉也未必一定是農村，也可以是城市；而「土」是指自己出生及成長之地。除了抗戰期間逃難流徙國內及戰後幾次外遊以外，舒巷城長期在港生活，在這個意義之下，香港就是他的「鄉土」，稱他為「鄉土作家」並無不妥。應該說，他是終生全心熱愛「鄉土」，並為「鄉土」默默寫作的。譬之為「香港之子」，他當之無愧。

馬：自從花千樹出版舒巷城的著作後，舒巷城又再成為評論界及學術界研究的對象。梅子先生對舒巷城研究的現況有甚麼看法？有哪些地方值得進一步探討？

梅：過去三十年，舒巷城研究主要集中在他的小說，特別是長篇，短篇較少；他的新詩選材寬泛，但都貼近生活；制式翻新，但不譁眾取寵；情美和音美並重。至今也未見深入、精到的研究；而他的散文、專欄小品和文藝隨筆成就更是有待發掘。舒巷城十分重視作品的語言，反復修改自己的作品，一讀再讀，務求語言流暢，就算過萬字的小說他也可背誦如流。研究他的語言，很有意義，希望有人肯下功夫去做。當然，他的舊體詩詞、中西名著改寫和縮寫本、書信（尚待蒐集整理）等，也值得有志者關注和研討。

馬：今天很感謝梅子先生接受我的訪問，談到與舒巷城先生的相識經過，尤其是介紹《舒巷城選集》和《舒巷城卷》兩部重要選集的出版詳情，對舒巷城研究有十分重大的幫助。舒巷城先生的作品仍有很多值得研究和發掘之處，期待有心人的努力。

原刊於《香港文學》，總第三一六期，二〇一一年四月

舒巷城其人其文——訪問陳浩泉先生

陳浩泉先生，曾任記者、編輯、電視台編劇。華漢文化事業公司與維邦文化企業公司董事經理、總編輯。香港作家聯會前理事、秘書長。歷任加拿大華裔作家協會會長、世界華文文學聯會副會長。已出版詩、散文、小說等著作近三十種。近著為散文集《泉音》、《家在溫哥華》、《鹿野山莊稿箋》（加拿大與香港版），遊記《用雙腳閱讀地球》（北京版），中短篇小說集《島情》（台灣版）。

本訪問稿經陳先生審閱，二〇一八年五月修訂。

日期：二〇一八年一月五日（星期五）

時間：下午三時至五時

地點：香港北角海逸酒店 The Point 餐廳

陳浩泉先生受訪時攝

陳：陳浩泉先生　　馬：馬輝洪

馬：今天很高興趁陳浩泉先生回港參加文學活動之便，談談文學創作，以及舒巷城先生的往事。陳先生如何踏上寫作的道路？

陳：我覺得人對事物的興趣或者傾向性都是與生俱來的，寫作也如此。而這種興趣或者傾向性，可能就決定了日後人生的路向。我父親是菲律賓華僑，後來回鄉與母親結婚。我在福建家鄉還未出生，父親就回到呂宋。我記得母親教我認字的時候，我對文字充滿好奇，自然對閱讀感到興趣。讀小學期間，閱讀更加是我的嗜好，當時看過的啟蒙讀物包括《增廣賢文》、《昔時賢文》、《千家詩》、《唐詩三百首》等等。我曾經試過寫打油詩，還給老師貼堂，開心了很久。小學時，母親已經教我寫信給在馬尼拉謀生的父親，而且我有寫日記的習慣，一直維持了很多年。現在回想，我「性近」文學，喜歡閱讀，加上經常寫信給父親和寫日記，慢慢地就培養了寫作的興趣。

十三歲時，我從福建來到香港，母親則比我早兩年出來，原本準備一起到馬尼拉，與身在當地的父親團聚。後來，母親到了馬尼拉，我卻留在香港，一住三十年，直到一九九二年移居加拿大。抵港後，我入讀漢華中學。期間，我開始投稿，在《青年樂園》寫一些學校通訊和散文、新詩，也向《星島日報》、《文匯報》投稿，最初用「海燕」、「燕茹」等筆名。記得收到稿費時，儘管只有一、兩元，已開心半天了。當時，國文科黃秀雅和林少蘭老師經常鼓勵我，給我的作文分數很高，對我寫作的鼓勵很大。中五時，班主任和國文科尹沛鈴老師委任我做壁報編輯，負責揀選同學的好文章，然後請字體秀麗的同學謄抄一遍，再找擅長美術的同學設計花邊，把壁報搞得有聲有色，同學們喜歡叫我「老編」，直到現在也如此。當時我看的雜誌包括《文壇》、《文藝世紀》、《當代文藝》、《蕉風》等，經常逛文藝書屋（老闆是王敬羲）、三益書店、龍門書局及其他舊書店，也到大會堂圖書館借書。後來，我逐漸用「浩泉」、「水告泉」等筆名發表文章，《伴侶》、《海洋文藝》等就有一些「水告泉」的文稿。除了文學，我對音樂、電影、美術，以至其他藝術都有興趣。經過這麼多年的學習與實踐，體會到各種藝術形式都有共通之處，可以觸類旁通，去把握各種藝術的精髓所在，在寫作上汲取不同的養分與技巧。所以，我很認同余光中教授的取向，做一個「藝術的多妻主義者」。

馬：陳先生何時參加文壇的活動？

陳：中學畢業後，家境困難，好想盡快找到工作，但香港當時環境不好，不易覓得一工半職，於是不停投稿，一個月的稿費竟然有三百多元，約等於當時一名銀行職員的薪金。不過，我知道這不是長久之計，因為二十歲未到的青年人所積累的人生經歷畢竟有限，寫作題材很快會有枯竭的一天，沒有條件成為專業寫作人。於是，我開始找報社、出版社的工作。後來經同學張親民母親的介紹，一九六八年到《正午報》，先後擔任港聞版和娛樂版記者。一九七四年離開，轉職《晶報》，曾編港聞版、娛樂版、讀書版、副刊等，一直到一九八四年才離開報界，與朋友創立華漢文化事業公司，出版了好些文學書。我在報紙工作期間，曾經到無線電視台節目推廣部任職，部門主管是黃子程，但我工作了一段短時間後，就轉到亞洲電視台擔任編劇。不過，電視台的工作太辛苦，前後不到一年就離開了。在報社和電視台工作的經驗，為我帶來寫作的靈感和題材，後來轉化為筆下的作品。另外，一九八四年我還報讀東亞大學新聞傳播系，一九八八年畢業，完成了我讀大學的心願。

馬：可否談談華漢文化事業公司？

陳：華漢成立於一九八四年，出版了很多著名作家的作品，譬如「名家系列」徐訏的《靈的課題》，聶華苓的《桑青與桃紅》，白先勇的《白先勇自選集》、《骨灰》、《孽子》和《第六隻手指》，劉以鬯的《春雨》，劉紹銘的《半仙・如半仙》，黃繼持的《文學的傳統與現代》，小思的《香港文縱》、《不遷》和《彤雲箋》，也斯的《島和大陸》，黃維樑的《香港文學初探》，梁錫華的《八仙之戀》，項莊的《有情有理》等等；「浪潮書系」溫瑞安的《吞火情懷》、《不讓一天無驚喜》，岑逸飛的《人生路》和《閑情逸趣集》，李英豪的《李英豪短篇》和《世上幾千年》，陳浩泉的《斷鳶》和《香港九七》等等；還有其他如高陽的《胡雪巖》、《紅頂商人》，黃康顯的《熱帶的誘惑》，小思的《承教小記》，阿濃的《青春道上》等等，這些書都受到大家的重視。除了做出版外，我也從事買賣版權的業務，我最早推介溫瑞安的小說在中國大陸出版，也有幫三毛和高陽處理他們的作品在大陸出版的事項。我與在加拿大定居的台灣著名詩人和副刊主編瘂弦先生稔熟，很認同他對編輯工作的見解，他認為文學編輯不僅僅是為他人作嫁衣裳，而是很有意義的工作，也是文學事業的一部分。

馬：請問陳先生甚麼時候認識舒巷城先生？

陳：我記得一九六八年《伴侶》辦了一次新界的遠足旅行，我當時已經投稿到《伴侶》，於是與文友黃建國（筆名鐵銘）一起參加。李怡是《伴侶》主編，負責籌辦這次旅行。舒巷城是著名作家，在《伴侶》發表中英對照的《我的抒情詩》，也參加這次旅行。我就是在這次活動中認識舒巷城，距今已經五十年了。我還記得李怡帶了手風琴，大家唱歌、跳舞的時候，他就伴奏；舒巷城的興致甚高，表演清唱粵曲，至於甚麼曲目現在已記不起來了，但當時的情景卻留下了很深的印象。

馬：請談談你們參加鑪峰聚會的情況。

陳：我與舒巷城認識後，在六十年代末至八十年代，常常參加鑪峰每星期的聚會，地點包括灣仔英京大酒家，在那裡飲茶聊天，經常出席的朋友包括李陽、吳羊璧、羅琅、海辛、王鷹、吳山、譚秀牧等。大家見面時無所不談，記得有一次談論中文英文孰優孰劣的問題，有人認為英文較為準確，亦有人認為中文的表達能力較強，較為生動。舒巷城偶爾也會談談創作和翻譯新詩，當時他正在《伴侶》寫《我的抒情詩》。那時候，舒巷城經常利用年假去旅行，特別喜歡去歐洲，回來後就寫了《巴黎兩岸》等作品，他還與我們分享他旅行時所畫的速寫。此外，他經常參加鑪峰每年舉辦的春茗，很多朋友都會參加，除了上述的文友，還有李怡、高旅、梁羽生、張君默、馮凌霄、周落霞等等。參加鑪峰的活動，最初是海辛的引介。

王鷹是《伴侶》督印人、畫家，那時候她與夫婿吳山每年都會請一班朋友到他們元朗吳家村祖屋開大食會。「四人幫」倒台那一年，我們一班朋友在他們家吃大閘蟹，席間大家紛紛數臭江青等人的惡行，想不到沒隔多久，「四人幫」就變成了大閘蟹！事後大家談起，都感到人心大快。

我還記起一件與舒巷城有關的往事：一九七二年吳其敏先生創辦《海洋文藝》，何達、舒巷城、我和很多作家都有為《海洋文藝》寫稿。有一次，我向吳老提議《海洋文藝》的文章不妨有靜有動，可以刊登一些座談記錄之類的文稿。吳老接納我的意見，認為可行。於是，我先約了幾位寫詩的朋友包括舒巷城，在灣仔龍記餐廳（位於華風書局樓上）見面，大家談對詩的見解，喜歡哪些詩作等等，各抒己見。離開餐廳時，舒巷城對我說：「浩泉，你還是不要把這次談話的內容寫成文章發表。我們朋友之間泛泛而談，十分隨意，沒有甚麼系統，也沒有甚麼學術意味，實在不宜刊出。」舒巷城處事一向謹慎，我最後尊重他的意見，沒有把座談記錄整理出來。《海洋文藝》增加動態稿件的提議終於不了了之。

馬：最後一次見舒巷城先生是甚麼時候？

陳：八九民運前，時任新華社社長的許家屯先生約了香港文藝界人士在藝術中心的西餐廳餐聚，我記得出席的作家有劉以鬯、戴天、何達、舒巷城、曾敏之、潘耀明、張君默等。這次聚晤只是一般的聯誼性質，沒有甚麼特別的主題。這應該是我最後一次見舒巷城。一九九二年，我離開香港，移民加拿大，沒有再見過他。

馬：陳先生對舒巷城先生的詩作有甚麼印象？

陳：總的來說，舒巷城的作品以短詩為主，內容十分精煉，而且明朗易讀，富有詩意。我認為他是刻意追求這種風格，不喜歡故作高深。他早期在《我的抒情詩》着重寫生活上的感受，但後期在《都市詩鈔》則多反映社會的面貌，兩者都能夠在平凡中發掘出深意。一般人認為「詩」應該是「美」的，「愛情」、「月亮」、「小橋流水」等等題材才能入詩，都市種種醜陋的面貌怎可以入詩呢？舒巷城的都市詩卻説明都市裡處處有詩，而且他選擇的題材都是我們熟悉的事物，很有親切感。他能夠把人們習以為常的事物賦予新意，給人新鮮感之餘，又容易引起共鳴。

馬：陳先生與原甸先生和秦嶺雪先生合著的詩集《銅鈸與絲竹》是否受到舒巷城先生都市詩的影響？

陳：《銅鈸與絲竹》有些作品的確受到舒巷城都市詩的影響，如選材方面，但有些也有我們自己的風格。舒巷城的都市詩與我的不同，他的都市詩往往不動聲色，鋪陳現象，較為冷靜；而我的都市詩高度濃縮，恍如聚焦鏡，比較尖銳，譬如《銅鈸與絲竹》有一首短詩〈街景〉，只有三句：「一間商店倒閉／街招的蛆蟲／馬上爬滿這屍身」。文字雖然不多，但能夠在瞬間觸動讀者，去注視這個社會問題。另外，盧因很喜歡詩集中〈看走勢圖〉和〈排隊輸血〉兩首詩，因為它們高度濃縮、意象鮮活及具諷刺性。他幫我把這兩首短詩翻譯成英文在雙語季刊《加華作家》發表。後來，這兩首詩收入「加華作協」

原甸、陳浩泉、秦嶺雪合著《銅鈸與絲竹》（一九八三）

的文集《白雪紅楓》中。①其實，我很早就開始寫都市詩，在第一本詩集《日曆紙上的詩行》有一首短詩〈鐵樹〉：「天台的鐵樹撐張着／螢光屏的神經線／根鬚的網吸收毒汁／在孩子的腦上長瘤」，②諷刺當年電視上暴力文化的遺害。電視編導黃奇智把這首小詩剪下來，壓在他辦公桌的玻璃下。後來，我們認識後成為了好朋友。我喜歡把大家習以為常的事物，運用精警的句子表達出來，讀者對這些熟悉的題材既感到親切，又感到新鮮，我也希望他們能因此體會到文字的魅力。

馬：《銅鈸與絲竹》的序言〈洋紫荊與三個傻小子——小小的代序〉是由誰執筆的？

陳：這個序言是原甸寫的，其實書內三位作者的簡介（原甸、秦嶺雪和我）也是由他執筆。有一次，我們見面談得興起，想出版一本詩合集，而原甸十分熱心此事，我和秦嶺雪把詩稿交出來後，他表示願意寫序言和作者簡介。最後詩集順利出版。

馬：陳先生在《銅鈸與絲竹》的短詩中幾乎全部作品都以城市景物入詩：〈都市短笛〉、〈都市雜感〉、〈市居五題〉、〈排隊輸血〉、〈手術〉、〈市肺・電線・交通〉、〈馬路〉、〈機械人・摩登田螺〉、〈廣告〉、〈看走勢圖〉等等，有何用意？

陳：一般人認為都市中醜惡的、病態的一面不宜入詩，因為不夠「美」，但我認為美好的和醜惡的事物都可以入詩，都市詩就像一把解剖刀，揭開現實的表象，讓讀者看到更深層的問題，甚至人性陰暗、偽善的一面，藉此可引起大家的關注，正視社會病態，期望最終能向美善挪移一分半寸。我認為寫作人除了為稻粱謀，或多或少都有些使命感，希望為社會出一分力。推而廣之，文學與出版、傳媒等其他文化工作一樣，都不是純粹的商業行為，而是良心事業，也是社會的公器。

馬：陳先生認為舒巷城先生的小說有甚麼特色？

陳：他的小說以寫實為主，生活氣息濃厚，情節細膩，尤其擅長於描寫小市民的遭遇，在平淡的故事中突出人物的性格和社會的面貌，譬如《太陽下山了》就是這類小說的代表作。他土生土長，對香港的感情深厚，我們從他的小說中就可以看出來。另外，他也有一些外國背景的小說，例如《巴黎兩岸》、《倫敦的八月》等。無論詩還是小說，舒巷

① 陳浩泉主編《白雪紅楓》（Burnaby, B.C.：加拿大華裔作家協會，二〇〇三），頁二三八、二四〇。

② 〈鐵樹〉收入浩泉《日曆紙上的詩行》（香港：香港青年出版社，一九七三），頁六。

城的寫作態度都很認真，絕不馬虎，作品經常一改再改後才肯拿出來發表。

馬：從多年的交往中，陳先生對舒巷城先生處事為人有甚麼印象？

陳：他文如其人，處事為人的態度與他的作品很一致，對人隨和，沒有架子，大家都讚他是一位好好先生。閒聊時只要是他喜歡的話題，他就會眉飛色舞，滔滔不絕。他喜歡參加朋友之間的聚會，亦會出席沙龍式的活動，但對於正式的文學組織則敬而遠之。

馬：陳先生曾寫過幾篇關於舒巷城先生的文章，可否略作介紹？

陳：七、八十年代，我曾寫過多篇舒巷城作品的書介在報章發表，現在不容易找到了。不久

香港文學研究社，一九七九年

前在香港中央圖書館的香港文學資料室，我看到舒巷城的檔案資料（特藏文獻系列之《舒巷城文庫目錄》）中有一篇剪報，題目〈我們相隔十萬八千里〉，作者「哥舒鷹」，那是我一九七三年四月廿七日發表於《正午報》副刊專欄「太平廣記」的一篇隨筆，其中談到了舒巷城的一首詩。想不到他剪存了這篇文章，現在原件就存放在香港文學資料室的檔案中，不可外借。

一九九九年，舒巷城逝世，我在加拿大《星島日報》的副刊專欄「泉音」寫了兩篇悼念回憶的短文〈舒巷城〉與〈「我們有煤」〉，後來兩篇文章都收入了隨筆集《泉音》。

馬：陳先生未來有甚麼寫作計劃？

陳：這幾年我一直想寫幾部長篇小説，其中一部是《杏山湮雨》，大綱也擬好了，內容是關於僑眷的故事，其中有我家族史的影子；另一部是上世紀六、七十年代，我在香港生活與工作的回憶，是我年青時候的故事；還有一部是香港回歸二十年後的小説，是我當年寫《香港九七》的續篇，題材可能有些敏感。另外，我有意以加拿大的題材寫一系列的短篇小説，尤其是北美華僑和原住民關係的故事等等。不過，計劃歸計劃，還是得寫出來才算數。目前，我必須先做的是整理不少已發表的作品出版，包括散文、小説和詩。

馬：今天十分感謝陳先生在百忙中接受訪問，分享昔日從事寫作和出版的經驗，以及你與舒巷城先生的交往，預祝寫作順利。謝謝！

原刊於《香港作家》，二〇一八年七月號

《香港文學》及「舒巷城專輯」——訪問蔡振興先生

蔡振興先生，筆名「松木」。中學語文教師，現已退休。業餘寫作包括散文、雜文、影評、文藝評論及小說等，著作有小說集《夜行單車》、散文集《啤酒罐與花生殼》等。曾參與《時代青年》、《香港文學》（雙月刊）等編輯工作；蔡先生擔任《香港文學》主編期間，在第三期（一九七九年十一月）編製了「舒巷城專輯」。本訪問稿經蔡先生審閱定稿。

日期：二〇二二年十月二十八日（星期五）
時間：上午十時至中午十二時
地點：香港中文大學鄭裕彤樓 The Stage Cafe

蔡振興先生受訪時攝

蔡：蔡振興先生　　馬：馬輝洪

馬：首先感謝蔡先生在疫情期間接受訪問，談談一九七九年五月創刊的《香港文學》（雙月刊）（以下簡稱《香港文學》），尤其是第三期「舒巷城專輯」的往事。王仁芸先生在〈談《香港文學》〉一文中指出《香港文學》的前身是《時代青年》，[①]可否談談兩者的關係？

蔡：一九六九年四月創刊的《時代青年》由尹雅白神父創辦，出版至第一〇二期（一九七八年四月）停刊。《時代青年》雖然由天主教教友傳教總會資助出版，但對編委會成員並無宗教信仰的要求，只要有志於編輯工作就可以參加，因此《時代青年》越到後期宗教的意味越淡。《時代青年》的停刊，其中一個原因大概與宗教內容不足有關。

《時代青年》停刊後，餘下幾千元的出版經費，最後撥給編委會成員繼續從事出版工作。我們編《時代青年》第一百期（一九七八年二月）時，出版了「十年來的香港文藝」專輯，透過訪問、整理和討論，介紹香港文學。編委會同仁鄭佩芸、黃玉堂、姜耀明等有意繼續探討香港文學這個方向，於是利用《時代青年》餘下的經費創辦《香港文學》。

因此，從出版經費和編輯方向兩方面來說，《時代青年》和《香港文學》的關係密切。雖然我們起用「香港文學」作為新刊物的名稱，並不表示只有我們才代表「香港文學」，它只代表我們的興趣、研究、學習和寫作的範圍都是圍繞香港文學而已。《香港文學》的編輯成員包括鄭佩芸、唐大江（陳煦堂）、姜耀明、黃玉堂、林新園、梁蒲生、江瓊珠和張月鳳。

馬：當時有沒有人對《香港文學》這個刊名提出過意見？

蔡：我們忙於出版工作，沒有聽過這方面的意見。其實，我們當時與文學界的接觸不多，只有在訪問前輩或接觸年青作家時才增進一些了解。劉以鬯、舒巷城和司馬長風三位前輩都願意接受我們訪問，可能表示他們喜歡《香港文學》這份刊物的方針。

馬：《香港文學》〈創刊辭〉強調：「『香港文學』雖是『中國文學』的一部分，但由於香港的特殊環境，自然出現特殊的題材，和現實內容，作家若在文學技巧加以發展，深挖這一代的心態和探索，無論在藝術上，或者在民族利益上，都會有更大的貢獻。這樣的

① 參見王仁芸〈談《香港文學》〉，《大拇指》，第一一一期，一九八〇年二月，頁八至九。

文學作品，也是我們喜見樂聞的。」[1]這種文學主張在當時的文化脈絡中的意義是甚麼？

蔡：我們既然標榜「香港文學」，必須列舉我們的理據，而〈創刊辭〉正正反映了我們研究、學習和理解的香港文學，到底是甚麼一回事。香港文學與內地或台灣的文學創作不同，受到環境文化等因素的影響，形成自己獨特的面貌。其實，這些想法在當時的文學界頗為普遍，我們只不過把這些主張正式提出來而已。一九七〇、八〇年代香港作家的創作例如西西、也斯、黃國彬、羈魂等，與我們以前讀到的作品例如徐訏、徐速、李輝英等，頗為不同。

我們強調「香港文學」是「中國文學」的一部分，表示「香港文學」會受到「中國文學」的影響，與今天強調「本土文學」的觀念不同。《香港文學》封底有一句口號：「『香港文學』就是香港的文學。」借用陳智德的說法，我們以寬容的態度理解香港文學，[2]但焦點仍然是在香港創作的作品。如果沒有記錯的話，這句口號是我提出來的，各位編委亦同意刊用。

馬：《香港文學》的編輯方針「希望評介和創作並重，一方面提供創作園地，另方面盡量介紹成熟作家的成果和新進作家的努力……」。[3]當時如何擬定這項編輯方針？

蔡：我們希望除了評介香港文學之外，亦鼓勵文學創作。我們認識一些新進作家，無論作品的質素和數量都有一定水平，值得向讀者介紹，對這些年青作家來說也是一種鼓勵和肯定，譬如曹捷、迅清等。所以，我們同樣重視成熟作家和新進作家，至於篇幅則相應配合。

馬：〈創刊辭〉出自何人手筆？

蔡：〈創刊辭〉的內容是編委討論的結果，最後由我執筆。另外，每期〈編者的話〉都是由我撰寫的。其實，《香港文學》的通訊處是我以前住所的地址，也是我們開會工作的地方。

馬：《香港文學》從創刊號開始設立作家專輯，先後推出了「劉以鬯專輯」（第一期）、「新風集——迅清小輯」（第一期）、「青年作家選介」（第二期）、「舒巷城專輯」（第

---

① 參見〈創刊辭〉，《香港文學》，第一期，一九七九年五月，頁二。

② 參見陳智德〈寬容的「本土」：從《香港文學（雙月刊）》到《香港文學（月刊）》〉，《根著我城：戰後至二〇〇〇年代的香港文學》（新北市：聯經出版事業股份有限公司，二〇一九），頁四七八至四八四。

③ 參見〈創刊辭〉，《香港文學》，第一期，一九七九年五月，頁二。

三期）、「新風集——曹捷小輯」（第三期）、「司馬長風專輯」（第四期）、「新風集——王曉堤小輯」（第四期）。請問選擇作家的準則是甚麼？

蔡：前輩作家是我們的學習對象，籌備他們的專輯就是我們的學習過程。我們既透過訪問了解他們的寫作歷程，又大量閱讀他們的作品，然後經過反復討論，再執筆介紹作家的創作特色。此外，每個專輯都會選刊他們的作品。我們希望透過作家專輯，讓讀者更加全面而深入地認識這些作家。我們盡了最大的努力編製三個作家專輯，編委大致都感到滿意。話說回來，籌備這些專輯所需的時間很多，亦造成日後難以持續下去的局面。

我們製作新進作家的小輯，固然是鼓勵和肯定這些年青作家的創作，亦因為他們的作品

《香港文學》創刊號

和資料散落四處，不易蒐集。透過這些小輯，讀者更容易接觸和認識這些優秀的作家和作品，將來研究這些新進作家就更加方便。

總的來説，我們介紹的作家要具有相當的文學成就，而且願意接受訪問，然後經過編委集體討論，最後才確定人選。

馬：編製作家專輯有哪些難忘的印象？

蔡：我們編製作家專輯，除了介紹他們的生平、作品和評論外，亦希望提出我們的想法，尤其是作品中的不足之處。儘管我們在作家專輯中提出批評的意見，但劉以鬯、舒巷城兩位前輩對這些意見相當寬宏大量，毫不介意。他們的態度令我們更加佩服這些

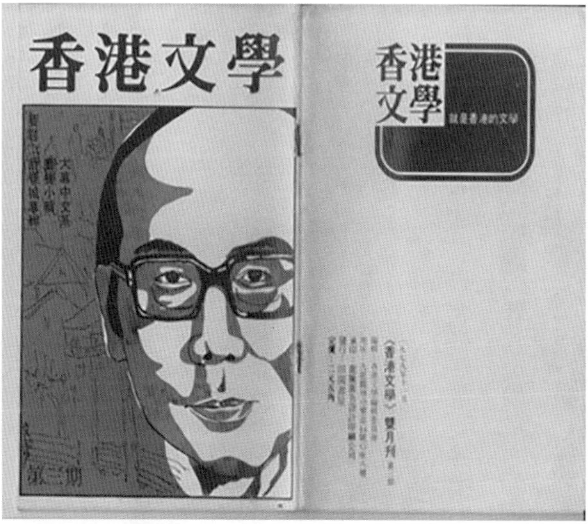

《香港文學》第三期

作家。司馬長風先生更加在《明報》專欄「集思錄」以《香港文學》第三期的內容撰文〈文化市場傲霜花〉，為我們打氣。①

馬：《香港文學》第三期（一九七九年十一月）刊登了「舒巷城專輯」。請問蔡先生籌備專輯前與舒巷城先生有交往嗎？

蔡：我們與舒巷城先生沒有交往，直至籌備專輯才接觸他。我現在已記不清楚怎樣聯絡他，大概是某位編委找到聯絡方法吧。

馬：籌辦這個專輯是否與《舒巷城選集》（一九七九年）的出版有關？②

蔡：我也記不清楚是否與此有關，但可以肯定的是我們參考了選集的資料來整理專輯。當然，《舒巷城選集》的出版反映了舒巷城在文學界的地位。除了《舒巷城選集》外，我們亦有讀舒巷城其他作品如《太陽下山了》、《艱苦的行程》、《都市詩鈔》等，能找到的都讀。

馬：「舒巷城專輯」的內容是如何構思出來的？

蔡：我們編「劉以鬯專輯」已經用類似的方法，包括作家介紹、年表、訪問、作品選刊、作品分析、評論輯錄、編委意見等，不同的是劉先生的專輯集中討論他的小說，而「舒巷城專輯」既有小說亦有新詩。唐大江記得有些作家專輯的資料是作家自己提供給我們刊用的，所以專輯內容才如此豐富，實在要感謝幾位前輩作家的幫助。

馬：請問〈跟舒巷城先生聊天〉的作者是誰？

蔡：我們是一九七九年九月十五日（星期六）訪問舒巷城先生，出席者包括我、唐大江、江瓊珠和鄭佩芸，訪問稿由江瓊珠執筆。我們每次整理好訪問稿，都會給受訪作家過目，舒巷城的訪問稿亦不例外。舒巷城仔細修改過訪問稿，所以文字特別流暢。

唐大江還記得訪問時，舒巷城談到在小說中應該適當運用單一觀點與全知觀點的意見，回應了當時文學界對小說創作強調單一觀點的說法。

馬：蔡先生在〈香港的鄉土作家——舒巷城〉一文中曾說：「舒巷城已經在香港的鄉土上，

---

① 參見司馬長風〈文化市場傲霜花〉，《明報》副刊「集思錄」，一九八〇年二月十四日。

② 舒巷城《舒巷城選集》（香港：香港文學研究社，一九七九）。

默默耕耘了三十多年。」另，該期〈編者的話〉亦說：「他作品風格素樸，主題明朗，內容現實，堪稱香港的鄉土作家。」何謂「香港的鄉土」？

蔡：這個說法是受到當時台灣鄉土文學論爭的影響。我對「香港的鄉土」中「鄉土」二字的理解，相當於英文的「homeland」，即「自己的家」，而非「城鄉」對立中所表達的「鄉土」觀念。「香港的鄉土」作品與平民百姓的生活息息相關，所呈現的內容是很「貼地」的。換作今天的話，我可能會用「本土作家」來形容舒巷城。

陳智德在《根著我城》中解讀《香港文學》的創刊辭，我認為是相當準確的。當時我們並沒有這種自覺，卻理所當然地這樣思考和理解香港文學的意義。打從編輯《時代青年》開始，文學和香港社會的關係已經密不可分。那時《時代青年》每期都以社會版為主力，必有專題探討香港社會的各種問題，跟七十年代香港學界所提的「認祖關社」（認識祖國、關心社會）一脈相承。我雖然初是電影版，後來文藝版的編輯，但社會版也有點參與。而個人從幾乎只讀內地和台灣文學作品到驚覺對香港文學創作幾近一無所知，再到研讀香港作者的作品，更察覺這些作品，從題材、內容、語言、風格和技巧，都與「別」不同。從幾期《香港文學》介紹的新舊作家，已經清楚不過了。

至於當時提出「香港的鄉土作家——舒巷城」的論斷，誠如之前所說，這「鄉」是「家鄉」的「鄉」，「土」當然是香港這塊土地，而作品呈現出來的精神面貌，跟台灣鄉土作家的作品可以呼應。另方面，我們也希望以簡明的標示突顯舒巷城作品的特質和價值。如今看來，當年是說得不夠清楚呢！

馬：請問〈舒巷城的小說〉的作者「雲」是誰？

蔡：「雲」就是鄭佩芸。

馬：〈大家談舒巷城〉的資料是如何蒐集的？

蔡：舒巷城提供了不少文章給我們參考，加上我們搜集的資料輯錄而成，因此內容比較豐富。

馬：該期封面的設計者是誰？

蔡：設計者是梁蒲生。她是美術教師，從《時代青年》開始參與美術製作的工作。《香港文學》四期封面都是由她設計的。

馬：舒巷城先生對這個專輯有甚麼意見？

蔡：「舒巷城專輯」出版後，舒巷城寫信給我，對專輯有正面的評價，亦分享了他對文學的意見。

馬：讀者對「舒巷城專輯」有甚麼反應？

蔡：我們未能直接掌握到讀者的反應，但從第三期不俗的銷售量來說，應該頗受讀者歡迎。第三期只印了五百本，售出四百多本，現在我只剩下手上的孤本。

馬：《香港文學》第四期〈編者的話，還有……〉表示你們「希望通過對香港文學的了解，進一步探討中國和香港在文學上、甚至其他方面的關係」，並揭示「香港文學的現況和香港社會的意識形態」。請問這些主張回應的對象是誰？

蔡：我已經忘記了具體的情況，但有一點可以肯定的，就是此事與停刊無關。

馬：《香港文學》出版了四期後停刊，原因何在？

蔡：我剛才提到籌備專輯需要大量時間，但各編委的工餘時間越來越少，難以兼顧出版工作。《香港文學》的停刊，與出版經費不足無關。

馬：蔡先生認為《香港文學》與同期的文藝刊物有哪些主要的分別？

蔡：從刊物的內容結構來説，《香港文學》代表了我們學習的方向與成果，尤其是三個全面而深入的作家專輯就是最好的例子。這一點與同期的刊物頗有不同。

馬：謝謝蔡先生分享了《香港文學》的出版緣起及經過，以及「舒巷城專輯」的編製情況。謝謝！

原刊於《週末飲茶》，第三冊，二〇二三年一月

《新晚報》「星海」與「舒巷城專輯」——訪問馮偉才先生

馮偉才先生，曾任香港藝術節出版主任、香港嶺南大學中文系兼職講師及嶺南社區學院講師。先後任《新晚報》副刊「星海」、「風華」、「書話」編輯、《百姓半月刊》執行編輯、《讀書人》書評月刊總編輯等。著作包括文學評論集《文學・作家・社會》、《遊方吟》、《大師們的小說課》、《香港文學半生緣》等，並編有多本香港短篇小說選集。

本訪問稿經馮先生審閱定稿。

日期：二〇二四年一月八日（星期一）

時間：下午三時至四時半

地點：香港尖沙咀基督教青年會咖啡座

馮偉才先生受訪時攝

馮：馮偉才先生　　馬：馬輝洪

馬：謝謝馮先生接受訪問，談談《新晚報》「星海」與「舒巷城專輯」。我們首先從馮先生一九七八年底進入《新晚報》工作談起吧。

馮：進入《新晚報》工作之前，我在一山書屋工作，期間認識羅孚先生。後來，正在《新晚報》編《良夜》周刊和「星海」的一山朋友陳耀紅因為要去法國讀書，問我有沒有興趣接手編「星海」副刊。然後約了去見羅孚先生。之前，因羅孚先生常去一山書屋看書買書，我已和他認識。那段時期，因我在《號外》寫劇評，以及發表過批評林以亮（宋淇）亂批朱光潛的長文〈再見林以亮〉，又在陳耀紅編的「星海」寫劇評，所以他對我早有印象。我答應了他們的邀請，到《新晚報》工作。我是在一九七八年底以後進入《新晚報》的，羅先生事前與我談好，叫我先在港聞版做一段時間，然後他首先從「星海」原編輯陳雄邦先生手中接過這版副刊（那時陳耀紅已去法國），過一段日子才交給我，如此就可以避開複雜的人事安排。因此，我最初在《新晚報》擔任港聞版記者，同時負責「文化」版，報道文化活動消息。

馬：馮先生在《新晚報》工作期間，負責「星海」文藝版、「風華」哲學版及「書話」讀書版。請憶述參與這三份副刊的始末。

馮：在《新晚報》港聞版工作了大約四五個月，我就開始參與「星海」的工作。再過一個月，羅孚先生就放手讓我編「星海」。其實我最初接手時，還一邊兼港聞記者，一邊編「星海」。初期羅孚先生定了內容，然後我幫他發稿校對。實際上，除了沒有約稿和定稿外，我已幫他做「星海」的編務工作。後來，他就只給我稿，由我全權處理。再後來，他更不過問給了我的稿如何處理，並且由我自己約稿和處理投稿。由這時開始，「星海」上的香港作家作品越來越多，與此前刊登傳統左派作家作品的面貌不同。羅先生見到我編「星海」漸上軌道，很信任我，大約一九七九年中之後，把「風華」版也交給我編了。其實，「風華」的文章大部分由內地作家供稿，而且是長篇的哲學和美術稿。但經羅孚先生轉的，不少是內地和香港知名學者的稿件。例如牟潤孫、徐復觀、林風眠、蕭軍、端木蕻良等。我接手「風華」版後，加強了本地作者的陣容，例如林年同和古兆申對談布萊希特與當代電影，香港學者座談沈從文的《中國古代服飾研究》等，並且還找年青一輩的周魯逸、吳俊雄、呂大樂、王耀宗等撰寫社會科學和文化研究的文章，漸漸地「風華」也在學界發揮影響力。

我接手編「星海」一年多，有感當時的出版界十分活躍，新書出版量大，於是主動向羅先生建議出「書話」版，而且不需要報館出任何經費，由我負責向書店招廣告，所以「書話」版有三分之一或四分之一的位置刊登書店廣告，作為「書話」版的出版經費。當時，「書話」版頗受閱讀界歡迎，黃俊東和梁濃剛都有專欄。黃俊東以「新園」筆名寫的專欄是「書堆瑣記」，梁濃剛用「柳楓」筆名寫的專欄是「閱讀的空間」。當時在大公報當翻譯的王仁芸，在法國的陳耀紅和古兆申也都有寫稿。這個版園地公開，每期都登讀者投稿。

馬：《新晚報》「星海」版刊登的文稿來自內地、香港及外地，可否談談「星海」的編輯方針及選稿標準？

馮：羅先生是《新晚報》的總編輯，而他交往最密切的是傳統左派作家，因此「星海」有不少內地作家的稿件，譬如巴金、夏衍、蕭軍、蕭乾、辛笛等重要作家的

《新晚報》「星海」版頭式樣

作品。我接手編「星海」後，繼續刊登這些前輩作家的稿件。其中辛笛、蕭乾、夏衍，因為我後來認識了，就直接寄給我了。張潔和蘇叔陽則是我在北京組稿時已認識，也會寄給我。

一九八〇年前後，中大和港大的學生興起一股中國現當代文學熱潮，組織研討會、生活營等活動，除了探討中國現當代文學以外，亦關注香港文學。由這時開始，「星海」版比以前吸納了更多香港作者，譬如馬覺、黃河浪、顏純鈎、王煥之、施友朋、駱笑平、舒非、梁世榮、王良和……等。另外，《新晚報》亦聘用了一些大專生擔任記者，包括王仁芸、陳國輝、魏月媚等。他們也有在「星海」發表過作品或文章。

至於外國的來稿，都是經由羅先生轉給我的，譬如聶華苓的文章和秦松的作品就是。（我後來認識了秦松，他就直接寄稿給我。）

值得一提的是，一九七八年中國改革開放後，內地湧現了一批中青年作家。一九八〇年二三月間，羅先生囑派我到北京和上海組稿。此前，我從未踏足內地，羅先生囑我到北京找吳泰昌（他是老作家阿英的女婿，《文藝報》編輯），憑着他的人事脈絡，我拜訪了多位在京的作家，包括艾青、王蒙，以及當時被視為新進作家的蘇叔陽，張潔等。他們四個都做了訪問，後來在「星海」上發表了。至於上海，我拜訪了辛笛、巴金、夏衍等。因為時間關係，我也請他們把「星海」約稿的信息告訴他們的作家朋友。我回港後，「星海」版刊出更多內地作家稿件，其中也有一些年輕作家。除巴金、辛笛和蕭乾外，也有一些中青年作家主動寄來稿件。像前面提到的張潔、蘇叔陽，還有戴厚英。

馬：一九八〇年九月十四日，《新晚報》舉辦「香港文學三十年座談會」，請分享籌辦這次座談會的緣起及經過。

馮：一九八〇年十月是《新晚報》創辦三十年，羅先生去北京開文代會前和我商量如何搞個大型的活動，聯絡香港文學界。我提議搞一個回顧香港文學史的大型座談，可請文學界左右兩邊的人一起座談。《新晚報》希望爭取大學生的支持，兼且當時大專界興起香港文學熱潮，於是我提議舉辦以香港文學為主體的大型座談會。經商量後，我們定於九月十四日舉辦「香港文學三十年座談會」，並邀請左、中、右的作家參加。左派作家方面，我當時的想法是邀請在港的作家而已，但羅孚先生提出邀請內地作家來港參加座談會，即陳殘雲、秦牧、黃慶雲和吳紫風四位廣東作家。所以，他負責約內地作家，我負責約香港作家。

一九七九年十月三十日至十一月十六日，第四次中國文學藝術工作者代表大會在北京舉行。羅先生赴京參加，大會結束後，羅先生沒有即時回港，而是留在北京，主要是約稿和打聽文藝政策的風向。他回來後在「星海」寫了文代會的一些情況。他還給了我一些人名地址，都是在北京見到的二三作家朋友，讓我每期都寄「星海」給他們。後來我索性把那些地址人名都列印了，每次連「風華」一起通過報館寄出。

一九八〇年八、九月間，他突然又去了一次北京。因為那時北京發生白樺因《苦戀》捱批的事件，文藝風向有轉變跡象。「香港文學三十年座談會」原本由他主持，但他當時在北京，打長途電話給我說他未能回港，囑我主持座談會。我跟他說我只是副刊編輯，怎可能主持這次座談會？我建議由《新晚報》或《大公報》高層人士擔任主持，他同意並囑我向《新晚報》及《大公報》查詢。我向《新晚報》高層查詢此事，他們說《新晚報》及《大公報》沒有人願意主持這次座談會。最後，我只好硬着頭皮擔任主持。

我們邀請的四位廣東作家因簽證出了問題，未能如期到港參加座談會。另外，當時內地因「白樺事件」吹「冷風」，香港傳統左派作家擔心受到牽連，譬如《文藝世紀》主編源克平、《海洋文藝》主編吳其敏等都沒有出席，只交來書面發言稿。會上發言的文學雜誌代表有黃思騁、胡菊人、吳平、徐速、古兆申、何福仁、周天平、迅清、陳慶源、蔡振興、杜漸、劉以鬯等。儘管如此，從宣傳工作和讀者回應兩方面來說，這次座談會算是很成功的。至於座談會每位講者的發言內容是由我整理的。不過，後來有意見認為，會上的發言由右派作家主導，缺少了左派作家的聲音。

馬：一九八〇年十一月一日，《新晚報》舉辦「香港文學的出路」座談會，請憶述籌辦這次座談會的緣起及經過。

馮：羅先生回來後，陳殘雲、秦牧、黃慶雲和吳紫風四位廣東作家的簽證也拿到了。於是，羅先生提議，可再搞一次座談，由他主持。於是我邀請香港文化評論界的梁濃剛、曾澍基、黃繼持、李怡、舒巷城等，從文化角度討論香港文學的問題。

我們舉辦「香港文學三十年」和「香港文學的出路」座談會之後，「星海」更加受到注意，來稿越來越多。我於是向羅先生建議把「星海」由每周出版一次，增加至每周出版兩次，擴大「星海」的篇幅，容納更多本地的稿件，尤其是大專學界的青年作者；這也是回應了當時對香港文學的關注的大氣候。他同意這個建議，但我需要人幫手，於是聘請顏純鈎擔任助理編輯，協助「星海」版的工作。後來羅先生出事了，他給報館趕走，理由是沒有辦過入職手續。那時我正在海南島開會，回來後才知道這事。

馬：請談談一九八一年七月設立「本地作者系列」專輯的始末，以及與古兆申先生討論籌備這系列的經過。[①]

馮：這兩次座談會後，「星海」副刊在文學界和大專界都受到很大的關注。我們刊登香港青年作家的作品越來越多，譬如顏純鈎、駱笑平、飲江、馮禮慈、施友朋、乞靈、鄧阿藍、湘湘……等。當時，古兆申正在編《八方》，我們經常來往，期間談起「星海」版，我表示有意籌辦香港作家的特輯，每月出版一次，向他請教。古兆申為人隨和，願意與後輩分享經驗，甚至主動幫忙，譬如西西特輯他為了寫短評，還特地問了她一些問題。（寫完西西的稿後，他去了法國深造，但常有稿寄回來。）

馬：「本地作者系列」先後介紹劉以鬯、戴天、西西和舒巷城四位作家，請問釐定入選作家的標準是甚麼？

馮：接手編「星海」時，我早就有計劃多刊登香港作家的作品。一九八〇年六月，「星海」就出過早逝香港詩人溫健騮的小輯。古兆申和溫是好朋友，他提供了一些資料。之後，

① 參見馮偉才〈我和古兆申交往的點點滴滴〉，《城市文藝》，第一一六期，二〇二二年二月，頁七六至七八。

「香港文學三十年」座談會反應很好，討論也多，「星海」便在一個月中找一期專刊本地作者的作品。顏純鈎的〈紅綠燈〉、駱笑平的〈蜘蛛網〉、渺凡（《大拇指》小說獎獲獎者）的〈媽媽，我不要上學〉，就在座談會之後陸續刊出。那段時間，香港作者來稿頗多，所以我和古兆申便構思「本地作者系列」的專題，主要以香港本色作家為主，曾經討論過一些名字，最後擬定先做劉以鬯、戴天、西西、舒巷城等幾位作家，再看反應定下一步計劃。劉以鬯的形象不左不右，兼且輩分最高，最適合排他為「本地作者系列」第一位。我們亦考慮過侶倫，不過礙於他明顯左派的背景（他當時在左派機構工作），會排後一點。

至於每次作家專輯的體例都差不多，包括作品、訪問和評論，選錄的作品以能夠反映作家的創作特色為主，譬如戴天專輯收錄他的名作〈石頭記〉、舒巷城專輯收錄他的抒情詩〈十行〉、〈郵簡上的詩〉等。

馬：我們集中談談「本地作者系列」(四)之「舒巷城專輯」（一九八一年十二月十五日）。請問籌組這次專輯時有沒有接觸過舒巷城先生？

馮：事實上，「本地作者系列」四位作家都不知道我們如何處理專輯內容，我們亦沒有要求他們提供資料，舒巷城亦不例外。除了訪問他外，我們沒有與他商量過專輯的內容。

馬：「舒巷城專輯」中三首舒巷城先生的詩作（〈郵簡上的詩〉、〈十行〉和〈街上的蝴蝶〉）是否由主編選定的？

馮：「舒巷城專輯」主要是陳國輝和王仁芸幫我一起做的。陳國輝喜歡他的詩，所以由他寫詩評，詩作基本上我先選出來，並匯合他們的意見。至於誰選哪一首現在已說不清楚了。

馬：〈舒巷城小傳〉是否由馮先生撰寫的？

馮：是的，我參考了其他資料來寫這個小傳。

新晚報

本地作者系列④——舒巷城專輯

十行

星海

舒巷城小傳

太陽下山了

郵簡上的詩

街上的蝴蝶

「舒巷城專輯」（一九八一年十二月十五日）

馬：訪問舒巷城先生的記者是誰？為何由王仁芸先生整理訪問稿？

馮：是我和王仁芸一起訪問舒巷城的，不記得陳國輝有沒有參與。這專輯基本上是我們三人做。訪問完後由王仁芸整理訪問稿。王和陳在港大讀書時是搞文社的，也搞過香港文學專題。

馬：撰寫〈《太陽下山了》及其他〉的「翼雲」是否陶然先生？陶然先生曾說，他為這個專輯撰寫的評論「刊出後馮偉才約我喝咖啡，閑話中談及那篇評論，他似乎並不太滿意」。[1]可否談談此事？

馮：我仔細看了一遍〈《太陽下山了》及其他〉，「翼雲」應該不是陶然。而是王仁芸（筆名「翼雲」，相對於「仁芸」）。陶然應該在「星海」也發表過評論舒巷城的文章，但不是這篇。

馬：撰寫〈談舒巷城的詩〉的「行健」是誰？

馮：「行健」是陳國輝。我們構思舒巷城專輯時，陳國輝說他喜歡舒巷城的新詩，主動提出寫文章談他的詩作。既然他有興趣寫這篇文章，我當然不會反對。

馬：舒巷城先生對這次專輯有甚麼意見？

馮：我與舒巷城一般在活動場合見面，很少有詳談的機會。我沒有機會聽到他談這次專輯的意見。

馬：今天回顧「舒巷城專輯」，馮先生認為這次專輯對認識舒巷城先生其人其文有哪些貢獻？又有哪些局限？

馮：總的來說，我們覺得「舒巷城專輯」是成功的，因為沒有聽到任何批評的聲音，我們已經很滿意了。至於說是否全面？一版文藝版的容量，自然不及雜誌一個專輯的篇幅全面，但在當時來說，「星海」能起到推介作用，讓讀者重視本地作家，就算是成功了。另外，我當時負責「星海」、「風華」、「書話」三個副刊的版面，工作十分忙碌，構思專輯的時間肯定不足夠，「舒巷城專輯」亦是如此。

馬：為何「本地作者系列」刊出四次作家專輯後沒有繼續辦下去？

① 參見陶然〈「性格決定命運」——漫憶舒巷城〉，《香江文壇》，第六期，二〇〇二年六月，頁四至八。

馮：「本地作者系列」介紹劉以鬯、戴天和西西之後，我聽到有意見說我不重視左派作家，但這不是停刊的主因。主要是人手問題。正如我前面說的，我一個人一周編三個版面，而一個專輯所需的時間太多，實在兼顧不過來。後來我把它轉為「本地創作專輯」，每兩周刊登一篇本地作家的小說。開頭的是駱笑平的作品，並且獲得好評。顏純鈎可說是在「星海」寫出來的。他後來以「紅綠燈」為書名的小說集，一部分就是首先在「星海」發表。

馬：總體而言，讀者對「本地作者系列」有甚麼意見？

馮：文學界的朋友都相當肯定「本地作者系列」的工作，對我來說，這是很大的鼓舞。

馬：除專輯外，舒巷城先生在《新晚報》「星海」還發表了〈水手與碼頭——給K.S.〉（一九八〇年九月九日）、〈我的夜（外四章）〉（一九八〇年十一月四日）、〈關於幽默的通信〉（與易征，一九八三年七月三日）和〈方振強和他的朋友〉（一九八三年十二月二十五日）。請問這些作品是約稿的還是投稿的？

馮：前兩篇詩應是他寄來的。後兩篇我已離職。由此至終，我沒有直接約過舒巷城先生寫稿。

馬：馮先生何時離開《新晚報》？

馮：一九八二年八月，當年五月我應邀到海南島參加中國現代文學研討會期間，羅先生出事了，我回港後才知道這個消息。從此，報館的氣氛完全不同，人心惶惶，有朋友知道我與他工作關係密切，甚至提醒我事事小心。既然如此，我最終辭職，離開《新晚報》。所以，一九八二年八月之後的「星海」、「風華」及「書話」三版副刊都不是我編的。我當時約好的文章繼續由接手的陳雄邦先生發稿，持續了二、三期左右。我必須說明的是，在我的職業生涯中，從來沒有遇過比羅先生更信任我的上司，而且他經常維護我，免受別人抨擊，我一直感謝他給我發揮所長的機會。[①]

馬：謝謝馮先生分享了《新晚報》「星海」副刊、「本地作者系列」和「舒巷城專輯」的往事。謝謝！

① 參見馮偉才〈羅孚未被平反之謎——回憶羅孚先生與《新晚報》香港文學三十年座談會〉，《明報月刊》，第五十八卷第一期，二〇二三年一月，頁四〇至四三。

舒巷城與《讀者良友》——訪問杜漸先生

杜漸先生，本名李文健，出生於香港，曾在港接受中小學教育，畢業於中山大學中文系。曾任職《大公報》、三聯書店，並主編《開卷》（一九七八年至一九八〇年）、《讀者良友》（一九八四年至一九八八年），著有《書海夜航》、《書痴書話》、《歲月黃花——三代人的求索》、《長相憶——師友回眸》等幾十種，晚年移居加拿大。本訪問稿經杜漸先生審閱定稿。

日期：二〇一五年二月十五日（星期日）

時間：上午十一時半至下午一時

地點：加拿大密西沙加杜漸先生家中

杜漸先生受訪時攝

杜：杜漸先生　　馬：馬輝洪

馬：今天很高興在加拿大與杜漸先生談談舒巷城先生的舊事，我們先從杜漸先生進入報界工作談起吧。

杜：我青年時在中國大陸讀大學，中山大學畢業後在廣東人民廣播電台當編輯。文化大革命後回港，不想再從事文化界工作，轉行學配藥，在工人醫療所工作。一九七三年，我到《新晚報》副刊工作，聯絡我的是《新晚報》的老總羅孚；其後《大公報》老總陳凡找我，不多久我就調到《大公報》副刊工作，與梁羽生同一辦公室。我與梁羽生稔熟，因為我們都是中山大學畢業的，他比我早十多年，我慣稱他為大師兄；他讀經濟，我讀中國文學。

我在《大公報》工作時，經驗尚淺。我記得有一次編輯派我採訪從內地來港的中國武術團，團員包括只有九歲的李連杰。我看過他們的表演後覺得很精彩，當時的團長還為我開了一張條子，詳細列出各團員演出的招數。後來，我寫完這篇報道後，把這張條子送給梁羽生，說：「大師兄，這張條子對我沒有用了，對你會有用。」他說：「太好了，我不用動腦筋，在武俠小說中直接用這些招數就行了。」

馬：請問杜漸先生是怎樣認識舒巷城先生？

杜：我認識舒巷城的時候已從《大公報》調回《新晚報》工作，負責譯電，亦同時編「風華」版。有一天，我在報社讀《新晚報》副刊時，看到尤加多寫的一段很短的文字，覺得很精彩，用紅筆畫出來，然後傳給同事欣賞。我當時坐在唐人（嚴慶樹）的旁邊，問他：「尤加多是誰？」他說：「你不認識他嗎？」我說：「不認識。」他說：「他就是舒巷城。」我說：「舒巷城是誰？」他說：「日後介紹給你認識。」另外，梁羽生與舒巷城很熟落，平日直接稱呼他為「秦老西」，可見他們是「老友記」。舒巷城經常到《新晚報》交稿，有一次，舒巷城又送稿來，經唐人和梁羽生的介紹，我認識了他。我們當時雖然相識，但工作上沒有甚麼聯繫，也沒有多少來往。

馬：甚麼時候經常見面？

杜：一九八六年，我從大坑搬到鰂魚涌康怡花園居住，與住在太古宿舍的舒巷城為鄰，時時碰面，自此較為熟落。不過，我們很少刻意約時間見面，偶然有機會碰面，大家就聊個不停。

馬：杜漸先生怎樣當起三聯書店特約編輯？

杜：《開卷》停刊後，①過幾年經藍真先生介紹入三聯作特約編輯的。

馬：請杜漸先生談談主編《讀者良友》的緣起。

杜：三聯書店曾經出版一份幾頁紙的內部刊物，連封面也沒有的，名字好像叫《三聯通訊》，我亦幫他們寫過幾篇文章，其中一篇是回憶五十年代三聯書店的短文，另一篇寫曹雪芹穿越時空來到當代參加紅學會所鬧的笑話。

我加入三聯工作時，出版社要求我把《三聯通訊》改為《讀者良友》，改編為一本可發行的刊

《讀者良友》創刊號

物。《讀者良友》有一半由我們編，可以讓我們自由發揮，而另外一半刊登三聯出版的新書消息等。我當時與三聯有君子協定，有三種事我是不管的：一、不管行政；二、不管財政；三、不管人事，我只管編務。《讀者良友》只有兩位工作人員，就是我和東瑞，工作很忙。

馬：《讀者良友》的流通量如何？

杜：每期大概印幾千份，大部分免費派出去。至於具體銷售情況，包括發行到南洋的情況，屬於我「不管」的範圍，我都不清楚。

馬：《讀者良友》共籌辦了四位香港作家的特輯，分別為第一期侶倫、第三期舒巷城、第七期西西，和第十期夏易。為甚麼會編香港作家特輯？

杜：我創辦《開卷》時，大陸剛改革開放。海外的讀者很希望知道大陸作家的遭遇和情況，所以設立了「作家訪問」一欄，專門訪問大陸的作家，其中也有香港的作家。後來，我編

①《開卷》月刊由杜漸先生主編，備受文壇重視。杜漸先生在近作《歲月黃花》中有詳細交待《開卷》月刊的出版情況，在此不贅。

《讀者良友》時，仍然有作家的訪問稿，但想法與《開卷》有些不同，認為重點應放在香港作家，於是跟三聯經理蕭滋提出我的想法，他沒有反對，並囑我照辦。所以，《讀者良友》第一期辦了侶倫的特輯，後來有舒巷城、西西和夏易的特輯。本來是要辦下去的，因人力有限，故只辦了四個特輯，本計劃下一個是劉以鬯的，來不及了。

馬：《讀者良友》籌辦香港作家特輯是否有意回應當時內地研究香港文學的熱潮？

杜：雖然當時內地的香港文學研究不盡不實，但我辦這些特輯與這股熱潮完全無關，只希望為這些作家留下一些材料。

馬：請問如何選定特輯作家的名單？

杜：我覺得香港有些臥虎藏龍的作家，但多年來大家都遺忘了他們。所以，我希望透過《讀者良友》的特輯重新介紹這些出色的作家和作品，藉此說明香港不是文化沙漠。我選作家編特輯沒有甚麼原則，也沒有人規定我該選定哪個香港的作家，很隨意的。

馬：《讀者良友》的「舒巷城特輯」是舒巷城先生生前內容最詳盡的特輯，[1]除了杜漸先生的訪問稿〈夏夜對談——訪舒巷城〉外，其他作者有程遙、桑妮、忠揚、東瑞、姚永康、梅子、陶然和韓牧，當時如何邀請他們寫稿？

杜：他們都是搞文學的，喜歡寫稿，而且忠揚、東瑞、姚永康、梅子他們都在三聯工作，很自然找他們寫；我還約了陶然、韓牧兩位寫稿。我邀請他們寫稿時只交待是「舒巷城特輯」，文章題目由他們自己決定。

馬：這次特輯討論了舒巷城各個類型的作品，包括三本重要的長篇小說（《太陽下山了》、《巴黎兩岸》、《白蘭花》）、短篇小說、散文、新詩和自傳體紀實作品（《艱苦的行程》），內容比較全面。

《讀者良友》「舒巷城特輯」（一九八四）

① 參見「舒巷城特輯」，《讀者良友》，第三期，一九八四年九月，頁五二至九五。

杜：這次特輯只能夠點到即止，希望提高讀者對舒巷城的興趣而已，談不上是舒巷城的全面研究。八十年代的讀書風氣不濃，學生一般都不認識舒巷城的作品，我希望透過這個特輯鼓勵大家多看他的作品。

馬：下面的問題圍繞〈夏夜對談——訪舒巷城〉這篇訪問稿，[1]可否談談這次「夏夜對談」的經過？

杜：一九八四年七月中，舒巷城的太太回了檳城，他閒着無聊，於是打電話給我，找我到他家中閒聊，我吃過晚飯就去他那裡。我們當晚又說又唱，談了很多話題，我記得除了文學還有粵曲、粵劇、西洋音樂等等，甚至抗戰走難的經歷，那篇訪問稿其實省略了不少內容，因為是當晚回家後，根據記憶記下主要的談話內容，有很多細節只能省略了。我記得我對他說，我喜歡粵曲是因為受到母親的影響，她很喜歡小明星，所以我很熟識小明星的《秋墳》等曲目；而且，在廣州電台工作時，被分派到戲曲組負責粵曲，因此熟識粵劇界的朋友如郎筠玉、羅品超、白駒榮、羅家寶、林小群、紅線女、馬師曾等；而我姐姐李文侶的契爺就是薛覺先，他曾有一段日子是住在我們樓上，與我們一家都很熟落，經常分享一些演出的趣事。我們當晚談了很多廣州粵劇界的舊事，而舒巷城也談了香港粵劇界如白雪仙的情況。我們都熟識馬師曾、紅線女、薛覺先、白駒榮等名伶，但他對羅品超、羅家寶等不太認識，而我對白雪仙也不熟識，故此談得很投契。我們也談到西洋音樂，我對他說：「我喜歡貝多芬、蕭邦、柴可夫斯基等，每次當我情緒低落時就想聽《命運交響曲》，因為有鼓舞的作用。」而他喜歡一些較為抒情的音樂。那一個晚上我們也談到《艱苦的行程》，我說我看了這本書後的感受很深，因為我當年走難的路線幾乎與他一樣，自然感同身受，我們都談起走難時的經歷，話題很多。

我們當晚只是聊天式的閒談，完全不是一次事先準備好的訪問，足足談了五個小時。由於他不讓我錄音，我只能夠憑記憶寫下我們的對話，記下我有意識問他，而又最重要的內容。我寫好後曾經給他看，他看過訪問稿後沒有作任何改動，只對我說：「你喜歡怎樣寫就怎樣寫好了。」

一九九一年，我離開香港移民加拿大前曾同他有一次機會聊天，補記為〈冬夜對談〉，收在拙作《長相憶》，我離港後與他失了聯絡。後來，在加拿大的朋友張初告訴我，才知道他逝世的消息。

① 參見杜漸〈夏夜對談——訪舒巷城〉，《讀者良友》，第三期，一九八四年九月，頁五二至五八。

我與舒巷城的交情很特別，從不牽涉利益關係。我從來沒有約他寫稿，他也沒有寫過稿給我。大家的感情很好，也不需要時時見面，但見面時又可以推心置腹，暢所欲言。我們都很珍惜這種君子之交淡如水的友誼。舒巷城是一個可以放心傾訴，又樂於聆聽的好朋友。

馬：在訪談中，舒巷城表示「對訪問已感到怕怕」？他是否有不愉快的受訪經驗？

杜：這些我不清楚。

馬：這次訪談討論了很多文學觀的問題，是否回應外間對舒巷城作品的意見？

杜：我們談這些話題時都很隨意，並非刻意回應別人對他作品的意見。譬如談到文采時，我們都覺得很多學生都以為堆砌形容詞就是文采了，舒巷城談了他的看法，我亦發表了我的意見。

馬：杜漸先生在訪問中表示：「人家說你（即舒巷城）是香港的鄉土作家」。「人家」是誰？

杜：此人是梁羽生。他提出「香港的鄉土作家」，目的旨在區分在香港出生、成長、寫作的作家如侶倫、舒巷城、夏易、海辛等，與一九四九年後南來的作家如李輝英、徐訏、徐速等不同。我認為説侶倫、舒巷城、夏易、海辛他們當為香港的「鄉土作家」，稱他們為「本土作家」亦無不可。

馬：在訪談中我們看不到舒巷城先生的回應，他對這個説法有甚麼意見？

杜：他對別人稱他為哪類作家從來都沒有意見。我認為他最大的優點就是擇善固執，喜歡寫甚麼就寫甚麼，不理會外界對他的評價，譬如寫「豆腐乾」就是最好的例子。①舒巷城喜歡一件事就會全心全意投入去，不在乎別人對他的評價，亦不會受到外間的影響。這是他形容自己「痴」的原因。

馬：杜漸先生在訪談中提到：「有人説你（即舒巷城）寫東西『以單純手法去表現單純意念』」。請問這句話出自哪裡？

杜：這是某位學者在閒談時提到他對舒巷城作品的意見，認為舒巷城未有在作品中運用當時流行的寫作手法如意識流、魔幻寫實等。舒巷城亦清楚表示「簡單」與「單純」是兩回

① 「豆腐乾」即報紙專欄。

事，不能混為一談，他認為好文章是不需要技巧的，真正做到「沒有技巧的技巧」才是最好的文章。

馬：在訪談中，舒巷城先生為甚麼提到「現在有些年輕作者動不動就說文章有沒有文采，以為堆砌一些美麗的詞藻，就叫做有文采……」？

杜：舒巷城認為文章最重要有深刻的思想，而不是美麗的詞藻。所以他認為越單純的文章就越少形容詞。我十分贊成這個觀點，也認為爐火純青的文章是不需要很多形容詞，實話實說，表達深刻的含意給讀者回味就足夠了。

馬：《讀者良友》的香港作家特輯與三聯書店後來出版「香港文叢」有沒有關係？

杜：兩者沒有直接的關係。不過，「香港文叢」的確是我最初在三聯當特約編輯期間向蕭滋經理提出來的，希望重新刊行香港作家出色的長篇作品，但出版了侶倫的《窮巷》（一九八七年）後我就離開三聯。後來「香港文叢」也改變了方向，以出版選集為主，① 與我無關。

馬：今天十分感謝杜漸先生分享了與舒巷城先生的舊事，以及在《讀者良友》籌辦「舒巷城特輯」的始末。謝謝！

原刊於《文學評論》，第四十四期，二〇一六年六月

① 作家選集包括《溫健騮卷》（一九八七年）、《海辛卷》（一九八八年）、《梁秉鈞卷》（一九八九年）、《舒巷城卷》（一九八九年）、《劉以鬯卷》（一九九一年）、《絲韋卷》（一九九二年）、《西西卷》（一九九二年）、《李輝英卷》（一九九五年）、《葉靈鳳卷》（一九九五年）、《曹聚仁卷》（一九九八年）和《徐速卷》（一九九八年）等。一九九九年，「香港文叢」出版了曹聚仁的長篇小說《酒店》後就再沒有出版新書。

詩人舒巷城——訪問東瑞先生

東瑞先生，原名黃東濤，福建金門籍，泉州華僑大學中文系畢業。一九九一年與蔡瑞芬創辦獲益出版社，任總編輯；曾獲香港中文文學創作獎、第六屆小小説金麻雀獎、小小説創作終身成就獎、世界華文微型小説傑出貢獻獎等；現任香港微型小説學會會長、世華微型小説研究會副會長；著有一百五十種著作。七十年代識舒巷城；一九八四至八八年任《讀者良友》執編。本訪問稿經東瑞先生審閱定稿。

日期：二〇二三年一月八日（星期日）

時間：下午二時至三時四十分

地點：香港尖沙咀基督教青年會咖啡座

東瑞先生受訪時攝

東：東瑞先生　　馬：馬輝洪　　列席：蔡瑞芬女士

馬：今天感謝東瑞先生和蔡瑞芬女士出席這次訪談。東瑞先生一九七二年年底移居香港後不久開始寫作，可否憶述這段練筆的日子？

東：我練筆的日子主要是七十年代移居香港初期的七八年。具體地説是在一九七三年到一九八〇年這幾年。從中國大陸到香港，生活環境一下子忽然變化太大，我需要先熟悉；加上舉目無親，生活不穩定，最重要的是生存、溫飽，才談得上發展自己的寫作興趣。在這七、八年間，我先後做過玩具、電子裝配工、搬運、清潔打蠟、木行經理、印染工、出版社行街等。業餘我買了大量報紙來研究，哪些報紙的副刊歡迎自由投稿；我也經常到書店，看看哪些出版社出書多、有無機會出版自己寫的東西。有了一定的了解後，我開始大量寫短的散文和小説投稿，主要有《新晚報》（及其周刊《良夜》）、《文匯報》、《澳門日報》、《海洋文藝》、《鏡報》、《知識天地》等。除了散文和短篇，也寫較長的小説，如五萬字的《瑪依莎河畔的少女》，二十萬字的《出洋前後》，及十幾萬字的《天堂與夢》、《魯迅〈故事新編〉》等，這些書稿後來都由大光、中流、上海、駱駝、南粵、新加坡萬里書店等出版社出了書。另外，我也參加了三聯書店主辦的題為「書與我」的徵文比賽。練筆不怕幼稚，主要也可以賺取點稿費，也作為一種投石問路，為改變命運、入文化行做事打基礎。我一直很想到書店或出版社工作。

馬：請問東瑞先生如何認識舒巷城先生？

東：四十幾年前的事，我實在無法回憶得起來。只記得，那時舒巷城先生新詩、小說在香港《伴侶》應該刊登不少，這份雜誌又發行到新馬，有不少讀者讀到，產生影響。因此他在新馬有不少粉絲，包括他後來的夫人；新馬的寫作朋友讀過他的作品，非常崇拜他；而我和新馬文壇也有一定的關係，投稿的緣故而認識不少文友作家，例如石君、林臻（陳國安）、萬里書局的老闆、尤今、駱明、孟沙等等。他們也常常來港，七十年代末、八十年代初來港比較頻繁的是石君和陳國安兩位，估計是在一個大家在一起小聚時與舒巷城見面認識的。

馬：東瑞先生在一九七八年四月二十四日致舒巷城先生的信件中提到：「兩本詩集拜閱後，[①] 曾在新加坡《知識天地》上寫了一篇讀後感（筆名黃濤），未知正確否，請指正。」[②] 請

---

① 該兩本詩集是《都市詩鈔》和《回聲集》。

② 參見東瑞一九七八年四月二十四日致舒巷城信件。

問東瑞先生還保留著這篇文章嗎？

東：我業餘寫稿長達半個世紀，涉及了幾乎百分之八十的香港報紙，連新馬和大陸的報刊也寫，而且在吉隆坡的《星洲日報》有過專欄，那些厚厚薄薄、大大小小的剪報本就有一百多本，但這也只是一部分；有時間的時候，會從有關的雜誌報紙上撕下我的文章，但還有大量的作品我因為太多和缺乏時間沒法整理，只好裝箱，放在倉庫。二〇二一年五月到九月，我們貨倉搬遷，整理過一次，也是粗線條，《知識天地》是否有留存，我記不起來；但評介舒先生兩本詩集的文章肯定寫過而且確實在《知識天地》發表了，沒錯。但由於我搬遷時收拾沒有留心，現在無法提供給你。

馬：東瑞先生在上述的信件中請舒巷城先生對你的著作《周末良夜》和《少女的一吻》提出意見，請問舒巷城先生有沒有提出甚麼意見？

東：這個完全沒有印象了，舒巷城先生為人謙遜、客氣，也很擔心被批評的對方接受不了（我們還不是十分熟悉那種關係），我印象中好像沒接過他的回信，我們搬遷貨倉時，處理舊書信，也沒發現他有關這兩本書的意見的信。

馬：東瑞先生在一九八二年二月二十日致舒巷城先生的信件中提到：「拙稿寄上望指正，不妥處望指正修改。無需客氣。正文已給《鏡報》，準備一九八二年第三期刊用。」[1]舒巷城先生有沒有對此文（即〈略談詩人——舒巷城〉）提出甚麼意見？[2]

東：印象中也沒有，這和他為人謙遜謹慎很有關係。

馬：東瑞先生在〈略談詩人——舒巷城〉中表示：「新加坡的一羣朋友，似乎比起香港某些人，更充分了解舒巷城，熟悉舒巷城；他

略談詩人——舒巷城

●東瑞

東瑞〈略談詩人——舒巷城〉

① 見東瑞一九八二年二月二十日致舒巷城信件。

② 參見東瑞〈略談詩人——舒巷城〉，《鏡報》，第五十六期，一九八二年三月，頁四八至四九。

們眼中，心目中的舒巷城，是比較接近於真實的而不是被扭曲了的舒巷城。」其中，「被扭曲了的舒巷城」所指的是甚麼？

東：我觀察當時香港詩壇總的大傾向是重視現代派而比較貶低寫實派，對舒巷城的詩評價不很公正。有的評論家和現代派詩人還認為他的詩像白開水、沒甚麼味道。這和我讀到的當時新馬詩人和評論家對他的詩的欣賞和評價完全不同。其實，舒巷城的新詩與傳統的寫實主義是有區別的，他是那種吸收了現代派技巧、表達手法的現代現實主義詩人。我當時覺得香港那種評價、描述舒先生新詩面目和成就的言論不客觀，無法正確、真正認識了解舒先生，因此認為是「被扭曲了的舒巷城」。

馬：東瑞先生在同一篇文章提到「本文只略談他的詩，短篇日後另撰」，請問後來有沒有撰寫評論他短篇小說的文章？

東：我對舒巷城先生的短篇印象已經不深了，印象中沒有對他的短篇再寫評論。只記得他得獎的〈鯉魚門的霧〉以及兩次被抄襲事件，鬧得沸沸揚揚。那個短篇用了意識流的手法展開，回憶了主角大半生的經歷，也就是回憶倒敍和現實場景交錯融合的技巧，充滿懷舊思緒和香港鄉土特色，也充滿香港式的鄉愁，確實精彩。我除了寫過評論〈小說化的報告文學——舒巷城《艱苦的行程》〉，還寫了對他長篇小說《巴黎兩岸》的評論〈重讀《巴黎兩岸》〉，記得兩篇文章都是為了搞「舒巷城特輯」、應老總杜漸之約而寫，刊登在《讀者良友》一九八四年九月號。我將它收進我的一九九五年五月獲益出版的評論集《我看香港文學》中。

馬：東瑞先生在〈略談詩人——舒巷城〉認為舒巷城先生「有三點與眾不同的特色值得指出，這三點將他與平庸的詩人區別開來。其一，《都市詩鈔》裡，他處理的都是些沒有甚麼詩意的題材，這實在是種挑戰……其二，舒巷城的詩有單純之美……其三，舒巷城的詩雋永……」，今天重讀這段文字，請問東瑞先生有沒有補充？

東：閱讀舒巷城《都市詩鈔》和《回聲集》兩本詩集的時間隔了幾十年，許多細節已經記不清楚，但記得那兩本書開本小小的，白色封面。他的詩除了我說的這麼幾個特點，還有就是，每一句詩，句子都很短；另外他的詩很注重藝術技巧，喜歡留白，不寫滿，以少勝多。認真、仔細閱讀欣賞他的詩絕不是白開水，而是運用技巧不留痕迹；他很不喜歡故弄玄虛，不喜歡深奧，他和寫小說的劉以鬯先生一樣，都是屬於深入淺出的文風，用淺易的文字寫出深刻的含義。如果要說補充，就補充這些吧。

馬：東瑞先生在一九八三年十二月一日的信件中，[1]約請舒巷城先生撰寫兒童創作小說稿，與夏易、阿濃、不諱等的作品編成兒童小說集，交由新雅出版。可否談談此事的始末？

東：上世紀八十年代，香港本地出版兒童、少年出版物的出版社不多，只有新雅、山邊、綠洲、萬里屬下的明華等幾家，比較專業、出得比較多的只有新雅和山邊，物以稀為貴，彼此是有競爭的。那時香港兒童文藝協會成立了，大家都願意為繁榮香港的兒童文學而多寫；除了我自己，我也介紹了不少香港兒童文學作家寫的兒童文學書稿給那時新成立的綠洲出版社出版個人集；我也了解到新雅那時候的出版物，幾乎絕大部分是約中國大陸的兒童文學作家寫而出版的兒童文學圖書，也有不少是向外國出版社購買外國名家兒童文學圖書中文版權而出版香港中文版的，香港本地作家的作品幾乎沒有，我感到很難理解。我就對當時的總經理兼總編輯說，為甚麼不出版本地作家的？讀者也會感到親切，銷行也會不錯。對方說，那作者呢？你約稿好嗎？我說，一時找那麼多兒童文學作家，確實沒有，但我們可以請一些作家每人寫一篇，出版合集啊！就這樣，我利用與一些作家的認識，約他們每人寫一篇，交給新雅出版，我還逐篇寫了賞析（今天叫點評）。類似這樣的合集出了好幾本。如《瘦日子變肥日子》（一九八四年十二月）、《補習老師》（一九八四年十二月）、《含羞草賣旗》（一九八六年十月）等。後兩本樣書我有，但都沒發現收舒巷城先生的〈方振強和他的朋友〉。我翻箱倒櫃，找遍了我的藏書，查看一些合集，都沒有。我心想，會不會收在《瘦日子變肥日子》裡呢？問了幾位作家，有無此藏書？都很失望；再跑到紅磡公共圖書館，查閱，更失望，他們竟然說沒有這本書，要將軍澳的公共圖書館才有。最後我想到向出版者新雅編輯部查詢，發了一個電郵求助，不過也不抱希望；事情幾乎四十年了，新雅吐故納新，編輯接棒了好幾代人，即使有書，誰會來理睬你？我記得《瘦日子變肥日子》是系列合集的第一本，還獲得甚麼獎，我就忘記了。沒想到電郵剛發出去後，就接到新雅一位張斐然小姐的電話了，還通過電郵和訊息發來了《瘦日子變肥日子》的封面、封底、目錄和後記，我一看目錄，大喜，果然，沒有猜錯，舒巷城那篇〈方振強和他的朋友〉真的收在《瘦日子變肥日子》一書裡，最後我還要求張小姐拍攝舒巷城那篇兒童小說，她也不厭其煩地拍攝發給我了。

回想起來，我一九八三年十二月一日的那封信件提及的約幾位作家的兒童小說合集就是指《瘦日子變肥日子》，同時出版的還有《補習老師》。《瘦日子變肥日子》共收了十

① 參見東瑞一九八三年十二月一日致舒巷城信件。

位作家的兒童小說，即吳嬋霞的〈瘦日子變肥日子〉、夏易的〈修理大師〉、阿濃的〈空地上的約會〉、陳不諱的〈蝸牛型感冒〉、陳娟的〈彬彬畫圃〉、淑子的〈蘭蘭的心意〉、雪舒的〈「故事賽」的故事〉、漢聞的〈姐弟倆〉、舒巷城的〈方振強和他的朋友〉、東瑞的〈三條腿的銳銳〉，書請阿濃寫題為〈一本多姿多彩的作品集〉的序，我寫〈編後記〉，我還為每篇小說寫了兩三百字的賞析。這本書好幾位都是當時的文學名家，加上這樣的合集在八十年代的香港兒童文學領域和出版界比較罕見，一直到一九九四年十年內印刷了十二次，可見很受歡迎。再一次萬分感謝新雅的張斐然小姐的協助，要不然就不容易找到〈方振強和他的朋友〉落戶何家了。

馬：從舒巷城先生一九八三年十二月十三日的回信中得悉，① 他交上小說〈方振強和他的朋友〉給東瑞先生。這篇小說亦在《新晚報・星海》一九八三年十二月二十五日發表，② 是否與東瑞先生有關？

東：〈方振強和他的朋友〉見報，應該與我有關，舒先生很少寫嚴格意義的兒童小說，也很少見到他投稿八十年代的《新晚報》。我覺得未曾發表的小說直接收進一本合集中，有點可惜，起碼少收了一次稿費，一向的不成文慣例是，在報刊發表後入書順理成章；但入了書就不便再拿出來發表了。鑒於這個情況，應該是我好意的建議，寫信徵求舒先生同意之後，替他轉寄到《新晚報・星海》版給主編陳雄邦先生的，就那樣發表了。

馬：舒巷城在信中提及〈方振強和他的朋友〉結尾有兩個可能，除了刊發出來的一個結尾，請問舒巷城先生有否向你談到另一個結尾？

東：這我記不得了。似乎他曾經在信裡提及，但沒有具體寫出另一種結尾。即使改動也只是很小的部分、不重要的細節，無關大局。

馬：東瑞先生何時加入三聯和《讀者良友》工作？

東：一九七八年底，我因為參加「三聯書店成立三十周年紀念讀者徵文選」獲得冠軍，[③]大膽寫了一份求職信，希望到三聯書店工作，獲得該公司蕭滋經理電約見面，接納我到三聯

① 參見舒巷城一九八三年十二月十三日致東瑞信件，收入馬輝洪編《舒巷城書信集》（香港：花千樹出版有限公司，二〇一六），頁二四六至二四七。

② 參見舒巷城〈方振強和他的朋友〉，《新晚報・星海》，一九八三年十二月二十五日。

③ 東瑞的獲獎文章〈書與我〉收入《三聯書店成立三十周年紀念讀者徵文選》（香港：三聯書店香港分店，一九七八），頁五至十一。

書店的宣傳部工作，工作內容主要是為一些公司經銷的中國大陸圖書撰寫介紹文章。一九八〇年十月十五日入職，試用期半年，表現好才轉正為正式員工。這些書介文章主要在《文匯報》、《大公報》、《新晚報》、《香港商報》上發表，少量發表在《明報》和《星島日報》。因此，我需要閱讀大量書籍。

一九八四年七月開始被調到三聯新創刊的，由翻譯家、科幻小説研究家、原《開卷》雜誌主編杜漸（真名李文健）做總編輯的讀書雜誌《讀者良友》擔任執行編輯。杜漸選擇我加入《讀者良友》，因為我與他任職《新晚報》及主編《開卷》期間已經認識，經常投稿到他主編的報刊。我每期都在該刊物發表或長或短的評論，包括香港本地、海外和大陸作家的文學作品的評論。也寫談創作、談文字的文章。

一九八八年三月，三聯書店《讀者良友》停刊。同年五月十六日，我被調往同一機構屬下的萬里書店任編輯，做了兩年時間，至一九九〇年六月離職。

馬：杜漸先生接受我訪問時提到，《讀者良友》只有他和東瑞先生兩位工作人員。① 請問你們二人如何分工？

東：《讀者良友》編輯部設在三聯書店十一層的寫字樓裡，在整層的編輯部大堂裡劃出一個角落。最初人員有三個，一個總編輯是杜漸（李文健），一個美術設計叫陳麗荷，一位執行編輯是我。後來美術設計大概一年後辭工，就剩下刊物主編杜漸和我兩個人。他是刊物的總負責人，決定每一期的大致內容，比如給哪一位作家搞專輯，要組織哪稿件；他的英文很好，也喜歡科幻小說，因此也常常翻譯、編寫一些西方的出版訊息，寫寫科幻的理論文章；我的任務是：一、協助他看稿，提出採用或不採用的意見；二、也配合寫一些香港和海外的出版消息、在《讀者良友》寫談文說藝的專欄；三、主編認為我是快手，約人不如自己寫，因此常常讓我配合作家專輯寫評介文章，如侶倫、夏易、舒巷城專輯，我都遵命寫了文章。這對我很有壓力，需要閱讀有關的作品。文章是沒稿費的。但對我也是一種提高；四、稿件打好字，兩人一起校對。當時大陸改革開放，出版不少新書，我也寫過很多評論，例如評過王安憶的小說，我擔心出書沒市場，都沒有結集成書。其他的部分曾經收進《寫作路上》和《我看香港文學》兩本書中，談文說藝的如〈說文采〉、〈言淺意深〉、〈散文中的「情」〉、〈漫談遊記〉等，就收在《寫作路上》。

---

① 參見本書〈舒巷城與《讀者良友》——訪問杜漸先生〉，頁二六七。

馬：請談談籌辦《讀者良友》「舒巷城特輯」的經過。

東：沒有甚麼特別的，一些細節也忘記了。反正為好幾位香港作家籌辦特輯、專輯，在可能的情況下，我都需要寫寫文章配合，而杜漸身為主編都有一篇重量級的訪問記，多數是他自己負責，也似乎請過朋友協助。

馬：東瑞先生在《讀者良友》「舒巷城特輯」中為何選擇以《艱苦的行程》及《巴黎兩岸》為題撰寫評論？①撰寫此二文最困難之處是甚麼？

東：選《艱苦的行程》這本書來評論，大概覺得他這一段經歷很傳奇，一九四四年秋，湘桂大撤退，他成了難民。每天步行、穿州過省，從宜山到貴陽，每天身負行囊、餐風宿露，途中替人家擺賣故衣籌路費，輾轉到了昆明才找到工作，先後在美軍（盟軍）機構中任文員，也當譯員。戰後又在越南、台灣、上海、東北、北平（北京）、南京等地工作，

《讀者良友》第一卷第三期
（一九八四年九月）

直到一九四八年底返港與家人團聚。我很少讀過香港作家寫的類似這樣的報告文學，閱讀時很吸引我，沒其他甚麼特別的原因。而《巴黎兩岸》名氣很大，讀到評論，都說小說主角從頭到尾都沒有出場，都是靠旁人完成對他形象的塑造的，最後自殺；這樣的手法也打開我眼界；一位香港作家居然將小說背景放在法國的巴黎，我覺得很好奇；最後一個原因，是我七十年代在香港大光出版社做事，隔壁就是中流出版社，《伴侶》的出版物很多都在中流出版，其中就有《巴黎兩岸》，我很容易就得到了這本書。讀了兩次。我寫《艱苦的行程》時最大的困難主要在於我對這部報告文學的時代背景很不熟悉，無從比較，只能就書論書，沒有太多的參考資料或他人評論參閱；而寫《巴黎兩岸》的評論的困難，則是我對巴黎以畫畫為生的畫家生活狀況的不了解，加上舒先生的手法很特別，主角不出場，全靠旁人的塑造，從側面來完成主要人物的描寫，在我閱讀小說的經驗中，可說是第一次，閱讀不很習慣，也有點吃力吧。

馬：東瑞先生認為《讀者良友》最主要的貢獻是甚麼？工作期間最深刻的印象又是甚麼？

① 參見東瑞〈小說化的報告文學——舒巷城《艱苦的行程》〉，《讀者良友》，第一卷第三期，一九八四年九月，頁六八至七四；及桑妮（東瑞）〈重讀《巴黎兩岸》〉，《讀者良友》，第一卷第三期，一九八四年九月，頁六〇至六四。

東：我在一九九〇年九月二十六日、二十七日在《澳門日報》寫過〈在《讀者良友》的日子〉談到了在這四年的歲月裡的體會和心得。①最深刻的印象正如魯迅那兩句詩所形容的「躲進小樓成一統，管他冬夏與春秋」，辦公室大堂那一角只有我們兩人，配合無間，杜漸兄也把我當弟弟那樣關愛，我脾氣也很好，與人為善，心胸開闊，編輯部既然只有兩個人，不需要開會，不需要浪費時間，沒有複雜的人事糾紛，從不吵架。不需要管行政，不需要為名利爭破頭，大家都是愛書、愛文學、愛寫作的人，都是為了工作，為了把工作做好。我在那篇文章最後寫道——「一份理想的工作是難求的，因素相當複雜。好工作難找，好波士、好老總更難找。《讀者良友》的歲月令我懷念。」

《讀者良友》最初主要配合公司業務出版。三聯書店當時是內地圖書在香港的總代理，每個月運來的圖書數量非常巨大，需要編一份目錄提供給書籍愛好者和其他經銷商或行家。但公司上層不希望單純編成一份純粹的目錄，這樣的純粹目錄多數很快被丟棄。上下協商的結果，目錄之外，配合讀書的主題，編一份讀書雜誌，對象是愛讀書的人。這個雜誌文章部分就由老總和我負責完成，那份目錄就由一位原叫劉芸的同事負責完成，目錄用不同的薄紙印刷。兩部分合併，就成了《讀者良友》。

《讀者良友》儘管讀者不多，也無法銷行到報攤，主要是贈送，但卻為讀書風氣不夠濃的香港帶來一股鼓勵讀書、提倡讀書的好新風，其內容脱離了商業氣息，容量不很大，但有意義，如作家特輯就重點介紹、評介香港重要作家、介紹好書、提供各種出版和文化訊息、擴大視野。為香港文學、文化、出版創作留存了不少主要訊息，這就是它的主要貢獻吧。

馬：感謝東瑞先生憶述了與舒巷城先生的文字因緣，以及在《讀者良友》工作的情況和體會。謝謝！

節錄版原刊於《城市文藝》，第十八卷第二期，二〇二三年四月

① 參見東瑞〈在《讀者良友》的日子〉，《談談情，交交心》（香港：獲益出版事業有限公司，二〇〇〇），頁五二至五四。

《博益月刊》與舒巷城——訪問黃子程先生

黃子程先生，香港中文大學學士畢業，其後取得香港大學碩士和博士學位。曾任中學教師、電視台編劇、劇本審閱、電視節目研究及推廣宣傳主任、《博益月刊》主編、《香港電視》副出版人、《星島日報》文化版及專欄版策劃及顧問、大學教授等職。著有散文隨筆《最傻是誰及其他》、《媒介變色龍》、《黃子程的生活思考》、《給年輕人的信》、《獨家草》等十餘種。本訪問稿經黃先生審閱定稿。

日期：二〇二一年六月二十二日（星期二）

時間：下午三時至六時

地點：香港藝術中心六樓 Assaggio Trattoria Italiana

黃子程先生受訪當日攝

黃：黃子程先生　　馬：馬輝洪

馬：今天好高興與黃先生談談《博益月刊》及舒巷城先生的往事。黃先生是如何踏上寫作之路？

黃：讀大學時，加入學生會當學生報主編，已開始在自己編的報紙寫文章，也很重視各系同學投稿的文學水平，時評雖有，但我比較重視有文藝感的文稿，像一篇名為〈當我年老的時候〉的散文，我將之放在文藝版的頭條位置，這可能是我編刊物的「處女選稿」吧！要記我的寫專欄歷史，最早應該是在《快報》，戴天叫我把文章寄到《快報》劉以鬯先生，我聽他的。幾天後，劉先生來電，叫我到報館聊聊，這是我的第一個專欄，之前的零散文章，大都忘了，請勿問我始與末，我記憶之中，沒有始末，至少不會有涇渭分明的始末。

在《明報》寫專欄，是接黃霑先生的專欄「大學站」的，機緣巧合，戴天叫我把文稿寄給查良鏞先生，之後黃霑因事停筆，我便替了他的欄位，欄名好像是「藍馬店」。《明報》之後，也換了不少欄名，都忘了叫甚麼啦，明窗將之集成小書，名為《最傻是誰及其他》，①這小書我手頭也沒有了，從此湮沒。

此後，我的專欄歲月頗長：《經濟日報》寫傳媒生態，都是很久很久的事了，出過的書，也只能是過眼雲煙罷了。印象較深的專欄歲月，是《信報》的「黑蝶白蝶」和《香港聯合報》的「獨家草」這兩個專欄，後來都有結集，現在要我寫這些小書出來，恐怕已是「不可能的事」了。

馬：可否談談《博益月刊》的出版緣起？

黃：我當時在電視台負責推廣宣傳工作，後來電視企業集團有意辦一份文學文化雜誌，藉此提高集團的文化氣息，他們找我幫手，我當時還年輕，對文學有一份赤子之心，於是由一九八七年九月起，擔任《博益月刊》的總編輯。

《博益月刊》創刊號

① 黃子程《最傻是誰及其他》（香港：明窗出版社，一九九二）。

《博益月刊》的歲月我倒有一些深刻的記憶，除了經常邀約作者見面，那是「來稿」的活動，很多著名作家，都是「謁見」求稿，不純然是約稿，好稿難得，於此可見。此外，由於月刊銷路不佳，我自告奮勇，訂下「編輯走天涯」策劃，寫信到中學校長，要求到他的學校演講，講香港文學及香港雜誌，甚至寫作技巧與閱讀秘訣等題目。目的在細節：就是派訂閱表格給聽演講的學生，通過演講，結尾時順道宣傳我們為學生而編的文學刊物：《博益月刊》。

這是知其不可而為之。這最後一招也不見有甚麼成效，我最終離開了出版社，月刊辦了大約兩年。

月刊力求趣味，文化觸覺也講究，我們不會太唱高調，太講精緻文化如同「逐客」，所以走了通俗之路，但又決非庸俗的趣味，像其中一位作者葉特生，他寫〈浮過生命海〉，細訴如何克服絕症，取得新生，內容還相當勵志啊。

一言以蔽之，除本地文藝，我們旁及台灣和大陸（台灣有黃春明、陳映真，大陸每月都有名作家介紹……）。

大家也許會奇怪：為甚麼這類雅俗兼容的刊物都不能長期編下去？壽命都是短暫的，理由只是一個：銷路有限，主辦者不想再虧蝕下去罷了。

像我們之前，當我還在唸中學的時期，一本叫《海光文藝》的月刊，也只是出了一個時期而已，《博益月刊》的命運，也不例外，很少聽到一本文藝刊物可以長命百歲吧？

除了主編《博益月刊》外，我亦幫手編一些袋裝書，內容以消閒通俗為主。

馬：《博益月刊》從創刊號開始設立「當年佳作」專欄，為甚麼有這個構思？

黃：五十年代至七十年代期間，香港出版過一些重要的刊物，譬如《中國學生周報》、《好望角》、《盤古》等，以及出現過一定影響力的作家和作品，都值得我們回顧與重溫。所以，「當年佳作」可以讓讀者認識這些出色的作家和作品。

馬：「當年佳作」專欄先後介紹過亦舒（創刊號）、舒巷城（第二期）、陳炳藻（第三期）、綠騎士（第五期）、侶倫（第十期）及杜杜（第十三期），請問擬定作家的標準是甚麼？

黃：原因很簡單，我熟悉這些作家，亦喜歡他們的作品，所以特別想介紹給讀者。譬如亦舒專輯，我特別介紹她早期的文章，包括在《海光文藝》的作品。

馬：籌辦舒巷城專輯以前，黃先生與舒巷城先生有交往嗎？

黃：我與舒巷城認識很久了，雖然平日的交往不多，但他對我很好。他就是一個典型的書生，而且還是一個窮書生的模樣。或者說，我基本上不知道他窮不窮，但樸實敦厚都是可以肯定了。

那年代也是一個樸實敦厚的時期吧，我與他初見面，就像普通家庭結識的朋友一樣，從談話到舉止，何其接近！

談下來，知道他樸素的生活，一樣關心社會，熱愛寫作，這點是我比不上他的。舒先生平淡中的說話一接觸到社會問題，他總流露出一點感慨，我腦中自然浮現他那篇〈鯉魚門的霧〉的無奈，文如其人，我深深得到印證。

《博益月刊》「當年佳作」：舒巷城專輯

馬：由吳平先生訪問舒巷城先生有甚麼原因嗎？

黃：我與吳平參與《中國學生周報》時已經相識。他離開《中國學生周報》後，我拉他入電視台推廣宣傳部工作，成為同事。我離開電視台，主編《博益月刊》時，經常請他幫手，包括訪問舒巷城。

馬：吳平先生在〈追蹤作家心靈——舒巷城〉一文中提到舒巷城先生是他「心儀已久的作家」，[1]黃先生知道他「心儀」的原因嗎？

黃：吳平對舒巷城的認識甚深，不過這個問題最好由他自己來答。你可以用電話訪問這位編輯的啊。我想對舒兄小說的推崇，大都會讚賞他的小說架構，至於氣氛的掌握，我個人倒覺得他深得沈從文的淡淡韻味，〈鯉魚門的霧〉叫我想起沈從文的〈邊城〉，至少氣氛上，我會有這種感覺。這也是我第一次讀到舒兄這篇小說時，給他「淡淡的哀愁」吸引了啊。

① 參見本書〈追蹤作家心靈——舒巷城〉，頁二一三。

第一次見面，舒兄親切的態度，叫我們一同如遇故舊，大家無所不談，這也是他念念不忘要與我再一同飲啤酒敍舊的原因了。

馬：這個專輯為甚麼選刊舒巷城先生的〈鯉魚門的霧〉、〈回顧〉和〈在電車上〉三篇作品？

黃：〈鯉魚門的霧〉是他著名的作品，曾經不止一次被人抄襲參加徵文比賽；〈回顧〉是他一九四八年從內地返港後所寫的詩作，而〈在電車上〉一詩則是他寫於一九八三年的作品，一舊一新，可作對比參照。

馬：編製舒巷城專輯有甚麼困難嗎？

黃：我主編《博益月刊》期間，業務忙碌，約稿、編稿、校稿全部「一腳踢」，儘管我有意做更深入的舒巷城專輯，但分身乏術，結果就是大家見到的樣子。

馬：讀者對舒巷城專輯有甚麼反應？

黃：戴天很欣賞這個專輯，並鼓勵我們繼續做「當年佳作」，訪問更多香港作家。

馬：李國威先生在〈別〉中提到停刊的原因：「停刊有種種原因，或者是此時此刻這裡的土壞開不出花朵，開端已藏結局，又或者是我們灌溉不得其法，種籽不能破土而出。這些問題我們將思索下去，希望告別了還有回來的時候。」①黃先生在〈關於《博益月刊》的回想〉一文中亦提到「兩年間，這份雜誌並不能開拓出一個市場來」。②可否談談此事？

黃：我當時已經想盡辦法，打開銷路，曾經發信給中學，義務為高中學生主持文學講座，並先後舉辦過二十多場。雖然學生的反應不俗，但對銷路的影響不大。《博益月刊》每月只售出一千本左右，入不敷支。我主編至第十九期離開，其後由李國威接手，《博益月刊》曾經改變開度吸引讀者，最終出版至第二十三期後停刊。

每次想到蕭銅的火劫、舒巷城的早逝，我都會無端感傷起來，親切善良的朋友，總是難以留住，我不會太懷念《博益月刊》，我會很懷念很懷念這些好朋友，我們認識已經遲了一點，想不到未能一再深談，就走了，只能留下生命的代替品——他們那些活靈活現的作品——給我們懷念回憶。

① 參見李國威〈別〉，《博益月刊》，第二十三期，一九八九年八月，頁一。
② 參見黃子程〈關於《博益月刊》的回想〉，《文學世紀》，第五卷第十期，二〇〇五年十月，頁一八至二〇。

馬：十分感謝黃先生接受訪問，分享了出版《博益月刊》和製作舒巷城專輯的往事，以及對舒巷城先生的懷念。謝謝！

原刊於《城市文藝》，第十六卷第四期，二〇二一年八月

詩選中的舒巷城——訪問周良沛先生

周良沛先生，著名詩人、作家，一九三三年出生，江西永新人。一九五二年開始發表作品，一九五三年出版第一本著作《楓葉集》，至今筆耕六十餘年；主編多套文學文化叢書，其中《中國新詩庫》十卷備受重視，另著有詩論、詩選集、傳記、散文等多部，包括共一百三十萬字、兩卷本的《中國現代新詩序集》。本訪問在旅途中進行，其後透過電郵補充內容，最後經周良沛先生審閱定稿。

日期：二〇一五年十一月八日（星期日）
時間：下午五時半至六時四十五分
地點：台灣花蓮至彰化長途車中

周良沛先生攝於旅途中

周：周良沛先生　　馬：馬輝洪

馬：今天很高興乘周先生赴台灣參加第三十五屆世界詩人大會之便，談談舒巷城先生的往事。請問周先生怎樣知道有這位作家？

周：我是從聶華苓主持的愛荷華國際寫作計劃那裡聽聞的，因為她曾經邀請舒巷城參加寫作計劃，所以我就知道香港有這位作家。

馬：周先生在《香港香港》（一九八六年）有一章專門談到與舒巷城先生第一次見面，以及日後的交往。①陶然先生是你與舒巷城先生的聯繫人，周先生如何認識陶然先生？

周：陶然是詩人蔡其矯的至好，我與其矯在上個世紀五十年代中就都愛大海，都愛惠特曼，情趣相投，他的好友，我們也往來。

馬：周先生寫好這一章後有沒有給舒巷城先生過目？

周：沒有。因為那是回內地寫的，那時我們沒有再見面，更沒有用電腦，比起現在，資訊的傳遞，還不是那麼方便。

馬：周先生在文章中提到「不論怎麼評論他〈舒巷城〉的作品，文學史不等於文學觀，他在香港文學史上的地位是不可動搖的」，為甚麼有這番議論？

周：在一個世界金融中心，市場對作家和作品的選擇，並非完全是文學的。

馬：一九八六年，周先生編了《香港新詩》，由花城出版社出版。這本詩選是早期內地學者認識香港詩人及詩作的重要選本。請周先生談談編這本詩選的緣起。

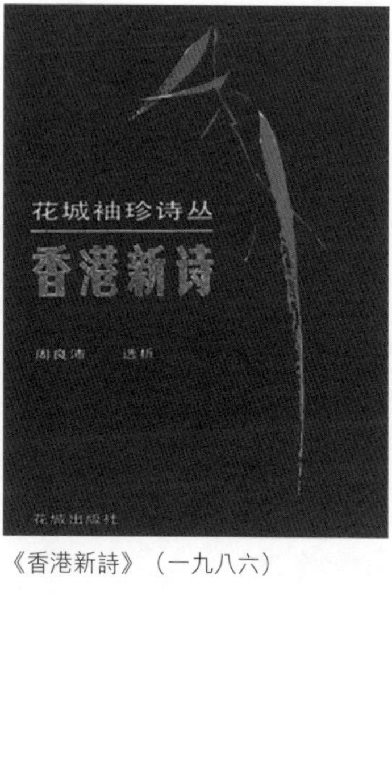

《香港新詩》（一九八六）

① 參見周良沛〈愁〉，《隨筆》，第四十三期，一九八六年三月；又，收入《香港香港》（成都：四川文藝出版社，一九八六），頁八六至九八；又，收入周良沛《港風台月》（北京：北京十月文藝出版社，一九九六），頁三八二至三九〇；又，收入《未能如煙的往事》（香港：三聯書店，二〇〇三），頁一七二至一八二；又，收入《今夜港人難以入睡》（香港：文思出版社，二〇〇九），頁一三〇至一三八。另，改題為〈舒巷城〉，收入思然編《舒巷城紀念集》（香港：花千樹出版有限公司，二〇〇九），頁二八二至二九二。

周：一九七九年改革開放以後，我們從事文化工作的要做一些對外緣文化現狀的介紹和引進。台灣與香港的文學都是漢語文學，可以直接閱讀，不需要透過翻譯，我們更加應該了解兩地的文學狀況。從新詩這個角度來說，我們過去表現的方法太簡單、太單一，十分需要向外面借鑒一點新的東西。譬如過去有一些流於口號的作品，根本就不是詩。當時內地讀者和出版社都有這些需求，我也有這方面的條件，就盡量拼命的介紹。

馬：周先生所說的「條件」是甚麼？

周：一九八三年的春夏，我曾經在香港住過半年，常到北角過去的圖書館收集資料。當時，我跟古蒼梧、戴天、黃繼持很熟，他們都給我幫助。黃繼持在大學教書，他就領我到中大，在那開架式圖書館，任人選擇。而且，當年，余光中知道我來香港，專誠開車接我到中大家宴招待；我是在內地公開介紹他的第一人，所以他特別在意。跟這些朋友的交往，對我認識香港文學都有幫助。

馬：《香港新詩》介紹舒巷城先生時說：「他（舒巷城）用力最多的，是他的多部長篇；也不能說詩的成就一定高於小說，但是，讀者主要把他看作詩人。」周先生似乎為舒巷城先生的長篇小說未受到讀者足夠的重視而抱不平，可否談談他長篇小說的成就？

周：對不起，對此無有研究，不可信口開河。香港的專家有不少有關專著，盡可對它再研究。而且，我也沒有「為舒巷城的長篇小說未受到讀者足夠的重視而抱不平」。香港這個現代城市，生活節奏是現代的快速、急促，要讀者用過多時間於文學的從容、詩情，是不太現實的。作品，哪怕報紙的專欄，文章哪怕要長一點，都可能是香港讀者棄選它的因素，因此，長篇小說讀者少些，或日「未受到讀者足夠的重視」，有必要讓我「抱不平」麼？

馬：《香港新詩》選收作家和作品的標準是甚麼？

周：我收集的範圍是以當時能夠接觸的資料為基礎，並且以文為本，來決定選收的作家和作品。入選的作品最重要的，是能夠反映香港的生活，讓讀者從詩中認識香港；又或者是從美學上來說，有可以借鑒的地方。

馬：《香港新詩》收入舒巷城先生〈復活〉、〈銅像〉、〈鬧市鳥聲〉，為甚麼選這三首詩？

周：因為它們不單是個人生活，個人感情的描述和抒發。如〈鬧市鳥聲〉恰恰寫的是沒有鳥聲的大都會，人們以「電子雀聲機」來買雀聲，以補生態的失衡，它既是香港的生態，也是港人心態的反映。

馬：《香港新詩》出版後，讀者的反應如何？

周：我當時聽香港的，不是一兩個，而且不是文化界的，多是《香港新詩》中的作者，還有在開計程車的作者朋友，三十多年過去，不可能很清楚記得每位的名字，說此書剛運到香港後，一下子就賣完了。《香港新詩》作為在內地首先介紹香港詩的選本出現，在港九受到各方關注是很自然的事。

馬：《香港新詩》是中國內地出版重要的香港新詩選本。

周：入選的作家可能認為這是中國大陸官方對他們的認同，事實未必是這樣，因為我不是政府官員，也沒有任何政治身份，我只是從我個人的角度來編這本詩集，跟官方完全無關。

改革開放後，我讀到很多在解放後不能夠讀到的港台作品，後來我向北京的人民文學出版社提出要出版這些作品，但他們都不願意。其後我跟巴金說起這件事，他囑我把此事交給過繼給他的兒子李致（《我的四爸巴金》的作者）。李致當時擔任四川出版局局長，於是我在四川文藝出版社出版了《戴天詩選》（一九八七年）、《古蒼梧詩選》（一九八七年）、《蔣勳詩選》（一九八七年）、《瘂弦詩選》（一九八七年）、《施善繼詩選》（一九八七年）等作家的詩集。

馬：古遠清先生曾經撰文〈香港新詩史版圖的焦慮——評多元競爭的香港當代新詩選本〉，[1]對《香港新詩》提出了一些批評，而周先生亦撰文〈閒話港島文苑風景與《香港新詩》〉回應。[2]今天回顧這場討論，周先生有沒有補充？

周：此事，不值一提。歷史，是一切永恆的背景。如今，內地也有一些評論家，歷史虛無地大講往事；具體情況一無所知，大發議論，貌似權威。有些是常識的無知。此生，我沒有上過幾天學，也沒有甚麼知識，寫甚麼，說甚麼，尤其涉及到香港的事，總以親聞目睹為憑，乃至就是我自己的經歷才放心。我寫「佔中」清場，香港的朋友看了，有的說

---

① 參見古遠清〈香港新詩史版圖的焦慮——評多元競爭的香港當代新詩選本〉，《城市文藝》，第二卷第六期，二〇〇七年七月，頁八〇至八四。

② 參見周良沛〈閒話港島文苑風景與《香港新詩》〉，《海岸綫》，第十期，二〇〇七年八月；又改題為〈陷入評家是非圈的《香港新詩》〉的節錄版，收入《城市文藝》，第二卷第八期，二〇〇七年九月，頁六九至七四。

他們也無此種體驗。哪裡敢憑對香港一點印象，就藝術創造？

馬：一九八八年開始，周先生編選《中國新詩庫》多輯，其中第九集（二○○○年）收入了高蘭卷、陳輝卷、胡征卷、舒巷城卷、賀敬之卷、杜運燮卷、杭約赫卷、何達卷等。《中國新詩庫》只有舒巷城和何達兩位香港作家，請周先生談談選收這兩卷的始末。

周：我編《中國新詩庫》時認為只要是漢語寫的文學都應該納入在編選的範圍，而且不僅要從文學史的角度來考慮，也要從文學作品的水準來考量。我選收舒巷城和何達的作品，都是從文學史的角度來看；他們二人的詩不一定都比某些香港作家好，但相對而論，他們二人在香港現代詩人中，也相對更資深，從事文學工作多年，德高望重。我沒有選別的香港作家，主要是《中國新詩庫》的容量所限，不容許我選更多香港作家。

《中國新詩庫》（二○○○）

馬：周先生在舒巷城卷中收入了他從早期的〈望月〉（一九三九年）到後期的〈這天〉（一九九〇年），共七十二首詩作，篇幅不少。請問選收舒巷城作品的標準是甚麼？

周：凡是確定能入《詩庫》者，則盡其所能的將其主要作品囊括其中，全面展示。《詩庫》每卷約千頁，平均，不是絕對，每人百頁左右，也有多有少。如戴望舒，一生只有九十多首短詩，可以將他的詩全集收入，對於多產詩人，則無法不請多多割愛。

《抗戰詩鈔》（二〇一五）

馬：周先生認為舒巷城先生的新詩有哪些主要的文學成就？

周：舒巷城是香港最有鄉土感的本土作家，從他的詩可以看到他善於表現個人的情感，尤其是抒情的風格。他後來的《都市詩鈔》對都市現象也有批評，不是完全客觀的敍述。

馬：《中國新詩庫》第九集出版後，周先生有沒有收到讀者對舒巷城卷和何達卷的意見？

周：沒有收過。

馬：今年（二〇一五年），周先生編了《抗戰詩鈔》，選收一九三一年「九一八」事變至一九四五年間抗戰詩歌近二百首，其中香港詩人的作品只有舒巷城〈鞋上的泥〉和〈陌生人〉，以及犁青的〈抽稅員來了〉。為甚麼會選這三首詩？

周：抗戰時，香港雖然仍被殖民，香港人民卻始終與全國同胞同心同德，《抗戰詩鈔》怎能沒有香港的詩呢？我現在手上的資料中，香港詩人的抗戰詩不多。抗戰詩也不是只在打打殺殺，舒巷城逃難到後方，以及他在後方之所遇所感，正是抗戰之大局中的一面，自然是抗戰詩。犁青的〈抽稅員來了〉，不僅是犁青的，香港的，也是全國寫到人民在前方殺敵，後方反動派壓榨人民之圖景的很珍貴的一幅，有它，讀到的，才是全面後方抗戰。

馬：總的來說，周先生對舒巷城先生有很深的感情，從《香港新詩》、《中國新詩庫》到《抗戰詩鈔》都選收了他的作品。

周：對，我認為他是香港最資深，最有代表性的詩人。

馬：今天十分感謝周先生在路途中接受訪問，談到了三本選集中選收舒巷城先生作品的始末。謝謝！

原刊於《城市文藝》，第十一卷第五期，二〇一六年十月

《太陽下山了》的改編及演出——訪問潘惠森先生

潘惠森先生，曾任香港新域劇團藝術總監、香港演藝學院駐院編劇及戲劇文本創作組組長、香港演藝學院戲劇學院院長。二〇二三年起出任香港話劇團藝術總監。三十多年來，潘先生上演逾七十部劇作，屢獲華文劇場界重要獎項。一九九四年八月二十八至二十九日，潘先生擔任新域劇團東區實踐劇場《太陽下山了》的編劇及導演。本訪問稿經潘先生審閱定稿。

日期：二〇二三年十二月二十一日（星期四）

時間：下午二時至三時

地點：香港上環市政大廈香港話劇團會議室

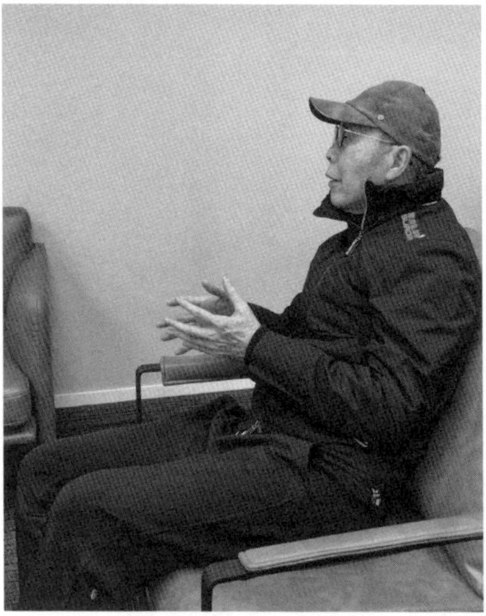

潘惠森先生受訪時攝

潘：潘惠森先生　　馬：馬輝洪

馬：請問潘先生何時對戲劇工作產生興趣？

潘：我自小對文學產生興趣，喜歡閱讀小說，後來更寫小說，出版過《男人之虎：潘惠森喪無聊偽小說集》。①我從事戲劇工作幾十年，一直保持對文學，尤其是小說的興趣，在香港戲劇界之中，我可能是少數如此喜歡文學的工作者。我雖然喜歡看小說，但改編小說為劇場作品的數量不多。《太陽下山了》是我第一次將小說改編為劇場演出的作品。

馬：請談談新域劇團的成立與「社區劇場」的關係。

潘：一九九三年，新域劇團成立的時候，戲劇仍然是屬於小眾的文化活動，我們希望改變這個狀況，於是決定在社區層面（學校、社區中心等）推廣戲劇，策劃了一連串的活動，包括「港島東區戲劇發展計劃」。新域劇團以「社區劇場」的方式面向觀眾，讓更多人認識和參與戲劇，藉此開拓戲劇文化的發展空間。當時除了專業劇團的演出外，我認為「社區劇場」是劇團（尤其是業餘劇團）可以發展的其中一個方向。

馬：可否分享「港島東區戲劇發展計劃」的構思？

潘：新域劇團推動「社區劇場」的構思是以每區為基礎，招募當區的居民參與計劃。「港島東區戲劇發展計劃」提供工作坊，舉辦戲劇匯演，製作舞台劇，讓參加者通過演出來講述當區的故事。「社區劇場」最大的挑戰，是我們招募的演員來自五湖四海，並不是每一位都擅長於講故事。

馬：為何選擇舒巷城先生的長篇小說《太陽下山了》作為「港島東區戲劇發展計劃」東區實踐劇場的演出劇目？

潘：我們推動「港島東區戲劇發展計劃」時，需要找一個與東區有關的劇本，當時新域劇團成員何文蔚先生介紹舒巷城先生的《太陽下山了》給我，而這部小說就是關於西灣河基層市民的故事，正好符合我們東區計劃的要求，成為東區實踐劇場的演出劇目。綜合而言，我們招募的對象是東區居民，講述的故事發生在西灣河，而演出的地點也在西灣河文娛中心文娛廳。

① 潘惠森《男人之虎：潘惠森喪無聊偽小說集》（香港：出版者潘惠森，二〇〇五）

馬：潘先生認為舒巷城先生的《太陽下山了》有哪些特色？

潘：《太陽下山了》最吸引我的地方，是這部小說反映了作者深厚的生活體驗。舒巷城先生在西灣河居住，熟悉那裡的里巷人情、生活百態，《太陽下山了》是完全植根於西灣河的作品。這部小說雖然有虛構的人物及情節，但能夠反映出生活在那個社會階層的質感。舒巷城先生在《太陽下山了》觀照出來的生存狀態，正正就是那個時代的真實記錄。換句話說，舒巷城先生是以小說的方式來講述歷史故事。

馬：為何形容這次改編為「第二度創作」？

潘：我們決定採用舒巷城先生的《太陽下山了》後，隨即去信給舒巷城先生，徵詢他同意後，才把小說改編為劇本，供演出之用。當我着手改編時，即時面對的問題是：如何把《太陽下山了》這部長篇小說改編為約兩小時的劇場演出？我們都知道，劇場演出有其藝術形式上的限制，演出時間的長短是必須考慮的因素之一，我們不可能巨細無遺地將小說的內容全部搬上舞台，改編期間必然有所取捨。當我把小說濃縮為劇本時，就意味着把小說原本的情節重新篩選、連接、發展，創作成為一個完整的故事，這就是我稱之為的「第二度創作」。

馬：為何在《太陽下山了》的劇本中加插一段九〇年代的愛情故事？

潘：這是編劇上常用的技巧，發揮類似穿針引線的作用，來建構劇場的故事。我以虛構的手法，創作出一對年青男女的愛情故事，並置放於當時的九〇年代，將劇本中不同的段落連接起來，藉此貫串整個故事。當然，這個連接的過程必須是有機的、合情合理的，而不是機械性的生搬硬套。如何把這對虛構的年青男女與《太陽下山了》的人物和故事結合起來，互相呼應，而不是純粹以旁白的方式交待情節，就是我改編這部小說的任務。

馬：潘先生撰寫的劇本中，全部共六個分場，其中五個分場的背景穿梭於一九四七年與一九九四年之間，有何用意？

潘：我已經記不清楚當時設計分場的原意。從創作的角度來說，如何講故事是敍事結

《太陽下山了》演出宣傳單張
（資料出處：香港文學資料庫）

構的問題，期間必須有某些停頓、跳躍的位置，不可能一口氣由頭到尾講下去，就如一本書有不同的章節，一篇文章也有不同的段落，一部劇本亦有不同的分場。對我來說，創作劇本中如何分場往往憑直覺決定，但改編劇本時亦會考慮原著的敍事結構，視乎劇情的需要來決定分場。

馬：潘先生改編《太陽下山了》後曾把劇本給舒巷城先生過目，請問舒巷城先生有甚麼意見？

潘：我改編好劇本後，主動發給他過目，並請他給我們意見。總的來說，他對我們這次改編的回應非常正面，亦很支持；至於他具體的意見，我已經記不起來了。但有一點可以肯定的是，他表示過很尊重我們的改編工作，而且他從來沒有介入我們的劇本創作。他是作家，很明白創作是甚麼一回事，尤其是我把小說改編為劇本，本質上是「第二度創作」。

馬：請問如何遴選《太陽下山了》的演員？

潘：我們通過報章文化版等媒體廣發宣傳，公開招募東區居民參與計劃。報名參加計劃的朋友都是戲劇愛好者，但大多沒有演出經驗，即使有也只是參加過業餘劇社演出的經驗。我們主要按劇本中角色的需要來遴選演員。

馬：培訓演員時有甚麼困難？

潘：他們來自不同的背景，亦沒有接受過演員的基本訓練，演出時難免比較稚嫩，亦難以要求他們提升演出的水平。幸好，參加者滿腔熱誠，願意為這個劇作付出最大的努力。由始至終，我們無意要求這次演出達到專業水平，最重要的是參加者通過參與計劃，感受劇場演出的體驗。

馬：潘先生在一九九四年八月七日致舒巷城先生信件中提及「由於缺乏男演員，我把林江和張凡改為女角……」，[1]可否談談此事？

潘：在《太陽下山了》的故事中，女性的角色不多，但我們通過公開招募的演員中，不少是女性，我們只好靈活變通，把林江和張凡改為女角，符合招募演員的實際情況。舒巷城先生也很理解我們的困難。

① 參見潘惠森先生一九九四年八月七日致舒巷城先生信件。

馬：可否分享《太陽下山了》的綵排及演出情況？

潘：我們的資源有限，甚至沒有固定的排戲場地，只能夠以打游擊的方式向各社區中心借用場地，爭取排練的機會。此外，大部分演員都有正職，只可以在工餘時間出席，排戲的進度難免受到影響。儘管如此，我們能夠聚集一班對戲劇有興趣的朋友排練演出，已經是很難得的經驗。記憶中，綵排及演出時沒有突發事件或困難。

馬：請問客家民謠在戲劇中發揮了甚麼作用？

潘：具體原因已忘記，有可能是演員中有人通曉客家話，我就因材而用，加一首客家歌謠，用來點染一下鄉土情調。

馬：《太陽下山了》演出時最滿意之處是甚麼？最困難之處又是甚麼？

潘：這項計劃的掣肘不少，客觀的條件亦不理想，我們面對場地、技術、資源、演員等種種困難，能夠順利演出已經是最滿意的成果。此外，各位演員積極參與，並且投入演出，大家都獲得很大的滿足感。

馬：舒巷城先生對這次演出有甚麼意見？

潘：我們完成這個劇作後，約了舒巷城先生在沙田大會堂酒樓見面。他看過我們的演出，感到很高興，很滿意。對我們來說，他的認同就是最大的鼓勵。

馬：觀眾的反應如何？

潘：印象中，每場觀眾的人數不少，我們都感到很滿意。我記得演出後與觀眾有閒聊，但談過甚麼就無復記憶了。

馬：其後有否重演此劇？

潘：我們只在西灣河文娛中心演出過一次，合共四場，之後沒有重演。至於將來會否重演，留待將來決定。

舒巷城先生 (前排右一)、潘惠森先生 (前排左一) 與眾演員合照

馬：謝謝潘先生分享了三十年前改編及演出《太陽下山了》的往事，留下許多珍貴的回憶。

謝謝！

原刊於《城市文藝》，第十九卷第二期，二〇二四年四月

《鯉魚門的霧》的改編及演出——訪問譚孔文先生

譚孔文先生，浪人劇場藝術總監、香港教育大學客席講師。劇場導演、舞台、服裝設計師及導師，導演作品着重以跨媒體呈現詩意意象，創造質樸而具想像力的表演風格；擅長改編香港文學為劇場演出，作品曾在香港、北京、台北、台中、深圳、英國愛丁堡、法國阿維農及阿根廷等地上演；憑《與西西玩遊戲》獲第十屆台北藝穗節最佳空間運用獎。於近作《紅絲絨》更擔任編導兼主演。本訪問稿經譚先生審閱定稿。

日期：二〇二四年一月十八日（星期四）
時間：下午二時至三時五十分
地點：香港九龍新蒲崗浪人劇場 Studio

譚孔文先生受訪時攝

譚：譚孔文先生　馬：馬輝洪　列席　林：林碧芝女士

馬：今天很高興與浪人劇場藝術總監譚孔文先生談談《鯉魚門的霧》的改編及演出。可否首先介紹浪人劇場二〇〇六年成立的緣起？

譚：一九九二年，我考入香港演藝學院，最初在科藝學院主修舞台及服裝設計文憑課程，兩年後因香港演藝學院轉制而修讀學士課程，一九九七年獲一級藝術學士（榮譽）學位。同時，我與幾位中學同學創立了劇團源荃劇社（來自荃灣官立中學的意思），參與當時盛行的市政局戲劇匯演，從此對舞台演出很感興趣。因此，當我畢業後仍想進修舞台劇知識，於是繼續在香港演藝學院戲劇學院修讀導演系，一九九九年獲藝術學士（榮譽）學位。

一九九〇年代，香港舞台劇處於急速發展的階段，帶來很多發展機會。畢業後，我以自由工作者的身份，為當時活躍的專業劇團參與舞台設計及導演的工作。二〇〇一年開始，獲當時新域劇團藝術總監潘惠森先生邀請擔任劇團的節目監督，開始參與劇團的行政及部分導演工作。我形容這段日子，是為了別人而工作的階段。二〇〇三年沙士後，我申請到香港戲劇協會海外交流獎學金，到日本東京與黑帳幕劇團交流半年，期間與他們的駐團導演佐藤順先生交談，他有一句說話給我很深的印象：Artists likes refugees。雖然佐藤先生的說話是指「難民」，但我覺得用來形容「流浪者」或者「浪人」也未嘗不可。在這半年的交流，其中最深刻是可隨劇團巡迴到北海道不同的地方演出，演出後社區人士會邀請我們一起吃飯，有次更走到牧場內野餐，感受劇場與自然、社區、大眾的關係。回港後，我開始以「劇場浪人」來形容自己，因為自己經常在不同劇團負責不同崗位的工作。

畢業五、六年後，我積累了一些經驗，開始舞台創作；因為希望以後的日子是為了自己而工作的，所以萌生成立劇團的想法。二〇〇六年，我向香港藝術發展局申請撥款，希望製作一齣關於順德媽姐的舞台劇《暗示》，主角是以我二姑媽譚寬貞女士為藍本的。因此需要成立劇團方能申請資助，這時候，我想起佐藤先生的說話，於是就在香港藝術發展局的表格上填上「浪人劇場」。這就是成立「浪人劇場」的故事，而《暗示》就成為「浪人劇場」第一個舞台劇。

馬：浪人劇場成立時的宗旨是甚麼？

譚：浪人劇場成立時清楚闡述了我們的理想：「浪人劇場透過他不斷修煉的『劍』，以高度浪漫的想像在舞台上遊走，展現一幕幕人間風景，為這個靈光消逝的時代，凝住世界仍然存在的美。」大家對「劇場就是劍」這一句話特別感到有興趣，其實這句說話來自我對「浪人」的想像，因為由「浪人」我就會直覺地聯想到「劍」。對我來說，「劍」有雙重意義，既是自我修煉的工具，亦是我連結社會的工具。至於在舞台上的美學實踐，我重視寫意而非寫實的敍事，擅長抽象而非具象的呈現。我的作品具有濃厚的人文關懷，讓觀眾從劇場聯想到人間的種種風景，也是劇場力量之所在。「靈光」一句脱胎自本雅明（Walter Benjamin）的著作《機械複製時代的藝術作品》中 aura 的觀念，強調事物在原始狀態出現時的靈光閃現，與浪人劇場成立時的初衷不謀而合。

馬：十八年來，浪人劇場的發展有甚麼變化？

譚：浪人劇場二〇〇六年成立以來，最重要的分水嶺是二〇一三年開始得到香港藝術發展局的資助，由過去業餘劇團的性質，轉變為全職營運的註冊公司模式。劇團成立最初的六、七年，我繼續以自由工作者的身份，遊走於不同的劇團和藝術團體，支持浪人劇場的營運；二〇一三年後，我可以全心全意投入浪人劇場的工作，直到今天。對我而言，前一階段比較隨心所欲，以個人興趣為主；而後一階段有既定方向，以劇團發展為主。

馬：請談談「意象劇場」的概念。

譚：「意象劇場」（Theatre of Images）是上世紀六、七十年代由美國著名戲劇導演兼舞台設計師羅伯特・威爾遜（Robert Wilson）所推動的。香港戲劇界對他並不陌生，他的作品多次獲香港藝術節邀請到香港演出如《黑騎士》（*The Black Rider*）、改編自布萊希特原著的《三毛錢歌劇》（*The Threepenny Opera*）及《沙灘上的愛恩斯坦》（*Einstein on the Beach*）等。對我而言，「意象劇場」強調「意象」的運用，其中「視覺意象」更加是舞台演出的重要元素，能夠營造舞台上的意境，從而帶動演出的效果。而我過去有舞台及服裝設計

浪人劇場網頁

的訓練，所以對在舞台上運用「視覺意象」特別關注。當我編排戲劇演出的時候，除了運用文字語言外，亦注重視覺語言，一直是我創作的風格，而《鯉魚門的霧》是我至今最具標誌性的作品。

馬：浪人劇場多年來推動「文學劇場化」，演出過舒巷城《鯉魚門的霧》、陳冠中《裸「言泳」無邪》（改編自《香港三部曲》）、董啟章《心林》（改編自《安卓珍尼》）和《體育時期2.0》（改編自《體育時期》）、韓麗珠《縫身》和《空臉人》（改編自《空臉》）、西西《像我這樣的一個女子》、《西西瑪利亞》（靈感來自《瑪利亞》）、《與西西玩遊戲》（靈感來自《哀悼乳房》）和《Bear-Men》（靈感來自《縫熊志》）等。為何提倡「文學劇場化」的主張？期間有甚麼困難？

譚：二〇一三年開始，浪人劇場的願景是以「文學劇場化」為發展方向，不僅得到香港藝術發展局的支持，亦得到前輩的肯定，如林克歡老師說：「改編優秀的文學作品，站在文學的肩膀上向前邁進，可能是一個不錯的選擇。」陳冠中先生說：「劍氣禪心是浪人，暗示亦有相思骨。」董啟章先生說：「譚孔文接通了奧威爾靈魂的深處，這也是劇場與文學對話的終極意義。」每次改編文學作品為劇場演出，都能夠讓更多觀眾關注這些作品，從而推動香港文學及世界文學，我覺得這是很具意義的事。這個理念我們堅持了十多年，感謝參與的朋友都嘗試和我們一起去創作；當然亦有一些困難，其中我想是始終過去本地的劇場訓練都偏向運用對話開展戲劇，但文學劇場無可避免以敘事為主開始，所以如何找出生動的敘事語言，與觀眾更直接的交流，一直是劇團在改編上希望尋找更令人深刻的表演形式。

馬：譚先生對舒巷城的短篇小說〈鯉魚門的霧〉有甚麼印象？

譚：舒巷城在〈鯉魚門的霧〉通過梁大貴所流露出來的鄉愁，是我對這篇作品最深刻的印象。雖然〈鯉魚門的霧〉的篇幅很短，但故事發展的跳躍性很大，前後橫跨十多年，舒巷城寥寥幾筆，已經塑造了形象鮮明的梁大貴，亦敘述了情節豐富的鄉愁故事。

馬：二〇〇八年七月十二日，浪人劇場在香港文學節「藝萃」中首次演繹舒巷城《鯉魚門的霧》。可否分享這次演出經驗？

譚：二〇〇八年的《鯉魚門的霧》是浪人劇場第二個演出的劇目，並由我親自演出梁大貴一角。舒巷城在〈鯉魚門的霧〉以第三人稱講述梁大貴的故事，而浪人劇場改編的《鯉魚門的霧》則是以第一人稱演繹梁大貴的故事，這是兩者最主要的分別。我演出梁大貴時，最重要的是把握着作品中的鄉愁感覺，以純粹的演繹手法，盡量按照原本的情節發展，講述一段失落的故事。我沒有刻意如實反映五十年代筲箕灣東大街的一景一物，反而以寫意簡約的舞台設計，讓觀眾意會故事的時代背景。我認為這種純粹性，就是梁大貴這個故事的質地。

演出當日，表演者陳映靜演繹鹹水歌，另外配上電車的叮叮聲，都能夠喚起演員和觀眾對那個時代的想像。此外，我演出時靈活運用簡約的空間，遊走於舞台範圍與觀眾席之間，呈現梁大貴來回往返又錯綜複雜的感受與回憶。

林：這是浪人劇場第一次演繹舒巷城《鯉魚門的霧》，亦啟發了我們日後的公開演出，是浪人劇場發展歷程上的好開始。

馬：浪人劇場先後五度公開演出舒巷城《鯉魚門的霧》，而改編的過程中亦參考了《太陽下山了》和《再來的時候》的內容。可否談談改編過程中的思考？

譚：二〇〇八年的演繹只有三十分鐘，但公開演出時長達一小時二十分鐘，因此改編時需要有更豐富的內容。當我閱讀《太陽下山了》和《再來的時候》時，發覺這兩部長篇小說的內容，與〈鯉魚門的霧〉是可以互相指涉的；另外，我改編時設定了三個人物，即梁大貴、石九哥（即《太陽下山了》的石九仔）和船上的女人，藉此豐富梁大貴這個角色的性格和經歷。演出時，我加插了一首舊歌 *Brazil*，因為這首歌的情調十分配合這齣戲的氣氛。由此至於，《鯉魚門的霧》都是一部寫意的舞台作品，無論故事情節、人物對白、舞台設計等，都沒有拘泥於是否忠於原著的問題，甚至可以將久遠的原著通過劇場的形式拉近，令當下的觀眾也感同身受。

我為了寫海員的生活，曾經請教杜惠東先生，希望了解當時海員生活的細節。杜先生當過海員，並且在他的專欄寫過不少談及海員生活的文章。我們經報社約了杜先生在金鐘麥當勞見面，訪問他當海員的經歷。我在劇本中有關操作船上機器的對白，都是來自杜先生的憶述。我特別感謝杜先生的幫忙。

馬：譚先生為何以月亮的「銀光」連接〈鯉魚門的霧〉與《太陽下山了》兩部分的內容？

譚：我固然通過「銀光」連接〈鯉魚門的霧〉與《太陽下山了》兩篇作品，亦有意以「銀光」表達主角對未來的盼望。因為當海水反映到「銀光」的狀態時，那閃爍如在夢中。「銀光」、「海」、「霧」等意象構成《鯉魚門的霧》這齣戲的氛圍。對我來說，意象運用就是創作過程，並且重新賦予意象的意義，「銀光」就是最典型的例子。

馬：舞台上那一幅巨大的白色薄塑料膠布發揮了甚麼作用？

譚：我改編小說〈鯉魚門的霧〉時，首先想到的問題是如何在舞台上呈現白色的霧，於是與負責道具製作的陳詩歷商量，最後決定用白色薄塑料膠布（「霧布」）來象徵白霧，亦同時代表海浪。我們利用霧布在燈光下半透明的特質，透過演員的肢體動作和對白，在虛實交錯之間推進情節的發展。

馬：全劇不時運用偶具如漁船、貨輪、海鷗、貓等，請分享這些偶具的作用。

譚：陳詩歷和陳映靜都是偶師，擅長運用各種偶具，在簡約舞台設計的大前提下，這些偶具豐富了戲劇效果。此外，梁大貴在戲中與這些偶具的獨白，恰恰反映了他寂寞的心境，以及內省的狀態。

馬：如何演繹開場時的鹹水歌？

譚：我們先後五度公演《鯉魚門的霧》，對鹹水歌試過兩次的演繹：最初四度公演時，陳映靜以閩南腔唱〈日出東山〉，效果很好，很有感染力，但到第五度公演時，改由翁清茹以蛋家話唱〈日出東山〉，更加接近原來的感覺。

馬：二〇一〇年九月三十日至十月三日，浪人劇場在葵青劇院首度公開演出舒巷城《鯉魚門的霧》，合共六場。譚先生最深刻的印象是甚麼？

譚：客觀上來說，這次公演給我較為充裕的時間和空間，將更豐富的情節，以及一些實驗的手法，加入這齣戲中，我甚至選了幾首舒巷城的詩作放入戲中，後來發覺效果未符理想，在以後的公演中也刪去這部分情節。另外，我原本擔任這次演出的主角，但二〇一〇年六月不幸中風，需要休養，於是臨急臨忙轉換演員，最後由胡俊謙擔任主角。由於他的演繹十分出色，先後在四度公演中主演梁大貴這個角色。這次公演後，我們在同年十月七日及十四日到海防博物館，每日設上、下午學生專場演出。整個演出濃縮在一小時內進行，以日光做主要的照明來源，同學在大型防空洞欣賞演出，完結後可走上山上，重現少年梁大貴站在筲箕灣山上看鯉魚門的景色，等爸爸的漁船回家的情形，現在回想，也可算是一次文學地景劇場的體驗。後來，我漸漸發覺我經常運用的戲劇技巧，譬如文本之間互相指涉、主角敍述的手法、寫意的舞台設計等，都是由《鯉魚門的霧》

開始的。

馬：二〇一二年九月十四日至十六日，浪人劇場在北京國際青年戲劇節重演舒巷城《鯉魚門的霧》，合共三場。這次演出有甚麼不同之處？

譚：我們接到主辦方的邀請，參加北京國際青年戲劇節，在木馬劇場演出。這是一個小型劇場，舞台分兩層，因此舞台設計、演員調度等都要因時制宜，配合場地，譬如我們只能用三分之二大的霧布。另外，這次演出的時間較葵青劇院首演為短，約一小時二十分鐘，壓縮了部分內容，減去讀詩的部分。這次演出後，北京文化界的反應相當好，出乎我們意料之外。我相信是戲中「景物依舊，人事全非」的鄉愁感覺，能夠穿越時空，感染北京的觀眾。這次演出是浪人劇場首次在香港以外的地方演出，開啟日後到不同地方巡迴演出，對劇團的發展意義深遠。

馬：二〇一四年五月二十三日至二十四日，浪人劇場在深圳城市戲劇節第三度演出舒巷城《鯉魚門的霧》，合共演出兩場。請憶述這次演出的經驗。

譚：我們這次接到聚橙網的邀請，參加深圳城市戲劇節，而且指定我們演出《鯉魚門的霧》。

我們隨即向香港藝術發展局申請資助到深圳演出的經費，幸運獲得撥款，順利成行。直至目前為止，二〇一四年在深圳的演出，是浪人劇場《鯉魚門的霧》的「官方定本」，在文本取捨、演出風格、美學設定等相對穩定，以後的演出都是在這次演出的基礎上增刪修改。觀眾的反應很好，很喜歡這次演出。

馬：二〇一六年八月十五日，浪人劇場在阿根廷國際表演藝術節第四度演出舒巷城《鯉魚門的霧》。今次演出有哪些不同之處？

譚：在阿根廷的演出，我設置了一位樂師陳嘉威在舞台上演出，兼演石九哥，目的在於精簡人手，減低演出成本。演出時，我安排梁大貴與台下觀眾互動，將食物拋向他們，讓觀眾更加投入演出之中，借此打破語言的隔閡。此外，阿根廷演出因主要是現場音樂，所以音樂也與之前的版本稍有不同。由於演出時間較短，只有約一小時，因此需要濃縮故事，主要刪減了石九哥的情節，全劇的內容介乎二〇〇八年版與二〇一四年版本之間。

林：阿根廷的觀眾反應十分熱烈，他們都很喜歡這個演出。觀眾表示不用看字幕，專注看戲，都能好好感受演出。當時我們有提供西班牙語字幕及紙本的演出簡介派發給觀眾。

馬：二〇二三年十二月二日晚上八時，以及十二月三日下午二時三十分和七時三十分，浪人劇場在深圳南山文體中心劇院小劇場第五度演出舒巷城《鯉魚門的霧》，合共演出三場。這次演出有甚麼不同之處？

譚：這次演出最大的分別有二：其一、全劇以普通話演出；其二、因為上述原因令這次三個主要演員都更換了。我決定以普通話演出這齣戲，但卻保留唱鹹水歌時用蛋家話，就是想知道演出時的效果有甚麼不同，能否更加打動以普通話為母語的觀眾。

馬：謝謝譚先生接受訪問，分享了浪人劇場的成立和發展，以及歷年來改編和演出《鯉魚門的霧》的經驗。謝謝！

《鯉魚門的霧》海報（二〇二三年版）

「寫意空間」及《鯉魚門的霧》的改編

——訪問李慶華先生

李慶華先生受訪時攝

李慶華先生，一九八七年畢業於香港浸會學院傳理系。翌年加入香港電台，歷任編導、監製、製作事務經理及電視總監，現任助理廣播處長。一九九五年起，李先生擔任多輯「寫意空間」編導，並監製兩輯「十本好書」電視系列。首輯「寫意空間」，李先生改編舒巷城小說〈鯉魚門的霧〉為電視作品，其後憑該作品獲紐約電影電視節優異獎；又以《酒徒》獲芝加哥電影電視節銀獎。本訪問稿經李先生審閱定稿。

日期：二〇一九年二月二十六日（星期二）

時間：下午一時十五分至二時三十分

地點：香港九龍廣播道李慶華先生香港電台辦公室

李：李慶華先生　　馬：馬輝洪

馬：今天感謝李慶華先生在百忙中接受訪問，談談一九九五年改編舒巷城先生〈鯉魚門的霧〉為「寫意空間」其中一集電視節目的舊事。我們首先從「寫意空間」開始，請李先生憶述香港電台教育電視組一九九五年推出「寫意空間」的緣起。

李：一九九五年，我仍是一名小伙子，僅是香港電台一位資歷很淺的導演。其實，最適合回答這問題的是「寫意空間」的監製鄭惠芳女士，不過她現在已經退休了。所以，我只能就我所知略談一二。「寫意空間」是新穎的電視節目，需要有創新的思維和手法，於是鄭女士找了十一位年青導演，借助他們的創意，拍攝這一系列文學節目。她希望透過電視媒體，達至推廣文學的目的。

其實，香港電台電台部很早就有製作文學節目的傳統，一方面是因為電台部的歷史悠久，另一方面他們設有文教組，較有條件推動這些工作；然而，電視部類似的文學節目不多，「寫意空間」之前只有兩輯「小說家族」（一九八七年和一九九一年）。

大概是一九九五年初，鄭女士組成「寫意空間」的製作團隊，經過深入討論，然後擬定拍攝的作家和作品。我們很清楚觀眾不可能在五分鐘時間內，完全明白作家的風格和作品的特色，反而希望這個節目是一個引子，吸引觀眾繼續閱讀作家的作品，從而推動閱讀風氣。期間，我們徵詢過也斯、小思、張灼祥等前輩的意見，為我們提供了寶貴的參考。

「寫意空間」第一輯最初的構思只有十九集，經收集意見後，決定增至二十四集。我們籌備了大約半年，期間約作家訪問，進行拍攝和後期製作，他們都很樂意讓我們拍攝他們的作品，大家合作愉快。我是其中一位主力導演，分別拍攝了舒巷城、小思、余光中、王良和、李碧華共五集，而且是首批推出節目的導演。港台原本安排舒巷城《鯉魚門的霧》放在第一集推出，後來經商議後，決定把張愛玲放在第一集播出。無論如何，「寫意空間」第一輯推出後，口碑很好，反應不俗，所以才有後來的幾輯。

馬：為甚麼用「寫意空間」這個節目名稱？

李：我記得我們為了這個名稱討論了很長時間，因為既要有文學的味道，亦要帶出這項計劃的意思，即寫作的空間和文字的空間。最後，每位導演提出十多個建議，然後逐一分析、討論，最終監製選用了「寫意空間」這個名字。明顯地，「寫意空間」較「小說家族」

的涵意寬闊，不僅有小說，還有詩、散文。我們很喜歡「寫意空間」這個名字，所以往後幾輯一直沿用。

馬：最初選定了十九位作家，後來為甚麼增加了五位至二十四位？

李：港台當時沒有自己的電視頻道，只能透過 TVB 及 ATV 的時段播放「寫意空間」，因此受制於他們提供的時間，最初只安排了十九位作家，即舒巷城、小思、余光中、王良和、李碧華、葉輝、馬朗、顏純鈎、絲韋、劉以鬯、也斯、西西、董橋、董啟章、張愛玲、黃碧雲、何福仁、淮遠和許迪鏘。期間，觀眾的反應很好，而監製亦聽到一些意見，於是與 TVB 商量後，最終多選了五位作家（戴天、鍾曉陽、蔡瀾、亦舒和阿濃）至二十四位。

香港電台電視部將於九月份推出文學節目《寫意空間》，介紹香港文學作家及其作品，下面是所介紹的作者和播出日期：逢星期一至五在無線電視翡翠台下午六時十分播出，以及在亞洲電視本港台下午五時五十分播出（凌晨十二時四十六分重播）。

介紹作家（播出日期）：

舒巷城（18/9）	劉以鬯（29/9）
小　思（19/9）	也　斯（2/10）
余光中（20/9）	西　西（3/10）
王良和（21/9）	董　橋（5/10）
李碧華（22/9）	董啟章（6/10）
葉　輝（25/9）	張愛玲（9/10）
馬　朗（26/9）	黃碧雲（10/10）
顏純鈎（27/9）	何福仁（11/10）
絲　韋（28/9）（羅孚）	淮　遠（12/10）
	許迪鏘（13/10）

《寫意空間》訊息（《讀書人》，第六／七期合刊，一九九五年八／九月）

馬：作家名單是怎樣擬定出來的？

李：我們盡量涵蓋六、七十年代具代表性的作家和作品，而且很自覺地以本土文學為出發點，所以入選的絕大部分是香港作家。當然，張愛玲是否香港作家，不同人有不同的觀點。

我考慮作家時，希望有不同的風格，亦兼顧不同的文類，所以拍了舒巷城《鯉魚門的霧》（小說）、李碧華《霸王別姬》（小說）、小思《小思的香港故事》（散文）、余光中《時光隧道》（新詩）和王良和《詩人觀柚》（新詩）。

馬：每集只有五分鐘，拍攝時遇到甚麼困難？

李：這個問題可以分三方面來談：首先，文學作品的篇幅一般都較長，尤其是小說，如何揀選最具代表性的情節是必須克服的難題；其次，每集節目由作品演繹、作家訪談、作品評論三部分組成，時間相當緊迫；最後，怎樣忠於原著地演繹作品始終是最大的考驗。其實，我們知道將文字改編為影像的過程中，難免摻雜了導演對作品的理解和詮釋，只能夠盡可能忠於原著而已。除了文字的選取，演員、場地、配樂、光線、色彩等各項元素都有導演的介入，怎可能百分百忠於原著？儘管如此，我認為忠於原著始終是導演改編作品時應有之義。我們希望電視觀眾看完五分鐘的節目後有所得益，引發他們閱讀原著的興趣，甚至閱讀作家的其他作品，最終達至推廣閱讀的目的。

馬：為甚麼改編舒巷城的短篇小說〈鯉魚門的霧〉？

李：我記得接到監製通知開拍「寫意空間」後，製作團隊立刻徵詢各方意見，經過多番商討，最後擬定拍攝的作家和作品名單。我隨即努力閱讀名單中作品，希望揀選心儀的「對象」。我雖然在大學時期修過文學，但並非文學人，只憑感覺就決定拍攝舒巷城〈鯉魚門的霧〉。現在回想起來，可能與我青少年時期（即一九六〇、七〇年代）的遭遇有關。當時身邊有不少長輩離開香港到外地謀生，過了一段日子後回來，往往無法再融入香港的生活，心情大感失落，他們的遭遇與〈鯉魚門的霧〉裡面的梁大貴很相似，因而觸動了我拍攝此劇的念頭。

馬：當時距離九七只有兩年時間，李先生是否有意以梁大貴這個人物暗喻九七回歸？

李：我的確有這個意思。當時香港有不少人對回歸感到憂慮，陸陸續續移民海外，令我反思香港的問題：香港為甚麼九七要回歸？香港人為甚麼不願意留下來？除了〈鯉魚門的霧〉外，余光中的〈時光隧道〉也同樣反映了香港前途的不確定性，甚至人心的迷茫。香港的處境與大貴的經歷恰恰有相似之處：我們的根在哪裡？這種離開了又回來的境況，不無諷刺地到今天仍然在上演。

馬：〈鯉魚門的霧〉這篇小說有甚麼特色？

李：「霧」是這篇作品很重要的元素，全篇小說都是圍繞「霧」而展開的，我的改編也是以「霧」作為拍攝的重心。雖然「霧」很抽象，但我有信心把故事的神髓透過電視呈現出來。

馬：當時怎樣構思《鯉魚門的霧》的改編？

李：我閱讀〈鯉魚門的霧〉每一句說話，很容易就想像到拍攝的場景，改編起來沒有遇到多少困難。梅子評論〈鯉魚門的霧〉時，特別提到舒巷城在小說中運用了時空交錯的手法，於是我利用影像穿梭在不同的時空，既可緊扣故事，亦可推進情節，讓觀眾有更多想像空間。這種拍攝電視節目的手法在當時來說並不常見，甚至相當創新。

我反復看過這篇小説後，腦海裡漸漸有一些想法，譬如怎樣分場、保留哪些人物、刪掉哪些情節等，《鯉魚門的霧》電視版是由我親自改編的。其實，「寫意空間」所有作品都是由各導演負責改編的。

馬：改編後有沒有徵詢舒巷城先生的意見？

李：開拍前，每位導演首先與作家詳細溝通，商量演繹和拍攝手法。大家有了共識後，我們才開始拍攝。按當年的慣例，我們在拍攝和剪接後一般不會再徵詢作家的意見，既因為編輯自主的關係，也因為作家尊重港台，從不過問。舒巷城也是如此。

馬：〈鯉魚門的霧〉這篇小説是舒巷城先生經典的本土作品，其中唱鹹水歌的情節最具特色。李先生怎樣找唱鹹水歌的演員？

李：這方面的記憶已經有些模糊了，沒有記錯的話是找香港演藝學院學生幫手的。鹹水歌在劇中很重要，因為它緊扣着梁大貴的心情，所以我找專業學生來唱這首歌。

馬：舒巷城先生曾經在節目中出鏡，談到〈鯉魚門的霧〉的梁大貴。李先生對他有甚麼印象？

李：舒巷城給人親切平凡的印象，那種感覺就好像身邊的街坊朋友，一點架子也沒有。拍攝時，他也沒有刻意打扮，穿上平日的衣著出鏡。其實，他最初不願意出鏡，我只好陪他在節目中邊走邊談，最後順利拍攝他在海邊談梁大貴的片段。

馬：李先生怎樣邀請梅子先生評論〈鯉魚門的霧〉？

李：我當時請教小思，由誰評論舒巷城較為合適，她推薦梅子給我。我亦徵詢過舒巷城的意見，他也同意，我就請梅子幫手。

《鯉魚門的霧》（二〇〇四）

馬：如果現在重拍《鯉魚門的霧》的話，哪些地方可以改善？

李：我認為「霧」的效果可以拍得更好。當年拍攝的時間匆促，無法捕捉到鯉魚門在濃霧之下的影像，只能穿插一些霧的空鏡。現在科技進步，可以用電腦效果補救，把《鯉魚門的霧》拍得更加逼真。

馬：李先生曾以「寫意空間」獲獎，可否談談此事？

李：一九九六年，我以「寫意空間」第一輯《鯉魚門的霧》、《小思的香港故事》、《時光隧道》、《詩人觀柚》四集參加紐約電影電視節（New York Film and Television Festival），並獲得教育節目組優異獎。這是我人生中第一次參展，很榮幸獲獎。一九九八年，我以「寫意空間」第二輯的《酒徒》獲第三十四屆芝加哥國際電影電視節（Chicago International Film & Television Festival）銀獎，這是國際影視界的一項大獎。二〇〇〇年，我再以「寫意空間」《輸水管森林》獲得紐約電影電視節教育節目組優異獎。至於其他導演拍攝的「寫意空間」，也多次獲獎，由此可見「寫意空間」不單獲得本地文化界的肯定，也得到國際影視界的認同，對我們而言是莫大的鼓舞。

當時，國際影視界仍未普及以電視媒體來演繹文學作品的節目，所以「寫意空間」在當時乃屬嶄新形式的電視節目，因而屢獲殊榮。後來，其他地方的電視台也製作了類似的節目，大抵受到「寫意空間」的影響。

馬：李先生製作電視節目的經驗豐富，對於改編文學作品有甚麼體會？

李：當我們把文學作品改編為電視節目，必然受制於電視媒體的局限。文字媒體與電視媒體的差異，往往成為外界批評的原因。儘管如此，我們多年來改編文學作品的經驗，以至推動閱讀的努力，都得到很多本地文化界朋友的支持，亦獲得外國影視界的認同，帶動了同類節目的發展，甚至產生對外地電視節目的影響。凡此種種，都是推動我們繼續製作同類節目的原因。

馬：十分感謝李先生接受訪問，回顧了製作「寫意空間」的緣起，以及改編和拍攝舒巷城先生《鯉魚門的霧》的經過，讓大家深入了解這些出色的電視節目背後的故事。謝謝！

原刊於《城市文藝》，第十四卷第三期，二〇一九年六月

《鯉魚門的霧》繪圖者——訪問彭健怡先生（節錄）

彭健怡先生為香港插畫師，從事設計、攝影、藝術及插畫工作，目前擔任TK Magazine Media Ltd. 美術總監。彭先生的作品喜愛以大自然及香港歷史文化為題材，為《鯉魚門的霧（圖文本）》的繪圖者。本訪問稿經彭先生審閱定稿。

日期：二〇一三年一月廿五日（星期五）

時間：下午四時至五時三十分

地點：香港中環大會堂 Deli and Wine

彭健怡先生受訪時攝

彭：彭健怡先生　　馬：馬輝洪

馬：彭先生可否談談《鯉魚門的霧（圖文本）》這項計劃的緣起？

彭：接這項計劃前，我完全不認識舒巷城先生，亦沒有讀過他的作品。二〇一一年年中，花千樹一位女編輯聯絡我，表示舒巷城先生的太太有意出版〈鯉魚門的霧〉的圖文本來紀念這篇作品，他們在我的網站看過我的水彩畫，於是找我畫這篇作品的圖文本。我當時對這項計劃所抱的心態，是純粹以一般插圖計劃來看待。後來，他們發了〈鯉魚門的霧〉給我，想我畫一、兩幅場景出來，看看合適與否。在閱讀這篇作品的過程中，我已經不自覺地在腦海中構思起畫面來，逐漸進入執迷的狀態。

馬：後來如何推展這項計劃？

彭：當我與出版社談到具體內容時，發覺他們已經有一些想法，在哪些文字配上哪種圖畫。我畫了一、兩幅顏色稿給他們看，他們認為我的風格很適合這篇小說，於是我們開始構思整本圖文本的內容。最初，他們給我兩個月時間完成這項計劃，但由於我的執迷，更不希望草草了事，最終要一年才能夠完成。過程中，花千樹給我很大的寬容度，我相信他們喜歡我的作品，亦明白到我需要時間才能夠畫出這些作品。儘管花千樹對《鯉魚門的霧（圖文本）》的構思已經有一些基本的想法，但我仍可以從中找到建構我作品的空間。我一直都想用作品描畫舊香港的美，探索那時代的氣氛和感覺。圖文本在顏色和光線的運用、人物和環境的表現都是很大的挑戰，還有畫面和文字的配合、頁與頁之間分景的連貫性等，都是我要用心考慮的地方。

馬：彭先生對〈鯉魚門的霧〉這篇文學作品有甚麼體會？

彭：繪畫前，我當然要細讀和了解這篇作品，然後思考適當的切入點，才可以開始創作。舒巷城先生在〈鯉魚門的霧〉中用溫柔平淡的文字來講述人生的經歷，尤其作者用「霧」一這個十分恰當的比喻，因為霧雖然飄散不定，但最終會變為水，回歸海洋，彷彿是人生的聚散。另外，〈鯉魚門的霧〉用了不少篇幅描寫一些瑣碎的情景，無論是一磚一瓦，或者是很仔細的聲音和氣味，都可以構成人生的記憶，而這些記憶就好像霧一樣，成為籠罩主人公濃濃的鄉愁。主人公大貴年青時，深信將來可以擁有一切，而德叔亦說他將來會大富大貴。這些情節代表了青年人對未來的想像，主觀地以為未來是美好而無限的。長大後，大貴發覺一切轉眼成為過去，未來原來並非如此美好。我閱讀這篇作品後有點傷感，感嘆人生就好像霧一樣會聚會散，儘管大貴曾經非常熟悉東大街，但如今又如此陌生，彷彿一切都成為過去，只有山水依舊。轉念間，大貴決定把過去的一切變為回憶，重新開始。我認為作者在作品中描述了十分立體的香港，透過物件的描述、環境的描述和人物的描述，呈現了那種獨有的氣氛和氣味。這些回憶最令人傷感之處，就是類似的情況必將重複出現，然後無聲地消失。

馬：由文字轉化為圖像時，彭先生認為最困難之處是甚麼？

彭：最初，我要在畫作中建立當時的情景有一定的難度，因為那個年代畢竟距離我很遠。於是，我每星期有好幾天到圖書館找書來看，又上網查資料，包括文字和圖像的材料，譬如筲箕灣電車總站附近當年的確有東如酒家。此外，我還透過實地考察來決定下筆的視點，從而加強事物的真實感，例如畫內的山脊線、

《鯉魚門的霧（圖文本）》（二〇一二）

山貨店內陳列貨品的方式等都是經過一一考證的。透過搜集資料，我逐漸可以在畫紙上建立一些空間、物件、人物和生活情況，譬如我會想像我在埗頭上走動時，路人在我身旁走過的情景，漁船行駛的方向，聲音和氣味的特點等。過程中，最困難的地方是〈鯉魚門的霧〉每一段文字都有它獨特的氣氛和氣味，以及文字背後的情感，但氣氛、氣味和情感都是非常抽象的概念，我要透過文字掌握和深化那一種感覺，然後才可以動筆繪畫每個場景出來。我除了要把主人公大貴眼前的一景一物呈現出來，還要把大貴回憶二十年前的情景表現出來，讓讀者感受到大貴回憶中的情緒，也是極難拿捏之處。在畫作中建構具象的事物不困難，只要肯做資料搜集的功夫就可以了，最困難的倒是建構抽象的氣氛、感受和情緒來感染讀者，我只能夠透過同理心去感受作者的原意。

馬：可否談談圖文本運用顏色的特點？

彭：圖文本的用色當然要配合文字背後的情感和情懷。當我畫好了草稿和透視圖，我會視乎文字情景的氣氛、時分、光線等決定上甚麼顏色，藉此反映作品的感情。視覺藝術重視作品的呈現多於陳述，只要讀者感受到畫作的氣氛，而畫作可以幫助讀者推展他的想像，那就已經足夠了。

馬：我留意到圖文本前半部分以天藍色為基調，而後半部分改以橙黃色為主。彭先生是否刻意用色調的轉變帶出人事全非的感覺？

彭：我很高興有人看到我用色的意圖。我用了兩種色調的套路，來處理本書中不同的時空：藍色代表大貴當下身處在已改變了的環境，即較為清冷的氛圍，在構圖中的物件都是山水石海，以及大貴在埗頭凝視外界的主觀畫面；而橙黃色和淡紫色代表大貴回憶中溫暖而浪漫的時空，畫面充滿了各式人物，也充滿了他熟悉的事物。我用這種冷暖色調來交待時空的穿插，以至大貴心情的變化。

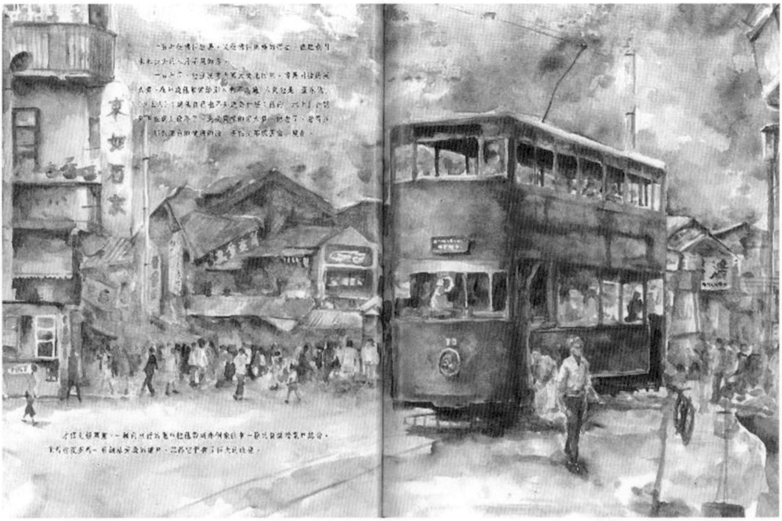

《鯉魚門的霧（圖文本）》內頁

另外，在畫面的構圖上亦要配合色調的轉變，大貴在埗頭尋思時是靜態的畫面，而他回憶的情景則需要動態的演繹。當我反復閱讀〈鯉魚門的霧〉時，雖然有人事全非的感覺，但不至有悲天憫人的哀傷，因此我在畫面上可以做的相對較少，只能夠做冷暖對比而已。

馬：為甚麼選擇以水彩畫來繪畫這篇短篇小說？

彭：水彩畫的特點很適合表現這篇作品的氣氛，譬如溫柔、溫暖、滄桑、朦朧等。在作品中，「水」是一個非常重要的意象，我選擇用水彩來繪畫這篇作品，就是刻意從繪畫創作的層面回應「水」這個意象。圖文本內幾乎每一幅圖畫都有「水」的元素，既要避免它們的重複，又要展示它們的分別。我認為「水」是表現生命一個很切合的符號。水成雨成霧，又會回到大地，就像人生一樣多變，像生命一樣循環。主角和水的關係又相當密切，他的成長、工作和感情都與海相伴，中年後又回到過去的地方。生命的一切本屬無常，舒巷城先生的原作以「水」的意象表達這種觀念，構成一幅一幅的畫面：清晨略帶朦朧的溫柔、暴風雨的無情和狂野、與母親一起看的是黃昏溫暖的海、回憶童年的海是溫暖而活潑的……我創作時在用色和表現便要根據氣氛作出配合。

馬：〈鯉魚門的霧〉最重要的意象是「霧」，請問彭先生如何在畫作中呈現這個特點？

彭：我在封面和封底的構圖中嘗試表達「霧」的感覺，表達了大貴飽歷滄桑後坐在埗頭凝視鯉魚門的景象。「霧」本身彷彿是觸不到、看不見的，我刻意利用海和漁船來襯托「霧」隱隱約約的存在。技巧上，我把構圖畫得較「虛」，而且留白的地方較多。

馬：繪畫一幅水彩作品要用上多少時間才能完成？

彭：構圖簡單的作品用了三、四天，比較複雜的要用上一個星期。其中，繪畫埗頭那一幅作品用了最長時間，也是全書修改次數最多的作品，因為畫內的場面很熱鬧，很多事情正在發生，我需要捕捉很多細節，才能反映當時的氣氛。圖文本中，我多次利用這種較為仔細的作品來襯托較為抽象的作品，讓讀者閱讀起來更有節奏感。另外，我運用遠近分鏡在不同場景間作出配合，例如描繪主角大貴內心想法時，便以大特寫突顯他的心理狀態。

原刊於《城市文藝》，第九卷第二期，二〇一四年四月

新港兩地文學情
——訪問林臻先生、蔡欣先生和英培安先生

右起：蔡欣先生、林臻先生、英培安先生受訪時攝

舒巷城先生一向關心新加坡作家，與林臻先生、蔡欣先生和英培安先生認識多年，時有往還。三位先生曾多次為文記述和追憶與舒巷城先生生前的交往，從中可以了解舒巷城先生與三位新加坡作家的情誼。本訪問稿經林臻先生、蔡欣先生和英培安先生審閱定稿。

日期：二〇一一年四月三十日（星期六）

時間：下午二時三十分至四時三十分

地點：新加坡草根書屋

林：林臻先生　蔡：蔡欣先生　英：英培安先生　馬：馬輝洪

馬：今天十分高興在新加坡與林臻先生、蔡欣先生和英培安先生見面，談談舒巷城先生的往事。首先請談談在上世紀五、六十年代，香港的書刊在新加坡的流通情況。

林：五、六十年代，新加坡本土的中文書刊很少，市面上流通的以香港的書刊為主，而台灣的也很少，中國大陸的更完全禁掉。我們這一輩人都是讀香港的書籍和刊物長大的，從中學習到文學的知識，然後開始寫作。

馬：對香港的出版社來說，新加坡以至南洋一帶的市場十分重要，當時有些書刊甚至以南洋讀者為主要對象。由此看來，香港的書刊曾經對新加坡的年青作者起過鼓勵和培養的作用。

英：我二〇〇七年到香港書展演講，就是談香港文學文化對新加坡的影響，尤其是五、六十年代的影響很深。我們出版的華文書籍較少，又禁止中國大陸的書刊入口，只能夠看到香港的書。那時候，不管香港甚麼派別的書，我們都看。香港的雜誌，無論是左、中、右的，對新加坡作者的影響都很大，因為這些刊物提供園地給他們發表作品。雖然我們在這裡寫作和成長，但同時與香港的關係非常密切。

林：我們說的是正派的書刊。其實，當時還有大量言情小說由香港運到新加坡銷售。香港現在已經找不到這些言情小說，反而在新、馬一帶還可以找到，有人專程來這裡找這些書刊做研究。當時沒有人重視的言情小說，現在變得很珍貴了。

馬：環球出版社的羅斌先生曾經表示，他們有很多書刊都是銷往南洋地區的。最令人意想不到的是，昔日的商品，今天已成為珍品。當時有哪些香港文學雜誌受到新加坡的讀者歡迎？

林：我們都是從香港的書刊吸收養分的，然後開始寫作。四十年代期間，我們這一代人已經看香港出版或印行的期刊，較早的諸如《野草》、《良友》、《新中華》等等，五十年代以後的諸如《文藝世紀》、《海光文藝》、《海洋文藝》、《開卷》、《抖擻》等等，書籍則包括中國知名的新文學作家、曾經羈留香港的「南來」作家，以及少數香港本土作家的作品，林林總總，不勝其數。

蔡：六十年代，有兩份雜誌對我的影響很深，一份是《文藝世紀》，另一份就是《伴侶》。

我第一首詩就是發表在一九六六年《文藝世紀》的《青年文藝專頁》，從此開始我的寫作生涯。我很喜歡讀《伴侶》，對這份雜誌的印象很深，因為我經常為他們寫詩。我是讀《伴侶》知道舒巷城先生的，但當時一直沒有機會見他；除了舒先生外，還讀到何達先生的作品。何先生很注意年青作者，在《伴侶》雜誌撰文提攜多位後輩，其中包括對我的讚賞。我後來出版了散文集《椰花集》，他在《文美》月刊寫了一篇評論。何先生對我很好，對我的寫作有很深的影響，我很感激他，最可惜的是到他離世前，我們始終沒有機會見面。另外，我前後投了三首詩稿到《海洋文藝》：第一首是〈墓碑〉；第二首是〈甦〉；第三首〈歸來猶向夢中尋〉，是寫香港著名山水畫家任真漢先生的三幅畫作（即《西樵山遇雨》、《興坪螺山》和《記畫家揮毫》）。

馬：由蔡先生剛才的憶述，我們知道新加坡年青作者一方面可以在《伴侶》發表作品，另一方面透過《伴侶》與著名作家如舒巷城先生、何達先生等保持聯繫。我們是否可以說《伴侶》受到新加坡年青作者的歡迎，是因為《伴侶》與他們之間這種互動關係？

蔡：對，不過這種情況不僅僅出現在《伴侶》，也出現在其他雜誌如《文藝世紀》、《海光文藝》等等。《文藝世紀》為了鼓勵青年寫作者，特地闢了個《青年文藝專頁》。我的第一首詩作〈詠曇花〉，就是發表在《青年文藝專頁》上的，大概是一九六六年初的事。《海光地理雜誌》（不是後來的《海光文藝》）由於有何達先生主持詩歌專輯，在提掖後進方面做得更為出色：至少就冒出了檳城著名詩人何乃健。我那時還沒開始寫作，只是《海光》的忠實讀者。

馬：我知道南洋一帶的讀者特別喜歡舒巷城先生在《伴侶》的中英文抒情詩。這是甚麼原因呢？

蔡：我覺得舒先生的抒情詩寫得很好，中英文都好，很自然，很有感情。《伴侶》是編給青年人讀的，我當時還年青，而且剛剛開始寫作，所以特別喜歡讀他的抒情詩。

馬：除了在《伴侶》等雜誌上看到舒巷城先生的作品外，有沒有機會在新加坡讀到他的單行本呢？

林：我曾經在這裡的書店找到兩本由海濱圖書公司出版的《白蘭花》。後來，我知道舒巷城手上也沒有這本書，於是寄了一本給他，留下另外一本作為紀念。他收到書後，高興得很。當時，書店還有整套海濱書店的《文選叢書》，包括舒巷城、劉以鬯等人的著作。

舒巷城的小說中，我只見過《白蘭花》，其他小說的情況我就不清楚。

英：我少年時讀過《五十人集》，收入他用秦西寧這個筆名發表的作品。我當時住在白鴿籠似的舊樓裡，是同樓一位較我年長的青年借我看的，那時我對唱歌畫畫比對文學更有興趣，所以讀後沒甚麼感想。

蔡：我早期沒有讀舒巷城的小說，只讀過他的詩。與他相識後，他出版的新書都會寄給我，譬如《艱苦的行程》。

林：後來，我們在新加坡見到他的詩集《我的抒情詩》、《回聲集》，分別由伴侶雜誌社和中流出版社出版。

蔡：還有，《舒巷城選集》都可以在書店找得到。

花千樹版，一九九九年

馬：從大家的憶述中，我們知道新加坡的讀者不僅讀到舒巷城先生在《伴侶》的詩作，而且可以找到他的單行本，包括小說《白蘭花》、新詩《我的抒情詩》和《回聲集》、選集《舒巷城選集》等。除了舒巷城外，還有哪些香港作家特別受新加坡以及其他南洋讀者歡迎？中國內地、台灣作家的情況又如何？

林：記得上世紀四、五十年代廣受新、馬及其他東南亞華文讀者歡迎的「港產」作品，包括俞遠的中篇〈遙遠的愛〉、谷柳的長篇《蝦球傳》、唐人的長篇歷史「傳奇」《金陵春夢》、阮朗的中篇〈格羅珊〉、司馬文森的長篇《南洋淘金記》、胡愈之的長篇《少年航空兵》（先在新加坡的《風下》雜誌連載，後來輯集成書）、秦牧的長篇《憤怒的海》等等，其中似乎多數還是曾與香港有過一段關係的中國南來作家，香港本土作家出現以及逐漸受到新、馬讀者關注，應在上世紀五十年代以後，作家包括侶倫、舒巷城、張君默、黃蒙田，當然少不了鼎鼎大名的金庸、梁羽生等人。

至於中國五四以來的新文學作家，則基本上多數耳熟能詳。受歡迎的台灣作家包括鍾理和、楊青矗、陳映真、李敖、柏楊、余光中、吳濁流、楊逵、林海音等。

馬：林先生是怎樣透過文學作品認識舒巷城先生？

林：最初是在《七十年代》雜誌上讀到他以「邱江海」筆名連載的報告文學《艱苦的行程》，獲知他於上世紀四十年代期間，在中國南方輾轉流亡的經歷，與他見過面後，補讀他的長篇《太陽下山了》與短篇〈鯉魚門的霧〉，進一步了解他早年在西灣河走過來的日子。與此同時，也陸陸續續通過他的《都市詩鈔》與小品文「認識」舒巷城其人其文。

馬：林先生有否與舒巷城先生通信？

林：上世紀七十年代中與舒巷城認識後，由於每年兩次赴港，有機會與他相晤、傾談，便省卻了通信的「麻煩」，所以來往信件為數不多。

馬：舒巷城先生曾多次到新加坡，蔡先生可否談談當時的情況？

蔡：舒先生前後兩次到新加坡。第一次是在一九七二年，和巷城嫂同來。這是我第一

左起：林臻、舒巷城、巷城嫂在香港合攝（一九七六年）

次跟他見面，正式認識後，我們才開始通信。第二次在一九七五年，我記得有這麼一件「趣事」：即在李向兄（新加坡作家，《聯合早報》前副總編輯，一九九九年病逝）「率領」下，我們一行人去白沙浮（新加坡地名，如今已經重新發展，改稱「武吉士街」）的「柔佛路」（當時著名的「阿官」——或稱「人妖」，即陰陽人——妓寨集中之處）「參觀」。還記得我曾向舒先生開玩笑說「拜你所賜」，我才第一次「見識」了「阿官」，眾人大笑。他與弟弟柏泉一起來，他們二人都喜歡畫畫，而我也喜歡美術，於是陪他們四處寫生，他當日畫的一幅速寫，我還保留到現在，留為紀念。一九九七年，我與家人回中國，途經香港時和舒先生在我們入住的雅蘭酒店見面。一九九九年我再次赴港，舒先生請我和太太在太古城五樓某餐館吃了美味的牛筋牛腩麵。回國兩星期後，就接到巷城嫂的信：舒先生已然仙遊了。〈夜闌哀筆〉就是在那時寫的。

馬：舒巷城先生一九七五年到訪新加坡跟這裡的作家和朋友見面，除了在座的蔡欣先生外，還有其他作家如秦林、李向、尤琴、風沙雁等，是一次非常難得的盛會。他們談起舒巷城先生時，一定會提及這次聚會，但往往只有片言隻語。據我所知，一直沒有文章詳細記述這件事，實在十分可惜。蔡先生與舒巷城先生見面時通常談哪些話題？

蔡：我和舒巷城先生見面時，在文學方面，談得最多，也最為投契的是中國古典文學——雖然我們寫的主要是現代文學作品（舒先生也創作古典詩詞），往往從唐詩宋詞談到魯迅的舊體詩和毛澤東、梁羽生的詞作。當然偶爾也談香港作家如曹聚仁、葉靈鳳、黃蒙田、何達、舒樺（即李怡）、亦舒等的作品。另外，他亦喜歡音樂，我們也會談談這方面的話題，但很少談到生活的瑣事。我很佩服他對文學和音樂的認識，而且他的記憶力驚人，我記得我們見面時談到梁羽生的《白髮魔女傳》，他可以隨口背誦出小說的一闕詞：「是魔非魔？非魔是魔？要待江湖後世評！且收拾，話英雄兒女，先敍閒情……」，我印象特別深刻。他後來說，他與梁羽生是認識多年的好朋友，關係很好。七、八十年代期間，我們通信比較多，幾乎每年都有兩、三

左起：尤琴、風沙雁、秦林、舒巷城、李向、蔡欣合攝於聖淘沙（一九七五年）

次通信。我有他十多二十封信，早前遵照巷城嫂的意思，已全部捐到香港中央圖書館保存。我現在只有他一、兩封信和他自己做的年卡，留為紀念。舒先生每年寄給我的賀年卡都是他自己設計的，我印象很深刻。他先用漿糊弄顏料，然後畫在圖畫紙上，風格好像抽象畫一樣。我現在還保留了一、兩張作紀念，非常珍貴。

馬：舒巷城先生這幾次到新加坡，有沒有安排公開的文學活動？

林：舒先生到新加坡都是私人性質，沒有甚麼公開的活動，大概與當時沒有甚麼風氣有關。不像上世紀六、七十年代後文化／文藝交流的風氣盛行，由兩岸三地乃至東南亞國家的人文機構組成的代表團隊紛至沓來，應接不暇，彼此的交往無形中便成了一種純粹的酬酢，而失卻促膝傾談的實質。

英：現在的文學活動通常都由有關機構負責，安排公開活動和媒體訪問等。七、八十年代沒有這種安排，作家活動都是由私人組織起來的。

馬：新加坡的報章有沒有報道過舒巷城先生到訪的消息？

林：新加坡的報章沒有這方面的報道。除了舒先生的朋友外，新加坡的作家和讀者都不知道他來過這裡。其實，除少數國際著名作家如韓素音外，新加坡的媒體一向較少報道本地文學活動、作家動向的消息。

英：這是因為華文寫作在新加坡一直被人忽略。新加坡的所謂雙語教育其實是英語教育，學生只讀一科華文，其他都用英文，所以新加坡青年都能講流利的華語，但不會看也不習慣看華文書，看華文文學更不必說了。華文媒體對外地華文作家的報道，較重視中國大陸作家，其次是台灣作家，對香港作家最不重視，所以報道較少，流行作家如倪匡、亦舒等則例外。

馬：這實在十分可惜。如果想了解舒巷城先生當年到訪新加坡的往事，恐怕只能夠透過當事人以口述歷史的方式，才可以略知一二。除在座幾位外，舒巷城先生還與哪些新加坡作家熟稔？

蔡：秦林、尤琴、風沙雁等都與舒先生相熟。有機會的話，你可以找他們談談。

林：舒先生可能認識一些馬來西亞的華文作家，因為巷城嫂是馬來西亞的華僑，而且他也到過檳城。陳月明大姐來自檳城，也是舒巷城的「粉絲」，兩人曾經數次返馬省親。舒巷城本性不喜也不善於和他人攀關係，他是否也有檳城或馬來西亞方面的寫作界朋友，或許陳大姐最清楚。

馬：我留意到一個現象，舒巷城先生在文章中較多提及新加坡的作家，似乎較少提及其他南洋地區的作家。而且，舒巷城先生特別關心新加坡的年青作者。

林：大概新加坡作家有機會到香港的話，都會找他見面，關係較為密切。我每次到香港，一定會致電給他，只要他有空，都會趕出來見面。

馬：舒巷城先生對各位在文學創作上有哪些影響？

蔡：我早期都是以寫詩為主的，在《伴侶》上讀了很多他的中英文詩，對我產生過一些衝擊，尤其是對我的短詩的影響比較大。我認為他的中英文抒情詩非常精緻，風格獨特，與一般的寫實主義作品或現代主義作品不同。他的詩完完全全反映了他的思想感情，不刻意走任何一種路線。其實，舒先生對我的影響不僅在文學上，而且在人格上，他為人謙虛，性格純真，又富有處子之心。雖然他是我的前輩，但與我交往時好像老朋友一樣，可以無拘無束地相處，絕對是忘年之交。

林：我主要讀他的散文，知道他對幾位中國作家的認識很深。多次與他閒談，更進而明白了他對劇作家柯靈的散文由衷傾佩，説柯的作品怎樣優美、練達、雋永，對羅孚每天在《新晚報》上的幾百字專欄文字也讚不絕口，對「車衣作家」高雄的急智、[1]詼諧才華也嘖嘖不已。每當談起這幾位他心儀的作家時，他總是眉飛色舞，情不自禁又坐又站，加重語氣。我受他的影響，主動找這些作家的作品來看。在創作上，我沒有直接受到他的影響。

馬：請林先生談談與舒巷城先生第一次見面的情況。

林：七十年代中，我在一間華人公司任職，每年到香港兩次，我每次都會找他。後來，他在張五常的辦事處工作。他收到電話，有空的話就會趕過來，到我入住的酒店餐廳見面。我們邊吃邊談近況，他又向我介紹香港的文壇情況。在〈記舒巷城〉一文中，我已扼要追述了我們在灣仔新加坡酒店客房「初見」的情景。可以補充的是：隨後他請我到隔條街正對「修頓」球場的一家小茶餐室裡享用「桑寄生蛋茶」，説這是他自少就喜愛的一種茶點。此後每回赴港與他晤面，也多次被他請到同一茶餐室享用「桑寄生蛋茶」。從這樁小事可見：他的西灣河情結，即使過了幾十年直到老邁，也依舊不減當年。

馬：我們剛才午飯間聊時，蔡先生談到曾經把舒巷城先生的作品編入中學的教材內，請蔡先生談談這件事的始末。

蔡：這是在二〇〇一年的事。那時我在新加坡教育部課程規劃與發展署教材組任職，參與編寫一套新的中學高級華文課本（我們的中學除了母語課——華族學生學的是華文——之外，其他科目皆以英語教學。華文課本分「高級華文」、「快捷華文」、「普通華文」以及「華文B」四大類，「高級華文」算是最「深」的——其實一點兒也不「高級」）。我因覺得舒先生回憶童年玩伴的散文〈石九仔〉寫得很有趣，建議將它編入第一冊。建議雖獲接納，但卻刪減許多（因為課文限制八百字），字彙詞語也受規範（譬如「仔」字吧，由於是方言字，我費盡唇舌，仍無法説服頂頭上司保留，最後只好刪除，篇章題目於是變成〈聽故事〉了），所以差強人意——幸好散文的「精神」還在。新加坡教材「新陳代謝」奇快（每八年換一套新教材），我參與編寫的那套「高級華文」已不再使用了。

---

① 高雄寫稿速度甚快，寫作時有如衣車縫衣，故有此綽號。

馬：林先生在〈記舒巷城〉一文中用「香港鄉土」來討論舒巷城先生的生活和作品，主要的原因是甚麼？

林：我主要是因為讀了他的《太陽下山了》，以及與他談起他小時候的筲箕灣，由街頭到街尾的風情，以及在裡面居住的人物，包括唱戲的、說書的，這些人與事反映了筲箕灣的原生態。所以，筲箕灣對他的影響很大。另外，我在《七十年代》看到他發表的《艱苦的行程》，才知道他過去艱苦的經歷。舒巷城一直很排斥意識形態的論述，因此他的作品在這方面的反映就不太強。他有可能受到高爾基的影響。無論早年在俄羅斯草原流浪，還是在意大利、俄羅斯的城市輾轉生活，高爾基很長時間都與各式各樣的社會底層農民、勞動者、流氓、酒徒或所謂「無產者」、「販夫走卒」浸泡在一塊兒，對每種人物的心理或精神狀態、生活的方方面面都瞭若指掌，而憐憫、同情的心緒也深沉厚實，這充分反映在他的許多劇作與中、短、長篇小說中。舒巷城出生和成長於西灣河，一個港島早期底層人物龍蛇混雜的「院落」，其「語境」幾乎就與高爾基早年所寫的存在殊多共同點。淵源相似，舒巷城對現實主義文學旗手高爾基的創作「語境」的「感同身受」，應是合乎情理的推測。

英：我開始閱讀舒巷城的作品時，正在寫現代主義的作品。我發覺香港六十年代以前的作品，本土意識不強。那時候，香港以南來作家為主，他們寫的小說都是講大陸的故事，意識形態的味道較濃。至於香港的流行小說，故事的架構放在哪個社會都可以，本土味道較淡。舒巷城跟他們不同，他的作品寫香港的生活，香港味很重，本土意識較強。我很喜歡舒巷城這些香港本土的作品。大抵，舒巷城不用賣文為生，寫作的態度比較認真。

馬：請英先生談談認識舒巷城先生的經過。

英：八十年代初，我剛剛可以出國，就決定前往香港。出國前，我為新加坡麗的呼聲寫稿，又做電影節目，賺點收入，因工作的關係認識香港的蔡繼光導演。他曾經到過新加坡，我亦訪問過他。我出國時，他當時正在拍攝電影《男與女》（鍾楚紅、萬梓良主演），住在邵氏片場。他知道我來香港，借出他在加連威老道的辦公室讓我落腳，我就暫住下來了。期間，我致電舒巷城，想拜訪他，我們約定在尖沙咀天星碼頭見面。我記得那時候是冬天，遠遠就看見他到來了。閒聊時，我表示讀過他在《伴侶》發表的詩，我亦在《伴侶》發表過一首詩。出國前，我亦有投詩稿到《海洋文藝》，而李向為我做了一個訪問登在《海洋文藝》上面，我提出對現代詩的批評。舒巷城大抵看過這篇訪問，我們第一次見面就談得很投契，而且大家的興趣很接近，談了整整一頓晚飯後仍覺意猶未盡，再到加連威老道暫住的地方繼續聊天。我記得他特別介紹我聽小明星的粵曲，由王心帆撰曲，我當時沒有聽過小明星，後來才懂得欣賞。可以說，舒巷城重新激發我童年時對粵曲的興趣。

後來，我再次到香港生活了一年左右，住在屯門，希望以寫作為生。由屯門到港島很遠，我與舒巷城兩、三星期才見一次面。見面時，通常是在北角茶餐廳吃飯飲咖啡，然後到維多利亞公園聊天，他興致到的時候會站起來唱一、兩段粵曲。有一次，我們談到寫劇本時，他就即時站起來，唸出一段曹禺《雷雨》的對白，使我大為驚嘆。我們都喜歡看電影，我記得有一次談到《北非諜影》時，他可以隨口唸出其中的對白。我真的很佩服他，他熟悉自己的著作之餘，同樣熟悉他喜歡的作品。由此可知，他涉獵的面很廣，而且記憶力很強，是有多方面才華的作家。我們的年紀雖然有距離，但我們有很多共同的話題，每次見面都談得很開心。其實，舒巷城在香港的文壇不大走動，與我見面的次數比起見其他作家還要多，他說他沒有見過比我更喜歡香港的新加坡作家。其後，我每次再到香港都會打電話給他，無論他有多忙，都會趕出來見面。

馬：英先生為甚麼選擇在屯門居住呢？

英：因為屯門新蓋大廈的租金比較便宜，而且位置偏遠，我可以專心寫作。我每天早上到圖書館看書，過很有紀律的生活。

馬：英先生，你認為舒巷城先生對你的創作有沒有影響？

英：舒巷城對我的創作沒有多少影響，因為我創作的思路與他不同。我早期被人歸為現代主義的作家，後來風格改變，詩寫得比較易懂和生活化。我過去很少接觸寫實主義的作品，如果舒巷城是寫實主義作家的話，那麼寫實主義也有好作品，譬如《太陽下山了》和他的詩。我一直認為，寫實主義作品是否有價值，要視乎怎樣寫，張口見喉的當然不好，像舒巷城的就很好。不過，舒巷城的作品與中國內地寫實主義的作品是不同的。舒巷城後來看過我在香港發表的小說，曾經對我說：「英培安，你的作品也很寫實啊。」所以，我與舒巷城屬於文友的交往，共同的話題很多。如果說舒巷城對我有甚麼啟發的話，就是重拾童年對粵曲的興趣，主動找小明星、徐柳仙的粵曲來聽。我欣賞舒巷城，因為他是很有才華的作家，而且默默的創作，對朋友真摯有情。

馬：我留意到舒巷城先生特別關心新加坡作家，今天有機會跟林臻、蔡欣、英培安三位先生聊天，了解到他與你們的認識和交往。十分感謝三位先生接受我的訪問，謝謝！

原刊於《百家》，第二十期，二〇一二年六月

良師益友——訪問秦林先生

秦林先生與舒巷城先生的交往始於上世紀六十年代末，時有書信往還。舒巷城先生罕有為別人的著作寫序，但他為秦林先生的詩集《噴泉》作序，而他的弟弟王柏泉先生為秦林先生的著作《蘆葦集》設計封面，由此可見他與秦林先生交情匪淺。本訪問稿經秦林先生審閱定稿。

日期：二〇一一年四月三十日（星期六）

時間：上午十時半至十二時半

地點：新加坡 Traders Hotel

秦林先生受訪時攝

秦：秦林先生　　　馬：馬輝洪

馬：今天很高興在新加坡與秦先生見面。請秦先生與我們分享年輕時走上文學道路的經過。

秦：小學時期，香港出版的《小朋友》刊物很能吸引我，它不但故事性、知識性等都挺不錯，也有許多「小朋友」在那裡發表作品，於是我也躍躍欲試，躍進了這個「淺池」磨磨刀。爾後香港的不少刊物如《海洋文藝》、《文藝世紀》、《海光文藝》、《伴侶》等等都提供我不少寫作營養，更有著名作家何達、舒巷城等老師對我諸多鼓勵與栽培，讓人永銘於心。

中學時代我讀遍了圖書館裡的新文學作品，尤其喜愛沈從文、何其芳、巴金、蕭紅、麗尼、陸蠡、聞一多、艾青等等的創作；本地作家我最偏愛李過的長篇。他們的創作不但有文采，更有關懷被侮辱與被損害的底層群眾的人文精神。大學期間我「不務正業」，閱讀大量翻譯作品，包括莎士比亞全套戲劇，巴爾扎克、左拉的長篇，泰戈爾、海涅的詩歌手不釋卷自不待言。我認為，舊蘇俄時代作家如托爾斯泰、屠格涅夫、陀思妥耶夫斯基、契訶夫等的創作最富深沉的鄉土氣息，對下層人民的博愛更是無人可及。當然，我也不排斥西方和台灣的現代主義作品，它們有的反映了時代社會的一面，技巧更非平淡無味，值得借鑑。

總之，雖不是出身書香世家，但一路走來還不算太崎嶇，因有諸多前輩的愛護及同輩的鼓勵。我始終永懷感恩之心，尤其香港對我的培養更沒齒難忘。我會繼續走下去這漫長寂寞之路，無怨無悔！

馬：秦先生走過的文學道路，原來與香港有密切的關係。請秦先生談談認識舒巷城先生的經過。

秦：我很早就認識舒巷城老師，大概在上世紀六十年代吧。那時候，我在《伴侶》發表作品，而且，習作得到他的鼓勵，時有書信往還。後來我到香港，特別找他見面。之後，他與弟弟王柏泉來新加坡，我介紹了幾位文友給他們認識，包括蔡欣、風沙雁、尤琴、李向等。我不常到香港，與舒巷城只見過幾次面，而我對他的印象，基本上已經寫進我幾篇文章裡面。①舒巷城逝世時，我寫了一首極短詩來懷念他，只有兩行，因當時太哀傷，無法再寫下去。②

馬：我們經常聽到前輩説，在上世紀五、六十年代，香港不少書刊都是以南洋一帶的讀者為主的。請問香港的書刊當時在新加坡的流通情況如何？

秦：六、七十年代，我只有二十餘歲。我記得當時在新加坡可以看到很多香港的書刊，所以才會投稿到《伴侶》。後來，我得到舒巷城、何達等前輩的提拔鼓勵，實在受寵若驚。同期，我還看到台灣的書刊，至於中國大陸的刊物就很難看得到，大概與當時的政治氣候有關。

馬：據秦先生記憶所及，新加坡當時有哪些香港文學期刊？

秦：較常見的包括《海光文藝》、《文藝世紀》、《伴侶》、《南洋文藝》等，也可以買到徐速編的《當代文藝》。我最愛看《文藝世紀》和《伴侶》這兩份雜誌，而且透過《伴侶》讀到舒巷城的作品。

馬：香港有哪些作家特別受到新加坡以及其他南洋讀者歡迎？中國大陸和台灣的情況又如

何？

秦：我想每個人的品味不同，喜歡的作家各有不同，很難說哪些香港作家特別受新加坡或其他南洋讀者歡迎。至於我個人來說，我比較喜歡看劉以鬯、徐速和《伴侶》的作者如舒巷城的作品。至於中國大陸的作家如何其芳、艾青、卞之琳等人的著作，解放後是不能夠進口的。我當時工作地點附近有一間書店，除了可以偷偷買到解放前作家的書外，甚至可以找到浩然的《艷陽天》、《金光大道》等文革時期出版的作品。礙於當時的政治形勢，我們都是偷偷摸摸地讀這些作品。台灣作家方面，我們可以公開在新加坡買到他

① 參見秦林〈舒巷城的詩〉，《南方文藝》，創刊號，一九六九年十二月；秦林〈舒巷城的小說〉，收入秦著《永恆的雲》（新加坡：新華文化事業有限公司，一九八五），頁一二四至一二五；秦林〈太陽下山了──悼念舒巷城〉，《聯合早報．文藝城》，一九九九年五月十三日，第五版，另收入秦著《秦林詩選》（吉隆坡：大將出版社，二○○五），頁一三九，又收入思然編《舒巷城紀念集》（香港：花千樹出版有限公司，二○○九），頁二二一；秦林〈懷念集之舒巷城〉，《香港文學》，總第二一八期，二○○三年二月，頁九三，另收入思然編《舒巷城紀念集》（香港：花千樹出版有限公司，二○○九），頁一三○至一三一；秦林〈好作家會讓人永遠懷念〉，收入秦著《秦林文選》（吉隆坡：大將出版社，二○○六），頁九三至九四，另收入思然編《舒巷城紀念集》（香港：花千樹出版有限公司，二○○九），頁二六六至二六七；秦林〈巷城雲遊十周年〉，《城市文藝》，第四卷第三期，二○○九年四月，頁十六，另收入思然編《舒巷城紀念集》（香港：花千樹出版有限公司，二○○九），頁一七五至一七六。

② 即〈太陽下山了──悼念舒巷城〉一詩。

們的書，我讀過覃子豪、余光中等許許多多作家的作品，特別喜歡余光中的詩如《蓮的聯想》。我年輕時也寫過一些現代詩（收在《小陽春》裡），明顯受到他們的影響。現在很容易在新加坡買到中國大陸的書刊，就算是毛澤東的選集也沒有問題了。我們現在要看各地的中文書，完全沒有困難，因此我們應該要多學習、多寫作、多創新才是。坦白說，我很感恩香港，因為我受過許多香港作家尤其是何達老師、舒巷城老師的教導。

馬：我知道秦先生與舒巷城先生頗多通信，請談談這方面的舊事。

秦：我六十年代在新加坡買到《伴侶》，讀到舒巷城、陶融等作家的作品，後來才知道陶融是何達另一個筆名。我曾經投詩稿到《伴侶》，並因此得到舒巷城、陶融兩位作家的教導和讚賞，從而認識這兩位前輩，建立起師生的情誼。我現在已記不清楚是先寫信還是先到香港跟舒老師見面。

馬：我在《南方文藝》創刊號（一九六九年十二月）上找到舒巷城的〈遙寄——《噴泉代序》〉及寫給秦林先生的信件，他在文中表示仍未與你見過面。

秦：所以，我應該是六十年代末與舒巷城通信，然後再到香港與他見面。我們信來信往，次數頻繁，內容方面以文學的話題為主。另外，我很欣賞他的字體，很漂亮。他曾經寄他的《淺談文學語言》給我，後來他手上也沒有這本書，我就把原書寄回給他。我們先後在香港、新加坡兩地見過幾次面，書信後來漸漸少了。説來慚愧，我現在怎樣找也找不到這些信件，十分遺憾。

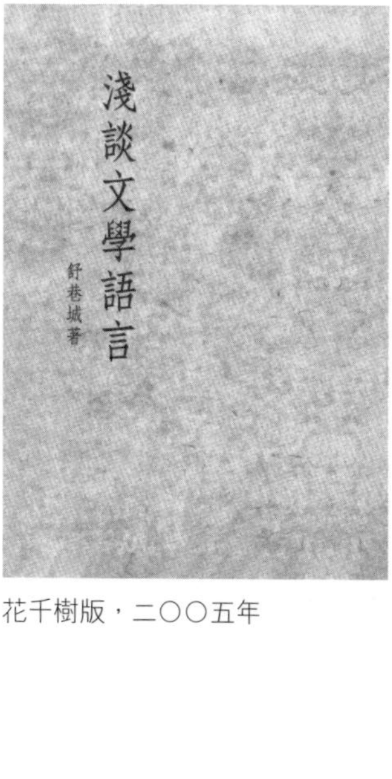

花千樹版，二〇〇五年

順帶一提，《南方文藝》是我與蔡欣和其他幾位朋友編的，因銷量不多，只出版了兩期就停刊。我們在這兩期都登了舒巷城給我的信，與讀者分享他對文學的看法。透過《南方文藝》，我們與幾位同是文藝青年有往來，但沒有安排任何活動。

馬：從舒巷城先生寫給年青作者的信，可以看到他對青年的愛護和鼓勵，也可以看到他很關心南洋一帶的讀者。

秦：對，我們都非常尊敬他，因為他無私的關心和提拔年輕人，完全沒有擔心年輕人青出於藍而勝於藍的心態。其實，如果年輕作者可以寫出出色的作品的話，我相信他會很高興。至於年輕讀者為甚麼喜歡舒巷城的作品，可能與他的文字樸素無華，內容貼近生活，風格平實流暢，絕不曲高和寡有關。

馬：秦先生可否談談與舒巷城先生第一次見面的經過？

秦：七十年代，我到香港與他第一次見面，有如沐浴春風的感覺。他沒有擺出一副文壇前輩或者大作家的架子，態度平易近人，好像跟平輩相處一樣。後來，我到過香港兩、三次，多數住在陳浩泉兄家中，每次都一定會跟他見面。

馬：請談談舒巷城先生到新加坡與秦先生和其他作家見面的情況。

秦：那是我與舒巷城一九七五年在新加坡見面，當時與他同行的還有他的弟弟柏泉。我記得那次約了蔡欣、風沙雁、尤琴等三位，與舒巷城一起到聖淘沙遊玩。我們喝茶時，蔡欣和他談得最多的應是毛澤東的詩詞。

馬：舒巷城先生到訪新加坡時有否安排公開的文學活動？

秦：舒巷城是以私人身份到新加坡，我們沒有安排他出席公開活動，只有我和幾位新加坡的文友跟他見面。新加坡的報章也沒有關於舒巷城到訪的消息。

馬：秦先生知否舒巷城先生還與哪些新加坡作家熟稔？

秦：除了剛才提到的幾位作家外，舒巷城還認識英培安和宋雅。

馬：除了《伴侶》的文章外，舒巷城先生的著作在新加坡的流通情況如何？

秦：我是用《伴侶》的稿費，請出版社寄他的書給我的，包括《回聲集》、《我的抒情詩》等幾種。我沒有具體數字可以説明他的著作在新加坡的流通情況。印象中，新加坡的書店是可以買到他的著作。

馬：請秦先生談談舒巷城先生對你在文學創作上的影響。

秦：從個人而言，我深受舒巷城的影響。他教導我一定要對自己的作品有要求，才能夠寫出好作品。譬如在文字的修養方面，不要老是模仿別人，應該吸收眾家之長，漸漸形成自己的風格。我們這樣説，不是要否定前人的貢獻，而是全心全意的做好自己的工作，寫出真真正正屬於自己的作品。此外，身為作家，我們不應該在作品中傳遞頹廢的思想給讀者。我時常認為道德的境界越高，作品的水平也會越高。

馬：由此可知，舒巷城先生對秦先生在文學創作和處世態度都有很深刻的影響。

秦：對。雖然我跟舒巷城的生活環境不同，我不是出身在貧困的家庭，但是他的作品如《太陽下山了》啟發我對底層人物的關懷。他曾說，作品首先要能感動自己，才能夠感動別人。我很同意這種主張，作品先要有深刻真摯的感情，寫作的態度應該是為情造文，而不是為文造情。至於他的文字，就好像武俠小說中沒有劍在手的一流高手，樸素無華。再者，他對我在處事為人的影響比文學創作更大。

馬：據我了解，舒巷城先生罕有為別人的著作寫序。請秦先生談談邀請他為詩集《噴泉》寫序的經過。

秦：當我出版詩集《噴泉》的時候，就想到邀請舒巷城老師為我的詩集寫序。我們當時還未有見過面，也不清楚他會不會答應，卻想不到他一口答應，而且很快就把序寄來了。他在序內署名「S」，可能是不希望別人知道他為我的詩集寫序。為了尊重他的意願，我沒有要求他改用舒巷城或者其他常用的筆名。另外，我邀請到本地的前輩作家柳北岸（即美食家蔡瀾的爸爸）為《噴泉》題字。

馬：為甚麼舒巷城先生用詩的形式來寫《噴泉》的序？

秦：這點我不清楚，他可能認為《噴泉》是一本詩集，所以以詩的方式來寫序。由寫序這件事可見，他很關心和提拔年青人。

馬：詹蕪先生、郭四海先生與舒巷城先生熟稔嗎？

秦：我相信詹蕪和郭四海與舒巷城是不熟悉的，應該沒有見過他。他們兩位以前都寫得比我多和好，但現在也沒有寫作了。

馬：秦先生曾經在〈舒巷城的小說〉一文中提及一篇談舒巷城先生詩集的文章，但我找不到這篇文章。請問這篇談舒巷城先生詩集的文章有否發表？

秦：〈舒巷城的小說〉這篇文章是從總體的印象來談的，而不是從小說的結構來分析的。至於談舒巷城先生詩集的文章，我最後沒有寫出來。

馬：請秦先生講述王柏泉先生為《蘆葦集》設計封面的緣起。

秦：柏泉與舒巷城來新加坡的時候，我才知道柏泉有美術的才華，於是邀請他幫我的書《蘆葦集》設計封面，他很爽快就答應。他外表瀟灑倜儻，看得出也很有內在修養。我對他的印象極佳。

馬：我知道秦先生曾用「常追風」這個筆名，可否談談這件事？

秦：我曾經用「常追風」寫詩，並且出版過詩集《登高吟》和隨筆《蘆葦集》兩本書。當時，我可能受到文革的影響，所以文壇上一般認為「常追風」較為左傾。後來，我改用「秦林」，沒有再用「常追風」這個筆名。你毋須特別找這兩本書來看，一方面這些作品與舒巷城無關，另一方面我已選了較為滿意的作品收到個人的詩選和文選內。①

馬：今天十分感謝秦先生接受我的訪問，憶述了與舒巷城先生的認識和交往，特別是他對你在文學創作與處事為人的影響，也讓我們更加了解舒巷城先生與新加坡作家的連繫。

原刊於《香港作家》，第三期，二〇一二年五月

① 即《秦林詩選：一九六五至二〇〇五》（吉隆坡：大將出版社，二〇〇五）和《秦林文選》（吉隆坡：大將出版社，二〇〇六）二書。

談舒巷城〈石九仔〉——訪問蔡欣先生（節錄）

二〇〇二年，新加坡教育部課程規劃及發展處根據同年頒佈的《中學華文課程標準》與《中小學華文字表》編製了新教材。其中，《中學高級華文》課本收入了重寫後的舒巷城散文〈聽故事〉，即〈石九仔〉的重寫版，而蔡欣先生正是該處「中學高級華文教材組」的組員之一，也是編選舒巷城這篇作品的倡議人，對選收的始末所知甚詳。訪問後，更多次以電郵補充談話內容。本訪問稿經蔡先生審閱定稿。

日期：二〇一二年六月四日（星期一）

時間：下午五時至六時十五分

地點：新加坡卡爾登酒店咖啡廳

蔡欣先生受訪時攝

蔡：蔡欣先生　　馬：馬輝洪

馬：今天很高興再次訪問蔡欣先生，[1]談談新加坡中學華文課本選編舒巷城先生的散文〈石九仔〉的始末。請蔡先生首先分享多年來在新加坡的教學工作。

蔡：一九六六年自華僑中學高中畢業後，我就因家貧而為「稻粱謀」，自此在德新政府華文中學（一九五六年創立）執教了一段很長的時間，主要教授華文科，還有教現代文學、中華文學史等科目。我現在還記得在中三年級的「中國現代文學賞析」一科中，我教過魯迅〈孔乙己〉、茅盾的〈春蠶〉等。一九七三年，我進入教育部課程組，全職編寫《生活教育》教材。一年後，我離開教育部時教材尚未編妥，又回到德新政府華文中學教書。一九七三年，新加坡政府要求德新政府華文中學成為一所混和中學，逐漸變為一所以英文為教學語言的中學，並改稱為德新中學。自此以後，德新中學只有華文科，其他如現代文學、中華文學史等科目都取消了。一九八三年，我借調到新加坡國立大學華語研究中心，主要負責新加坡華文詞彙規範化的工作。兩年半後，我重新回到中學崗位，先後在義順中學和光洋中學執教。直到一九九八年，我再次到教育部任職，在公民道德教育組工作編寫課本。兩年後，借調到華文處工作；由二〇〇一年開始，我參與編寫《中學高級華文》課本的工作。

馬：蔡先生可否談談《中學高級華文》課本選收舒巷城〈石九仔〉的原因？

蔡：編寫《中學高級華文》課本時，舒巷城剛去世一、兩年，印象很深，我心裡面很希望介紹他，這套課本也只選了他一位香港作家。一般而言，新加坡學生的華文水平不高，〈石九仔〉的文字淺白樸實，內容生動有趣，是很適合中學一年級學生一開學即修讀的課文，所以我把它放在《中學高級華文》（一上）分冊的首篇位置。舒巷城在〈石九仔〉一文內提及《水滸傳》、《七俠五義》這些中國傳統小說，我希望利用這篇散文間接介紹這些經典作品給新加坡學生。這個單

《中學高級華文》（一上）分冊

① 筆者曾於二〇一一年訪問蔡欣先生、林臻先生和英培安先生，暢談他們與舒巷城先生的認識及交往，詳見〈新港兩地文學情——訪問林臻先生、蔡欣先生和英培安先生〉，見本書同名文章。

元的「作者介紹」、「課文」、「預習課文」和「思考・討論・練習」都是我草擬的。相對來說，魯迅等作家的作品對新加坡學生來說較深，不容易理解，我放在後面的冊數。

馬：為甚麼把〈石九仔〉放在「怎樣寫人」的單元內？

蔡：把〈石九仔〉放在課本（一上）分冊首篇，原因是：一、課本第一單元的寫作教材乃寫人，而我以為〈石九仔〉是寫人的很好範文。這是新加坡首次編入寫作教材的一套華文課本，是我建議的。因為我認為作文教學法這一塊非常重要，但卻為歷來教材所忽略。但引進寫作教材，卻增加了編寫的難度：因為編寫時本來已受主題、字表等限制，如今又必須配合既定的要求——如寫人、寫景、說明或議論等——真是先「五花大綁」而後編寫教材了；二、〈石九仔〉文字淺白樸實，適合作為中學一年級的第一篇課文。

馬：蔡先生在〈聽故事〉的課文內註明「仔」、「銅」、「欖」、「掏」、「酬」、「錦」、「懸」、「滸」、「敘述」、「崗」、「吼」和「描」的漢語拼音，是否因為這些字超出了《中小學華文字表》要求中一學生認識的二千五百字的範圍？

蔡：那正是超出於中一學生認識範圍的字，所以須加上中文拼音。

馬：蔡先生認為〈石九仔〉這篇散文在內容上有哪些特點？

蔡：當初我所以建議選入〈石九仔〉這篇散文，主要由於內容上的考量：一、文中涉及「講故事」和「聽故事」，與新加坡上世紀五、六十年代人民的消閒活動有關。那時候在新加坡河畔，每逢傍晚時分，總有「講古」——即講故事——的「攤位」。講故事者點燃一盞燈，周圍擺了些長櫈子，供聽故事者坐。聽者多為河畔一些碼頭工人或一些上了年紀的人。講的多屬於《水滸傳》、《三國演義》等章回小說。此外，當時新加坡廣播電台和麗的呼聲也有講故事的節目，講的主要是梁羽生、金庸等的武俠小說。因〈石九仔〉的內容與其息息相關，在教學時可趁機向學生介紹這兩種新加坡早期民間消遣活動，讓學生初步了解自己國家早期富有特色民俗和文化——這是新加坡年輕一代最需「認知」的。二、通過散文中石九仔繪聲繪影所講的「武

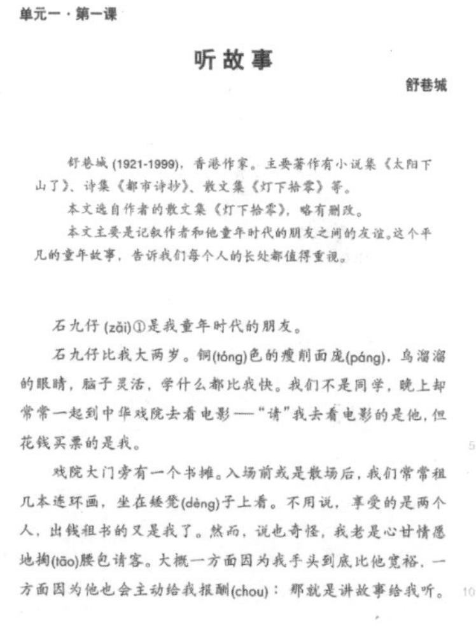
单元一 · 第一课

听故事

舒巷城

舒巷城 (1921-1999)，香港作家。主要著作有小说集《太阳下山了》、诗集《都市诗抄》、散文集《灯下拾零》等。

本文选自作者的散文集《灯下拾零》，略有删改。

本文主要是记叙作者和他童年时代的朋友之间的友谊。这个平凡的童年故事，告诉我们每个人的长处都值得重视。

石九仔 (zǎi)①是我童年时代的朋友。

石九仔比我大两岁。铜(tóng)色的瘦削面庞(páng)，乌溜溜的眼睛，脑子灵活，学什么都比我快。我们不是同学，晚上却常常一起到中华戏院去看电影——"请"我去看电影的是他，但花钱买票的是我。

戏院大门旁有一个书摊。入场前或是散场后，我们常常租几本连环画，坐在矮凳(dèng)子上看。不用说，享受的是两个人，出钱租书的又是我了。然而，说也奇怪，我老是心甘情愿地掏(tāo)腰包请客。大概一方面因为我手头到底比他宽裕，一方面因为他也会主动给我报酬(chou)：那就是讲故事给我听。

1

〈聽故事〉課文

松打虎」，也可借此介紹《水滸傳》這部章回小說，旁及其他如《三國演義》等名著給學生，以提高他們對中國古典文學的認識。三、散文中石九仔與玩伴在街頭圖書出租攤位租借連環圖書等情節，也是新加坡上世紀如我這一代的學生的「課餘閱讀活動」，當然也值得介紹給當代學生。

馬：蔡先生認為原文中的石九仔在性格上有哪些特點？

蔡：散文中的石九仔聰明、腦筋靈活，口才非常好；既重視友情，也很講義氣，有助於培養學生朝向這種性格發展。石九仔當然也有佔小便宜的弱點，但與其性格上的優點對比，卻沒甚麼大不了。我們在教材中也讓學生自己對此分析、比較，讓他們明白任何人都不可能十全十美，最重要的是人格上不能有大問題。

馬：除了篇名外，〈聽故事〉還作了很多文字改動。請問有甚麼原因？

蔡：編寫《中學高級華文》最大的困難，就是要符合《中小學華文字表》的要求。〈石九仔〉收入課本時，我做了很多修改，主要是為了符合我們學生的程度。〈石九仔〉有些用字超出字表的要求，不得不作修改。重寫時需要顧及字表，遣詞用字的深、淺問題，尤其是絕不能允許保留方言，肯定會失卻一些文字特色。

馬：除了文字修訂外，〈聽故事〉的篇幅還大為刪減，原因為何？

蔡：對新加坡的學生來說，〈石九仔〉原文的篇幅太長，為了符合《中學華文課程標準》的要求，我要刪減至八百字左右，因此需要裁去很多內容。我們的處理方式與其說是裁減哪些內容，不如說是保留哪些應該保留的內容。我重寫這篇文章時，盡可能保留作品的精神，尤其是樸實、生動、有趣的部分，譬如石九仔繪聲繪影地講武松打虎的故事。

馬：原文的石九仔與重寫後的石九仔在性格上有很多不同之處，為甚麼有這種差異？

蔡：我個人認為，文章刪減了好些故事片段之後，在內容上因去掉不少細節描寫，比起原文肯定「簡單」了許多，但對石九仔這個人物的性格塑造並沒造成太大的影響。譬如：一、石九仔傑出的口才，「過耳不忘」、繪聲繪影的講故事本領；二、石九仔的聰明機靈；三、石九仔會佔人便宜的小缺點（例如「『請』我去看電影的是他，但花錢買票的是我……」）。

附帶一提，這套《中學高級華文》教材在初中二部分選入魯迅先生的〈一件小事〉這篇小說，因字數限制，故小說從「我的活力這時大約有些凝滯了」至結束（即「……並且增長我的勇氣和希望。」）皆刪；初中三部分也選入朱自清先生的散文名篇「荷塘月色」，文章從「但熱鬧是它們的，我什麼也沒有」之後（即「忽然想起採蓮的事情來了。……妻已睡熟好久了。」）皆刪除，原因當然也是「字數」問題。由此可見在新加坡編選教材之難。

我之所以在課本中選入散文〈石九仔〉，原因除了其內容適合初中一年級的學生之外，另一考量是新加坡中學華文教材向來只選大陸和台灣文學作品（後來加上新加坡文學作品），但香港作品付諸闕如（香港也有許多傑出的作家和作品）。想起謝世不久的老友舒巷城即為其中佼佼者，何不借此機會介紹給本地中學生？結果卻是始料未及。愧對故人，奈何。

馬：〈聽故事〉裡面的石九仔形象比原文的更為正面，未知與蔡先生曾經在教育部公民道德教育組工作有沒有關係？

蔡：這與我曾在公民道德組任職無關。我一向就反對「道德至上」的教條主義，而本人也絕非「道學先生」。〈石九仔〉之所以比原文「正面」，是教材編寫的「需要」——我們的教材是絕不允許負面形象或內容的。

馬：請問蔡先生有沒有聽過中學教師對舒巷城〈聽故事〉的意見？

蔡：沒有，大概他們都認為合適吧。但我有聽過他們對其他課文的意見，譬如屠格涅夫的〈白菜〉，有些教師反映學生的意見，認為部分內容難以理解。

馬：總的來説，蔡先生認為編寫這套課本的困難是甚麼？

蔡：我覺得最困難之處在於字數的限制，往往需要把數千字的原文弄成八百字左右的篇幅，需要刪掉很多內容。另外，字表也是很大的限制，課文用字不可以超越字表的要求。我們受到主題限制、字數限制、字表限制，真的可以用「戴着手銬來跳舞」來形容編寫這套課本，包括重寫〈石九仔〉為〈聽故事〉的過程。

馬：今天與蔡先生暢談了新加坡《中學高級華文》選收舒巷城〈石九仔〉的始末，從而了解到舒巷城先生這篇著名散文在新加坡華文教育場域的傳播情況。謝謝！

原刊於《城市文藝》，第十卷第四期，二〇一五年八月

憶記舒巷城——訪問歐清池先生

歐清池先生，一九四三年生於新加坡，筆名風沙雁。曾任《南洋商報》資料室主任、《聯合早報》社論委員、執行級編輯、新躍大學中文系兼任講師。著有詩集《風沙雁短詩選》，散文集《文藝絮語集》、《櫻花飄落時節》等，長篇小說《遙遠的期待》、《夢幻島紀事》等，學術論著《方修及其作品研究》等。歐先生上世紀七十年代認識舒巷城先生，交情匪淺。本訪問稿經歐先生審閱定稿。

日期：二〇一五年一月十二日（星期一）

時間：下午五時至七時

地點：新加坡國家圖書館樓下 HANS 咖啡座

歐清池先生受訪時攝

歐：歐清池先生　　馬：馬輝洪

馬：請問歐清池先生甚麼時候開始對文學感到興趣？

歐：我在克明小學唸書時，從小二起，都是名列前茅，每學年拿獎，有一年學校送給我埃克多・馬洛的《苦兒流浪記》和黃谷柳的《蝦球傳》，讀完之後非常喜歡這兩部作品，幻想自己也要流浪去。我小五時已經看過《三國演義》、《西遊記》、《水滸傳》等中國名著，我的文字基礎是這樣練出來的。

我唸華僑中學時，學校每年都舉辦作文比賽，全校同學都得參加。我中一時開始拿獎（第三名），中三、高中時也拿過（分別是第二名和第五名）。中二時，華文科王震南老師對我的影響很大，他教我寫作的技巧，譬如要注意貶義詞跟褒義詞的分別，不要在一篇文章中經常重複使用相同的詞語等等。有一次，我在學校的假期作業的日記裡寫我讀過的一部長篇小說的讀後感，王老師看過後在班上向同學讚揚我的努力，說：「歐清池駕馭文字的能力已經超過高中水平，我鼓勵他向文學進軍，將來馬華文壇一定有他的席位。」

馬：一九五〇、六〇年代期間，新加坡讀者可以看到哪些香港文學作品？

歐：我當時住在錦茂，屬於鄉下地方，很少到外面走，不知道當時有哪些香港文學作品。除了在小學看過黃谷柳《蝦球傳》外，一直到中學畢業再沒有看別的香港作家的作品。不過，我在華僑中學時看很多書，不少都是在香港出版的，另外，我也泛讀了雪萊、拜倫、葉慈、華茲華斯、歌德、雨果、羅曼・羅蘭的作品。這些書我都是從新加坡世界書局、中華書局等買的。而學校圖書館只有五四作家的作品如巴金的《家》、《春》、《秋》、《雷》、《雨》、《電》等，印象中沒有香港作家的作品。我差不多每天看完一本書。我也經常到學校的圖書館閱讀香港出版的《文藝世紀》月刊。

馬：歐先生甚麼時候發表第一篇作品？

歐：一九六三年高中畢業後，我在《星洲日報》的「青年園地」發表第一篇作品，是一篇題為〈海的追憶〉的散文。之後，我開始大量發表作品。

馬：歐先生如何認識李向、尤琴等這些文友？

歐：我認識李向是因為投稿的關係。我在南洋大學唸第一年的時候，經常在《南洋商報》投稿。他當時是《南洋商報》的「文藝青年」主編，他認為我的作品文字精簡，大概有好感，後來甚至約我見面。我是透過李向認識尤琴的，她覺得我的散文、詩歌內容雖然左傾，但與左派的又不一樣。

馬：歐先生怎樣讀到舒巷城先生的作品？

歐：一九七四年左右，我在中華書店偶然看到舒巷城的作品，記得是《太陽下山了》，才重新接觸香港作家。

馬：請談談一九七四年寄贈著作《砂礫集》給舒巷城先生的始末。①

歐：我與秦林、蔡欣他們是文友，我知道舒巷城曾經對他們的作品提過一些意見，他們鼓勵我把書寄給他看看。那時候，我才三十多歲，希望找同道和知音，而舒巷城是我的前輩，我就把書寄給他。後來，他回信提過一些意見，都是讚揚的說話。

馬：歐先生請憶述一九七五年在新加坡與舒巷城先生第一次見面的經過。

歐：我與舒巷城共見過六次。第一次在新加坡，應該是一九七五年年初吧，我去日本之前。我現在已經忘記了是李向還是蔡欣約我出來的，跟到訪新加坡的舒巷城見面。雖然我們第一次見面，但我對他的印象非常好，他既誠懇又風趣，而且是真性情的人；他對我也蠻有好感，因為我們性格相近，能夠坦然相處。

馬：可否談談一九七五年年底到日本工作的經過？

歐：我本來在新加坡內政部移民廳工作，但覺得很悶，因為新加坡管得很嚴，而且我當時的思想比較左傾，不同意那時候政府的某些政策，很早就想離開新加坡到外面闖。一九七五年七、八月時，外交部增聘人手，我就申請到外交部當參贊，希望可以到外地工作。後來我才知道當時新加坡駐日本大使館的大使與原來的參贊不和，那位參贊被調回新加坡，需要另聘一位參贊。大概我懂日語，又有移民廳的工作經驗，順利獲得錄取。同年九月進外交部，他們立刻告訴我十二月派我到東京工作，我利用這三個月學習外交工作，包括禮儀、使館的財務工作等。同年十二月五日我首先到香港，留港一星期，熟習駐港新加坡領事館的工作。我利用這次機會第二次見舒巷城，我們都很高興，想不到半年後又見面。我與太太同行，一起跟他見面。我記得這次留港，我們至少見了兩次，期間談到內地出版的《詩刊》，舒巷城對於中國只能夠刊登這些口號詩很痛心。十三日，

① 風沙雁《砂礫集》（新加坡：萬里文化企業公司，一九七四）。

我離開香港前往日本，到新加坡駐日本大使館履新，負責諸如行政、簽證、護照、財務、船務等工作。

馬：請談談留日期間與舒巷城先生通信的情況。

歐：詳情已記不起了。大概是在較閒暇而又想起舒巷城時就寫信跟他聊一聊吧！

馬：請憶述一九七七年一月與舒巷城先生在香港的相聚。

歐：我那年是回來參加我弟弟的婚宴，順道在香港逗留三兩天，便找巷城聚一聚。

馬：一九七八年二月舒巷城伉儷到日本，住宿在歐先生家中，請談談與舒巷城伉儷同遊日本

歐清池先生與舒巷城先生合照

的往事。

歐：一九七七年九月，舒巷城參加聶華苓在愛荷華主辦的「國際寫作計劃」。他寫信給我，想回香港前到東京看看。他從北美飛來，而巷城嫂由香港同日到達東京，相差一、二小時。我當然歡迎他們來，並用大使館的車子從機場接他們到我的住所。我還記得那一年的二月很冷，他們從機場到我的住所後，舒巷城就把一個袋子丟在地上，對我說：「清池，如果小偷偷了我這個袋子，他哭，我也哭，因為裡面全是我的速寫，對小偷來講沒有用，但對我來講卻是我的心血呀！在愛荷華四個月，我就是畫了這些作品。」舒巷城就是如此風趣的人。

有一天，我帶舒巷城到位於霞關的新加坡駐日本大使館看看。我們的辦公室位於當時東京最高的一幢樓霞關大廈十五樓，樓高三十六層。我們駐日本的大使館人手不多，只有大使、公使、一等秘書、參贊、大使秘書和速寫／解碼員六人，還有六位日本職員，租一層樓就夠了。舒巷城看到我有獨立的辦公室，連聲說了不起，因為東京的租金不便宜。

我與新加坡駐大阪領事館的傅經國領事是同校同學，經常聯絡。舒巷城在東京期間，經國的弟弟剛巧從印度飛過來遊覽，也住在我家，我們在閒聊時，他說：「清池，我告訴你，半打毛澤東都救不了印度，那裡的街道實在亂得可怕。」他用「半打」，而不是「六個」，我跟舒巷城聽後都笑了。經國的弟弟在我家住了幾天就走了，然後我陪舒巷城和巷城嫂到大阪去，住在這位駐大阪領事館同事傅經國的家中。他在國民服役期間當過軍官，為人嚴肅有紀律，幫我們安排的行程很緊密，但舒巷城覺得太累，沒有自由，私下對我嚷着說要回東京去，舒巷城就是這種真性情的人。有一天，我們到著名的桂離宮參觀，本來是需要預約的，但這位同事是駐大阪領事館的，當天辦手續就可以進內參觀。那一天，我們從早上開始觀光，走了很多地方，從奈良、京都一直走，一直走，途中舒巷城說想喝咖啡，但經國說這裡沒有甚麼好咖啡，我們只好繼續參觀；後來舒巷城在街上看到一些蠻不錯的咖啡座，這位同事又說到大阪的梅田站再喝吧。當我們到梅田站後，舒巷城問這位同事哪裡可以喝咖啡，他又說快到家了，還喝甚麼咖啡。舒巷城這時候就有點生氣，說：「你一直在騙我們，到了梅田站還是不讓我喝咖啡。」這位同事雖然也有點生氣，最後還是讓我們喝咖啡。這次行程還有很多諸如此類的趣事，由此可見舒巷城坦率風趣的一面。我們在大阪大概玩了兩、三天就回東京去。

後來，我帶他們倆到處參觀，包括淺草、鐮倉、橫濱等。舒巷城這次到日本大概逗留了一個多星期。舒巷城很欣賞日本的風景、商店招牌的書法及小吃。在鎌倉我們各買了一個豆沙包，邊走邊吃，巷城讚不絕口。

馬：請問〈給舒巷城〉這首詩是在哪裡發表？

歐：我是在東京時寫這首詩的，主要透過「愁」的意象，抒發我當時孤單、凄涼的感覺。我曾經在新加坡報刊上發表過一、兩首懷念他的詩，可惜我再也無法找到這些舊作了。

馬：一九八〇年十一、十二月，歐先生到香港與舒巷城先生見面，又認識了李怡先生，以及與謝劍先生敘舊，請談談這些往事。

歐：我在東京擔任參贊的任期原定三年，當時已經找到《南洋商報》編輯的工作。但大使館一直延長我的任期，每次延長半年，前後在大使館工作了五年才卸任。我在日本的時候已經開始寫《櫻花飄落時節》的文章到《南洋商報》發表，[1]商報的總編輯莫理光先生很欣賞我的文字，寫信問我有沒有興趣到報館工作，我雖然答應他，但遲遲未能動身回來。總編輯說報館方面只能夠等我兩年，如果一九八〇年年底我再不回來，就不能留這

[1] 參見風沙雁《櫻花飄落時節》（新加坡：風雲出版社，一九八二）。

個職位給我。於是，我決定一九八〇年十一月離開大使館，十一月底到香港一個星期，第五次跟舒巷城見面，他還介紹李怡給我認識，我跟他第一次見面，也是目前唯一的一次。其實，我一直很佩服李怡，他主編的《七十年代》對中國問題的分析精要獨到，譬如他當時對內地一孩政策的批評。李怡給我的印象是一個很機警，反應也很靈敏的人。這一次見面聊了很多話題，李怡知道我認識謝劍和吳新雄，告訴我謝劍在台大的情況，也談到吳新雄對兩岸的主張。

我跟謝劍很早就認識。一九七五年十二月我抵達東京後，每天上班都要到我住處附近的學藝大學火車站坐車。有一天，我碰到一位四十多歲的中國人，他問我：「Do you know where is Tokyo University?」我回答說：「I also don't know.」他說：「You are not Japanese.」我說：「No, I am not Japanese. I am a Singaporean.」他說：「Can you speak Mandarin?」我說：「Yes I can.」這樣我就用普通話談起來，大概聊了二十分鐘左右，我邀請他明天到我東京的家吃晚飯。翌日，我和我前妻（已故）到橫濱買了一些燒味，晚上與他邊吃邊聊，他說他的專業是人類學，正在寫博士論文，探討華人怎樣開墾新加坡，我介紹一位好朋友楊培根（另名金星）給他，希望能夠幫他。後來，楊培根帶謝劍到德光島考察，這是後話了。謝劍是性情中人，但不太能喝，喝了點酒之後就會有醉意。那個晚上，在談話中，謝劍問我：「你看新加坡怎麼樣？」我回他一句話：「多睜眼睛少說話。」他不解的問：「有這麼嚴重嗎？」我說：「你去看看就知道了。」翌年，他到新加坡收集資料，剛巧碰上郭寶崑等被指為與馬共有關連的約一百人被捕事件。他回東京後，在一個星期天到我家找我，剛巧我與前妻到外面去，他來訪不遇，留下一個便條，上面寫着：「兄之所言，果然不虛。南洋大學與香港中文大學都給了我聘書。考慮再三，我決定到香港中文大學去。」這就是我認識謝劍的經過，後來我們一直保持聯繫。所以，一九八〇年十一月底我到香港的時候，找他見面敍舊。

馬：請談談舒巷城先生為散文集《櫻花飄落時節》寫序的緣起。

歐：我在東京的時候已經寫一些關於日本的文章，寄回新加坡發表，後來在《南洋商報》工作時也繼續寫，在《聯合早報》、《聯合晚報》等報章發表。後來有位朋友李拾荒先

風沙雁《櫻花飄落時節》（一九八二）

生提議把這些文章結集，出版《櫻花飄落時節》這本書。我與舒巷城的性格很接近，對人很真，是詩人坦率的「真」，彼此欣賞。他的《都市詩鈔》，感情很真，我一看就喜歡。舒巷城很欣賞日本，城市街道井井有條，花園庭院往往有唐詩宋詞的意境。雖然他不喜歡日本這個民族，但欣賞他們的紀律。我邀請他寫序，他很爽快就答應了。我們不經常見面，但感情很好，屬於「心交」的朋友。舒巷城的年齡比我大，但我視他為我的朋友，我交朋友是「交性格」，不是「交年齡」。我與他的性格一樣率直，無論是左派還是右派，做得不對就批評。

馬：《櫻花飄落時節》部分文章是書信體的散文，創作時有沒有特定的收信對象？

歐：我這些作品有一部分是寫給我新加坡的好朋友連奇（原名郭坤福）看的。他的性格跟我不太一樣，為人忠厚，但我們都能夠互相欣賞對方。另外有一部分談到使命感的文章是寫給我在日本時候的外交部同事傅經國的。

馬：我留意到這些談日本的文章，有好些描述不經意的提到香港。有甚麼原因嗎？

歐：這可能受到舒巷城的影響吧。他對我說了很多香港的優點，我大概不知不覺的放到文章去。

馬：舒巷城先生在《櫻花飄落時節》的序中提到歐先生早年的生活坎坷，可否談談這些經歷？

歐：五、六十年代新加坡很窮，還未有發展起來，生活素質很低。我曾經對他提及我童年時候的苦況，有時候甚至沒有飯吃。我高中畢業後在郵政局任職，負責賣郵票、處理掛號信件這些工作。後來大學畢業了，到移民廳工作，生活才慢慢改善。

馬：舒巷城先生的著作在新加坡，以至其他南洋國家的流通情況如何？

歐：我倒真的不太清楚舒巷城的著作在東南亞的流通情況。不過，我知道巷城嫂是他的書迷，並因此嫁給她。

馬：請談談舒巷城先生對歐先生在文學創作上的影響。

歐：他對我的影響可能是無形的。我很喜歡他一篇叫〈波比的生日〉的小說，因為內容諷刺入骨。後來我在南洋大學教世界華文文學課，要選一些香港的作品，我就選了他這篇小說。我覺得舒巷城作品的本土性很強，而且語言通順，技巧高超。例如在〈波比的生日〉

中，他運用括號巧妙生動。他描寫狗眼看狗低的「波比」遇到一隻野狗時，斜看野狗，露出不屑神情時，說：「看樣子是沒吃過牛肉的。」

馬：舒巷城先生對新華文學有哪些影響？

歐：舒巷城有沒有對新華文學產生影響，這一點很難講，但新加坡作家秦林、蔡欣、尤琴等都很尊重他、崇拜他就是了。

馬：除了〈新加坡迫切需要各種文學體裁的發展史書〉①一文外，歐先生有沒有在香港發表文章？

歐：沒有。

馬：請談談一九九一年到香港與舒巷城先生見面的經過。

歐：一九九一年，我拿到美國運通卡Journalism Award共一萬五千元美金，五月訪問東京、韓國、台灣、香港兩個星期，第六次見舒巷城，主要是想與老朋友見見面，聊聊天。我這次訪港，除了舒巷城外，還到香港大學訪問趙令揚教授，以及另外一些左派作家。

馬：請談談在南洋大學教「世界華文文學」的情況。

歐：大概在十年前，我在SIM University（新躍大學）教書，擔任「新馬戰前戰後文學」、「文學理論」兩門課，曾經編過一本書《世界華文文學》，收有舒巷城的〈波比的生日〉，供上課時候用。我很早就讀過這篇小說，非常欣賞舒巷城諷刺入骨的寫作手法。後來南洋大學要開「世界華文文學」的課，邀請我過去幫手。我就同時到南洋大學教「世界華文文學」，也用舒巷城的〈波比的生日〉。我跟學生講這篇作品時，他們都因為小說諷刺手法而發笑，舒巷城實在寫得太好。我迄今前後在大學教書十三年。

馬：歐先生目前擔任《新華文學大系》總編輯，請介紹這套大系的緣起和出版情況。

歐：《新華文學大系》是一項大工程，是由大系的顧問之一的忠揚先生首次提出編纂此套大系的。主要目的是要保存過去的成果。我們從文學乃審美意識形態的角度切入，擺脫文學從屬於政黨政治的桎梏，而以關懷族群文化、人類共同面臨的問題的較寬闊視野作為遴選各種文體作品的原則。這套大系有一個特點，就是每一冊文體集子的序言至少長達

① 參見《香港文學》，第七十八期，一九九一年六月。

五萬字，把有關文體的歷史發展的觀點與脈絡寫出來。本大系包括戲劇集、詩歌集、散文集、小說集、理論集、史料集等等，目前已經出版了《戲劇集》上冊、①《中長篇小說集》上冊、②《短篇小說集》、③《詩歌集》，④共四冊，詩歌選了一百五十六位詩人之詩作，小說七十多位。今年預定出版《散文集》。

馬：今天十分感謝歐先生分享了當年留日，以及與舒巷城先生交往的情況。謝謝！

原刊於《香港文學》，總三六九期，二〇一五年九月

---

① 黃治澎主編《新華文學大系：戲劇集（上冊）》（新加坡：世華文學研創會，二〇一二）

② 王永剛主編《新華文學大系：中長篇小說集（上冊）》（新加坡：世華文學研創會，二〇一三）

③ 伍木主編《新華文學大系：短篇小說集》（新加坡：世華文學研創會，二〇一三）

④ 歐清池、伍木主編《新華文學大系：詩歌集》（新加坡：世華文學研創會，二〇一四）

附錄

附錄一：從「粉絲」到專家

許定銘

香港中文大學新亞書院錢穆圖書館主任馬輝洪先生是研究舒巷城的專家，而他的研究，是從當「粉絲」起步的。

馬輝洪原本是學數學的，不知何時對文學產生了興趣，轉到圖書館任職，潛心研究新文學，修了個圖書館學碩士後，即以《舒巷城成長小説研究》為題，於二〇〇九年取得哲學碩士。在寫碩士論文時，他發現舒巷城的「文學生命中許多空白之處」，便決心鑽研下去。他搜集了舒巷城不同時期出版的作品，剪存了報刊上所有舒巷城的紀念特輯，評論文章，互相印證、比對、研究，又訪問了不少他生前的好友……，經過多年的努力，終於整理出版了這本《回憶舒巷城》（香港：花千樹出版有限公司，二〇一二）。

《回憶舒巷城》書分上下兩篇，上篇收舒巷城生前接受的訪問四篇，主要談他的文學觀和創作心得。其實書的重點在下篇，馬輝洪選定了舒巷城的至親好友，進行了十一次訪談記錄，從不同的角度去研究這位「行事低調內斂，但成就備受肯定的文學家」。這些訪問對象包括了舒巷城夫人王陳月明女士，好友張五常教授，還有李怡、譚秀牧、羅琅、陶然……等，都是舒巷城的多年好友，對他有深切的了解。難得的是這些受訪者中，如韓牧在加拿大，英培安、林臻等在新加坡，馬輝洪都親往拜訪，其認真可見。

《回憶舒巷城》是現今想了解舒巷城最具分量的專著。

許定銘《從書影看香港文學》封面（二〇一九）

原刊於《大公報》，二〇一四年七月十三日，版B六；另收錄於許定銘《從書影看香港文學》（香港：初文出版社有限公司，二〇一九）

附錄二：為舒巷城的文學生命補白
——讀《回憶舒巷城》

張詠梅

閱讀《回憶舒巷城》，可以看到編者用了多少心力，花了多少功夫。口述歷史的工作相當耗費時間心神，難得編者用了多年時間心血追蹤香港一位重要作家——舒巷城——為研究者留下了珍貴材料。

本書內容相當豐富，分上、下兩篇：上篇為舒巷城生前的四篇訪問稿；下篇為編者與舒巷城至親好友的十一次訪談記錄。上篇的四篇訪問稿，雖然曾於報章雜誌刊登，結集起來更能夠方便研究者。而下篇的十一篇訪問稿，就展現了編者的熱忱和功夫。編者在研究舒巷城作品之餘，更不辭勞苦，走訪與舒巷城相關的人物，遠至已移居加拿大的韓牧，還有新加坡的林臻、蔡欣和英培安，編者每次都準備好恰當的問題，訪問後又細心整理好訪問稿，再交受訪者審訂內容，每一個環節，都需要細心和耐心，從中可見編者對於研究舒巷城、研究香港文學的堅持與熱情。

本書上、下兩篇互相配合，可以從不同角度展現出舒巷城「立體」的形象。上篇是不同作者在舒巷城生前與他直接對談的記錄，而下篇則是編者與其至親好友的訪談記錄，間接展現了作家的家庭生活、文壇活動，以至文學生命成長的過程。正如梅子在〈序〉中所言：「它們披露了舒巷城寫作、家庭和社會生活的面相，絕大部分前所未詳見或不曾見，是了解作家與親人相知相扶、與同道文友相互切磋砥礪的第一手資料。刻畫作家的生平志業，除須把握他的存世軌跡，顯然還應觀照他的交際網絡，以期覓得多元角度，比較圓滿地再現他的人文丰采。」因此，讀者閱讀本書，可以從不同人士的回憶，漸漸拼湊出心目中舒巷城的形象。

雖說本書的重點是回憶舒巷城的生平和創作，其實，從舒巷城走過的文學道路，我們可以看到作家作品背後廣闊的社會背景與時代氛圍。從〈文學青蔥歲月——訪問余呈發先生〉，可以略窺三十年代中國大陸南來作家與本地年青作者的互動關係；從〈文藝路上結伴而行——訪問李怡先生〉和〈《太陽下山了》及其他——訪問譚秀牧先生〉，看到五六十年代年青作者掙扎的身影，更補充了編者辦《伴侶》、《南洋文藝》的過程，對於研究文藝雜誌有所幫助。從〈結緣在鑪峰——訪問羅琅先生〉，可見五六十年代文學出版的生態環境，還有文藝團體的形成過程。從〈新港兩地文學情——訪問林臻先生、蔡欣先生和英培安先生〉，更見香港文學與新馬文學的互動。這些都是值得繼續深究的課題，本書為此提供了不少第一手的口述資料，除了為舒巷城的文學生命補白，也為香港文學累積了史料。研究者可以運用這些材料，深化香港文學的研究。

本書由花千樹出版有限公司出版發行，花千樹出版有限公司的成立就是為了整理與出版舒巷城的著作，由它出版《回憶舒巷城》可謂順理成章。筆者期望除了本書以外，能夠看到香港作家的訪問集陸續出版，對於累積文學史料、推動作家研究都有積極作用。

原刊於《城市文藝》，第八卷第三期，二〇一三年六月

附錄三：「香港文學・回憶舒巷城」展覽簡記

馬輝洪

二〇一二年十月十九日早上，加拿大多倫多的氣溫只有攝氏十餘度，人行道上鋪滿了剛掉下來的楓葉，黃色的、橙色的、紅色的夾雜在一起。我陪伴着年逾七十的巷城嫂，從酒店出發，漫步前往多倫多大學。酒店位於大學旁，我們穿過校園，目的地是位於 Robarts Library 八樓的利銘澤典宬（Richard Charles Lee Canada-Hong Kong Library），出席早上舉行的「香港文學・回憶舒巷城」展覽開幕典禮暨研討會。

九時半左右，展覽開幕典禮正式開始，先後由利銘澤典宬館長梁恆達博士簡介這次活動的內容，巷城嫂介紹舒巷城先生的生平軼事，我回顧了這次展覽的緣起及籌備的經過，香港駐多倫多經濟貿易辦事處助理處長蕭顯揚先生講述他們對香港文學文化活動的支持。利銘澤典宬是首個香港以外舉辦舒巷城展覽的地點，大概也是少數香港作家能夠在英美地區舉辦展覽的例子。出席的嘉賓除了多倫多大學的師生外，還有陸鴻基教授、文世昌先生和 OMNI 2 TV 電視台及報館記者約三十人。

這次展覽主要由四部分組成。第一部分以文字介紹舒巷城的生平、著述、研究及跨媒體資料的概況，輔以書本、文章、照片、繪畫、單張等不同形式的材料，讓讀者對舒巷城有總體的認識。第二部分是著作書信展，分為小說、詩集、散文及其他、書信四個展櫃；著作方面以利銘澤典宬的館藏為主，展出舒巷城《艱苦的行程》（香港：七十年代雜誌社，一九七一）、《太陽下山了》（香港：香港文學研究社，一九七九）、《我的抒情詩》（香港：伴侶雜誌社，一九六六）、《燈下拾零》（香港：萬葉出版社，一九七四）等十六部作品，而書信方面則展示了舒巷城致聶華苓（一九七五年十一月五日）、陶然（一九七八年八月二十日）、曾敏之（一九八六年十一月八日）、犁青（一九八八年四月二日）、劉以鬯（一九八九年十一月二日）、羅承勛（羅孚）（一九九三年五月十七日）等文友的信函複製本。第三部分是著作書目，包括選集、小說、詩及散文、文學名著改寫及其他四種詳細書目。第四部分是播放一九九五年香港電台電視部製作的「寫意空間」之《鯉魚門的霧》，讀者可以重溫小說之餘，亦可一睹舒巷城的丰采。

展覽開幕典禮圓滿結束後，約十時半舉行「香港文學論壇」，由陸鴻基教授主持。我以「Remebering Shu Xiangcheng」為題首先發言，講述舒巷城其人及其作品，以及介紹「回憶舒巷城」口述歷史計劃。第二位發言的講者是約克大學的李翠恩教授，講題是「Zhang

右起：香港駐多倫多經濟貿易辦事處助理處長蕭顯揚先生、巷城嫂、馬輝洪先生、多倫多大學利銘澤典宬館長梁恆達博士

Ailing and Female Writers in Hong Kong」，分析了張愛玲的香港書寫，以及對鍾曉陽、黃碧雲和施叔青三位女作家的影響。第三位發言的講者是多倫多大學的孟悅教授，講題為「Bitter Melon, Rice, and Humanity: Writing Connections」，分析了也斯和陳曉蕾作品中的人文情懷。論壇於中午十二時十五分左右結束。

十九日晚上，多倫多 OMNI 2 TV 電視台報道了這次展覽的消息，以及播放了記者訪問巷城嫂的片段。翌日，《明報（加東版）》、《星島日報（加東版）》和《世界日報》及其後的網上新聞也廣泛報道了這次展覽的消息。

「香港文學・回憶舒巷城」展覽文字說明：[①]

一、生平簡介

舒巷城（一九二一至一九九九），原名王深泉，祖籍廣東惠陽，香港出生。另有筆名王烙、石流金、邱江海、秦西寧、陸思魚等。抗戰期間以「王烙」筆名在香港《立報・言林》、《申報》、《文藝青年》等刊物發表新詩、小說及評論等。一九四二年到桂林，再先後到越南、台灣、上海、東北、北平、南京等地工作，一九四八年底返回香港。先後任職於洋行或商行、建築公司、教育機構等，業餘從事寫作，一九七一年在《七十年代》月刊以筆名「邱江海」發表連載小說《艱苦的行程》，記述香港淪陷至湘桂大撤退的流離生活。一九七七年參加美國愛荷華大學「國際寫作計劃」，赴美參加文學活動，為期四個月。著有詩集《回聲集》、《都市詩鈔》，小說《太陽下山了》、《再來的時候》、《巴黎兩岸》及散文集《燈

① 說明文字主要取材自「中國現代文學研究網站」的舒巷城網頁（http://www.modernchineseliterature.net/writers/ShuXiangcheng/index-b5.jsp），並予以增訂。

下拾零》等多種。一九九九年四月十五日逝世。

二、著述概況

舒巷城著作以小說為主，包括長篇小說集《太陽下山了》、《巴黎兩岸》、《白蘭花》、《再來的時候》；紀實作品《艱苦的行程》；短篇小說集《山上山下》、《霧香港》、《曲巷恩仇》等；新詩《我的抒情詩》、《回聲集》、《都市詩鈔》等；散文集《燈下拾零》、《夜闌瑣記》、《無拘界》等。《太陽下山了》曾在中國內地以《港島大街的背後》為書名出版簡體字本。《我的抒情詩》為中英對照詩集，作品原於六十年代香港《伴侶》雜誌以中英對照形式發表，英文由作者自譯，《回聲集》亦本以中英對照形式在《伴侶》雜誌發表，一九七〇年由中流出版社出版時刪去英文部分，二〇〇二年由花千樹出版時據《伴侶》雜誌原件補回英文部分。除新詩以外，舒巷城亦著有舊體詩詞，二〇〇六年由黎歌編校的《詩國巷城》較全面地收錄了舒巷城的舊體詩詞作品。舒巷城的代表作品先後收入《舒巷城選集》（香港：香港文學研究社，一九七九）和《舒巷城卷》（香港：三聯書店，一九八九）二書。

三、研究資料

有關舒巷城的研究以單篇論文、記錄及訪談為主，部分輯入秋明編的《舒巷城卷》，作者包括梅子、陶融、韓牧及梁羽生等。其他舒巷城的研究者尚有姚永康、陶然、東瑞、陳惠英、葉輝、陳曦靜、陳智德、馬輝洪等。舒巷城於一九九九年逝世後，著作由家屬整理，陸續由出版社再版；此外，舒巷城的手稿、藏書、剪報及其他文獻，亦由家屬捐贈予香港中央圖書館，香港中央圖書館將藏品列入「舒巷城文庫」，於二〇〇八年出版《香港中央圖書館特藏文獻系列・舒巷城文庫目錄》，分為「庋藏書刊」、「個人著作：手稿」、「個人著作：報章剪報」及「庋藏文獻」四部分。二〇〇九年舒巷城逝世十周年，思然（王陳月明）編有《舒巷城紀念集》，正文共收七十六篇憶念舒巷城的文章。二〇一二年，馬輝洪編著的《回憶舒巷城》分上、下兩篇，上篇收舒巷城生前的四篇訪問稿，下篇收馬輝洪與舒巷城至親好友進行的十一次訪談記錄。

四、跨媒體資料

自上世紀九十年代開始，舒巷城的《太陽下山了》和〈鯉魚門的霧〉先後多次改編為話劇、電視短片、漫畫、電子書等不同媒體形式。一九九四年新域劇場改編了《太陽下山了》在西灣河文娛中心文娛廳演出。一九九五年香港電台「寫意空間」改編了《鯉魚門的霧》在電視上播出。浪人劇場先後三次改編了《鯉魚門的霧》，分別於二〇〇八年七月在香港中央圖書館展覽廳、二〇一〇年九至十月（六場）在香港葵青劇院和二〇一二年九月（三場）在北京木馬劇場演出。另外，改編為漫畫作品的分別有Ahko發表於《字花》的〈太陽下山了〉（《字花》，第三十七期，二〇一二年）和〈鯉魚門的霧〉（《字花》，第三十八期，二〇一二年），以及彭健怡繪畫的圖文本《鯉魚門的霧》（香港：花千樹出版有限公司，二〇一二），後者更以電子書的形式出版。

原刊於《城市文藝》，第七卷第六期，二〇一二年十二月

附錄四：舒巷城百周年誕辰紀念回顧[①]

馬輝洪

（一）

舒巷城（一九二一年九月十二日至一九九九年四月十五日），原名王深泉，祖籍廣東惠陽，香港出生。另以王烙、秦可、舒文朗、秦西寧、石流金、陸思魚、邱江海等筆名發表作品。舒巷城著作甚豐，作品遍及小說、散文、新詩、舊體詩詞等多種文類，代表作包括短篇小說〈鯉魚門的霧〉，長篇小說《太陽下山了》、《艱苦的行程》，新詩《都市詩鈔》等，其中〈鯉魚門的霧〉由香港電台電視部拍成短片在「寫意空間」節目中播放，以及由浪人劇場改編為話劇在香港、北京、深圳和阿根廷演出，備受關注。一九七七年舒巷城獲邀參加美國愛荷華大學「國際寫作計劃」，赴美參加文學活動。一九九九年四月十五日在家端坐而逝，享年七十七歲。

① 承蒙花千樹出版有限公司提供本文的相關資料，謹此鳴謝。

舒巷城逝世後，摯友張五常創辦花千樹出版有限公司（以下簡稱花千樹），成立的初衷就是為了出版舒巷城的著作。二十二年來，花千樹出版舒巷城的作品包括長篇小說五種（《太陽下山了》、《巴黎兩岸》、《白蘭花》、《再來的時候》及《艱苦的行程》）；短篇小說八種（《山上山下》、《霧香港》、《鯉魚門的霧》、《玻璃窗下》、《倫敦的八月》、《劫後春歸》、《都市場景》及《雁兒剌虎記》）；新舊詩詞五種（《回聲集》、《我的抒情詩》、《長街短笛》、《都市詩鈔》及《詩國巷城》）；散文七種（《燈下拾零》、《淺談文學語言》、《小點集》、《無拘界》（上、下卷）、《水泥邊》、《我們相逢，我們分別，我們長相憶》及《給珍妮的一束英文信》）；名著節寫本四種（《紅樓夢》、《卡拉馬助夫兄弟們》、《罪與罰》及《死魂靈》）；圖文本一種（舒巷城著、彭健怡繪《鯉魚門的霧》）；書信集一種（馬輝洪編《舒巷城書信集》）；另外，還出版了紀念集（思然編《舒巷城紀念集》）和訪談集（馬輝洪編著《回憶舒巷城》）各一種。總體而言，花千樹出版舒巷城作品的意義有四：

一、重刊舊著：舒巷城大部分著作出版於上世紀五十年代至七十年代，花千樹重刊舒巷城的舊作，讓新世代的讀者得以在他的文字世界裡徜徉，部分著作更大幅增訂內容，譬如《燈下拾零》增訂版（二〇〇三年）的篇幅較一九七四年的初版倍增，《回聲集》再版（二〇〇二年）收錄了同樣出於舒巷城之手但一九七〇年的初版尚未入集的對照英詩等。

二、刊行紀念版：花千樹先後推出四本長篇小說的紀念版，即《太陽下山了》（二〇〇八年）、《艱苦的行程》（二〇〇九年）、《巴黎兩岸》（二〇一〇年）和《白蘭花》（即將出版），每部長篇皆附有「出版說明」記述作品的發表情況和出版歷程，並收錄各版本的書影和出版訊息等，提供翔實的資料之餘，亦增加閱讀趣味。

三、舊作新刊：舒巷城逝世時仍有大量尚未結集的詩文散章，一直由舒巷城夫人悉心保存，其後陸續交花千樹出版，結集的新刊有《長街短笛》（二〇〇四年）、《詩國巷城》（二〇〇六年）、《小點集》（二〇〇八年）、《無拘界》（二〇一一年）、《水泥邊》（二〇一四年）、《我們相逢，我們分別，我們長相憶》（二〇一五年）等多種。

四、憶述與研究：花千樹出版的《舒巷城紀念集》和《回憶舒巷城》收錄舒巷城的生平軼事和著述情況，為研究者提供素材線索，有助推進舒巷城的研究。

（二）

為誌記舒巷城百歲誕辰，花千樹將推出《白蘭花》紀念版。《白蘭花》是舒巷城長篇小說中篇幅最長的作品，共二十萬字，內容講述主人公駱家明在一九四一年夏天從滬回港度暑假，經歷香港淪陷，至一九四三年秋天期間的故事。駱家明自少受父親影響，喜愛閱讀，甚至視書籍為他「最好的伴侶」。駱家明在廣州唸完小學，跟隨父親遷居香港。在英文書院求學的七年中，完全是一位不聞世事的書生，即使在畢業前一年（一九三七年）發生七七盧溝橋事變、展開八一三抗日戰爭，駱家明仍然「像許許多多香港英文書院的學生一

花千樹於二〇二一年香港書展中展出的大型紀念展板

樣，只知道讀書，讀書」。中學畢業後，駱家明赴滬入讀大學。回港度暑假時重遇中學老師馮以和，並得到他的鼓勵醉心文學創作；期間，駱家明遇上了女主人公周潔美，開展一段愛情故事。一九四一年十二月，日軍侵佔香港，駱家明耳聞目睹戰爭的慘況，馮以和老師遇害和周潔美遭受槍傷帶給他極大衝擊，對家國社會的態度由漠不關心變為積極參與，漸漸投入抗日運動。筆者不擬在此披露小說的發展和結局，不過敏銳的讀者大抵可以看到《白蘭花》的故事由個人與家國、愛情與戰爭交織而成，借用陶然對《白蘭花》分析說：「《白蘭花》故事性較強，以情節引人，作者蓄意賣了許多關子，一直到末尾才算真相大白，可以說是熔文藝與推理於一爐的寫法」。[①]《白蘭花》先後四次付梓成書：香港海濱圖書公司一九六二年初版，其後在一九六四年七月再版；花千樹一九九九年十月重新排版，以及這次紀念版。《白蘭花》紀念版增印了目錄、作者當年贈此小說予秦林而題寫的詩句手迹、作者的手寫印章圖錄、陶然的〈讀《白蘭花》隨筆〉與作者自傳，凡此種種皆可提高閱讀《白蘭花》時的興味。

① 陶然〈讀《白蘭花》隨筆〉，《讀者良友》，第一卷第三期，一九八四年九月，頁八四。

（三）

多年來，梅子默然守着知音和編者的角色，把舒巷城的作品展現給不同年代的讀者。過去四十年來出版的三部舒巷城選集全部由梅子經手，從一九七九年的《中國現代文選叢書：舒巷城選集》（香港：香港文學研究社），到一九八九年的《香港文叢：舒巷城卷》（香港：三聯書店香港有限公司），[1]以至二〇一七年的《香港當代作家作品選集：舒巷城卷》（香港：天地圖書有限公司），內容一部比一部紮實，篇幅也一部比一部繁豐。梅子在他主編的《城市文藝》，從二〇〇六年創刊以來，先後刊出了二〇〇六年四月「懷念舒巷城特輯」（第一卷第三期）、二〇〇九年四月「舒巷城先生逝世十周年紀念特輯」（第四卷第三期）、二〇一四年四月「舒巷城逝世十五週年紀念小輯」（第九卷第二期）、二〇一九年六月「紀念舒巷城先生逝世二十週年特輯」（第十四卷第三期），以及今年八月「紀念舒巷城誕生百周年特輯」（第十六卷第四期），十五年來共辦了五次舒巷城特輯；加上其他有關舒巷城的零章散篇，可見梅子對舒巷城的肯定與重視。「紀念舒巷城誕生百周年特輯」包括舒巷城作品書影和手稿、王陳月明（舒巷城夫人）〈向你細訴——給巷城〉、蔡東〈香港故事之一種——談談舒巷城先生的小說〉、張燕珠〈舒巷城舊體詩詞的傳承與創新〉、杜安〈漫談我喜愛的

《口哨》〉、馬輝洪〈詩緣：舒巷城與秦林〉、沈舒訪問、整理〈回憶舒巷城——黃子程談《博益月刊》及舒巷城〉、邊璋慧〈寫在《白蘭花》出紀念版之前〉。梅子介紹這個特輯時表示：「舒巷城先生（王深泉，一九二一年九月十二日至一九九九年四月十五日）是香港本土作家的代表。紀念他誕生百周年的七篇稿，由王夫人陳月明女士、舒先生生前本港和星洲友好、港深兩地研究者和讀者完成。這些文字，有助進一步了解作家各類作品的成色及其生平軼事。」②

（四）

紀念活動方面，率先舉行的是新亞研究所二〇二一年九月十一日主辦「誠明人文講座」，講題為「百年回首舒巷城」，由鄭政恆主講，回顧評説舒巷城在小説和詩歌兩方面的代表作，包括短篇小説〈鯉魚門的霧〉、長篇小説《太陽下山了》，以及《回聲集》與《都市詩鈔》，

① 一九八九年三聯版《舒巷城卷》是舒巷城（署名「秋明」）親自編的，梅子擔任責任編輯，曾與舒巷城具體討論過篇目。
② 參見編輯部〈懷念與關注〉，《城市文藝》，第十六卷第四期，二〇二一年八月，頁一三二。

舒巷城誕辰一百周年紀念展

發言稿刊於翌日的《明報》「星期日文學」版。[1]鄭政恒指出：「舒巷城的代表作品，往往帶有本土色彩，從本土的生活特色出發，舒巷城寫出了具體鮮活的香港地、香港情與香港人。」鄭政恒從地方、情感、人物的角度細致論述了舒巷城的小說與詩歌，並提出了不少值得重視的觀點，譬如〈鯉魚門的霧〉以「個人抒情」而非「戲劇化的敍事」為小說的中心，又如《太陽下山了》對「小人物的同情」及「生動具體的地誌書寫」都是令小說有較高藝術水平的因素，再如《回聲集》上接舒巷城第一本詩集《我的抒情詩》的浪漫主義詩風，並下開《都市詩鈔》的寫實主義詩風等。

此外，花千樹與商務印書館二〇二一年九月十五日至十月十七日於商務印書館尖沙咀圖書中心舉行「舒巷城誕辰一百周年紀念展」，以相片、手稿、書信、著作、速寫、印章等展現作家的風貌，除了展示舒巷城思考人生的雋永詩句，還引錄張五常、梁羽生、羅孚、陶然、戴天、小思、梅子、也斯、彥火、賽義德•顧德等多位作家筆下舒巷城其人其文。展覽期間，主辦機構於二〇二一年九月十九日舉辦「我們相逢，我們分別，我們長相憶——舒巷城誕辰一百周年紀念座談會」，由王陳月明、李洛霞、曾卓然主講。舒巷城夫人在發言中憶述了與舒巷城共同生活二十七年的往事，諸如為他送稿到報館及《七十年代》雜誌社、舒巷城對白蘭花的偏愛、舒巷城的眾多筆名，以至他的寫作和生活日常；李洛霞以「作家寫作家」為題發言，從《太陽下山了》、《霧香港》、《山上山下》、《玻璃窗下》和《燈下拾零》五部作品歸納舒巷城筆下出現的作家形象，以及當時作家的寫作及生活狀況；曾卓然以《艱苦的行程》為分析對象，探討舒巷城在這部自傳體作品中的歷史書寫與自我書寫的關係，並參照鄺志文《孤獨前哨：太平洋戰爭中的香港戰役》來說明舒巷城書寫「三年零八個月」時，既能忠於史實亦能反映自我的寫作特色等。[2]

① 鄭政恆〈百年回首舒巷城〉，《明報•星期日生活》，二〇二一年九月十二日，版六。

② 參見「我們相逢，我們分別，我們長相憶——舒巷城誕辰一百周年紀念座談會」：https://www.youtube.com/watch?v=Z5sZLFKe-9g。

（五）

「我們相逢，我們分別，我們長相憶」是舒巷城著名散文詩〈小流集〉的句子，情之所繫，正好為今年「舒巷城百周年誕辰紀念」寫下最好的註解。

原刊於《城市文藝》，第十六卷第六期，二〇二一年十二月

舒巷城誕辰一百周年紀念座談會海報

後記

馬輝洪

二〇〇九年春夏之交，為了趕寫舒巷城先生的論文，我埋頭苦幹，挑燈夜讀多位前輩、學者撰寫有關舒巷城先生的回憶及評論文章。從眾多的高論中，我固然深受啟發，受益匪淺，但同時卻為舒巷城先生的文學生命中許多空白之處感到納悶不解。於是，我在同年六月分別訪問了巷城嫂及梅子先生。這兩次訪談不僅加深了我對舒巷城先生及其作品的認識，亦補充了論文中若干論點。我修讀研究院期間，舒巷城先生兩位摯友黎歌先生及梁羽生先生分別於二〇〇七年和二〇〇九年謝世，令我驚覺舒巷城先生的同代人隨着歲月漸走漸遠。二〇〇九年秋天畢業後，我決心進行這系列的訪談計劃，爭取時間為舒巷城先生的文學生命補白。期間，海辛先生因病於二〇一一年三月謝世，儘管我曾兩次邀約他訪談，但深受病魔折磨的海辛先生都一一婉拒，我因此錯失了與他暢談「文藝大哥」舒巷城先生的機會，至今仍引為憾事。

本書分上下兩篇。上篇為舒巷城先生生前的四篇訪問稿，是認識他的文學觀和創作心得最直接的材料；[1]下篇為我與舒巷城先生的至親好友進行的十一次訪談記錄，從不同角度認識這位行事低調內斂，但成就備受肯定的文學家。上篇依訪問日期排列，下篇按受訪者與舒巷城先生認識的深淺、交往的多寡而編排。趁結集成書，除了另起下篇各文的篇目外，亦一併訂正內文。

本訪問集得以順利完成，特別感謝巷城嫂的鼎力支持和恆常鼓勵，除了提供珍貴的相片和文獻外，還提出了很多寶貴意見，糾正了訪問集內不少疏漏之處。付梓前，巷城嫂和梅子先生慨然賜序，是對我最大的鼓舞。兩位前輩在序言中對我的殷切關懷和厚望，深感銘謝。上篇的訪問稿得到蔡振興先生、杜漸先生、南華早報出版有限公司和陶然先生授權轉載，特此鳴謝。巷城嫂、張五常教授、余呈發先生、李怡先生、譚秀牧先生、韓牧先生、羅琅先生、陶然先生、梅子先生、林臻先生、蔡欣先生、英培安先生和秦林先生諸位前輩除撥冗接受訪問外，更費神審閱訪問稿，為此深表謝意。本訪問集得到羅琅先生、盧瑋鑾教授、梅子先生、黃子程博士、陳德錦博士和樊善標教授多方協助，謹致謝忱。本計劃得以結集出版，分別得到香港藝術發展局撥款資助，以及花千樹出版有限公司總編輯葉海旋先生和編輯陳雪玲女士協助，在此一併致謝。最後，特別感謝內子潔貞，沒有她的包容、鼓勵和協助，本書不可能如期出版。

二〇一二年八月廿六日夜

① 因種種原因，未能轉載由《新晚報》記者訪問，王仁芸整理的〈舒巷城訪問記〉（《新晚報》，一九八一年十二月十五日），殊感可惜。

增訂版後記

馬輝洪

《回憶舒巷城》初版面世前後，至新冠疫情爆發期間，我不時到訪外地，或履行公務，或參加會議，或旅遊度假。外訪期間，我盡量爭取機會拜謁認識舒巷城先生的前輩，在訪談中懷人思舊，留下一段又一段難忘的回憶。聶華苓女士、杜漸先生、周良沛先生、歐清池先生、蔡欣先生諸位前輩的訪談，記錄了這些美好的時光。陳浩泉先生早年移居加拿大，我趁他二〇一八年一月在港之便訪問他，暢談舒巷城先生的往事。

在舒巷城先生生前，香港報刊先後刊載了五個舒巷城特輯，即《香港文學》雙月刊的「舒巷城專輯」（第三期，一九七九年十一月）、《新晚報》「星海」副刊的「本地作者系列四——舒巷城專輯」（一九八一年十二月十五日）、《讀者良友》的「舒巷城特輯」（第一卷第三期，一九八四年九月）、《博益月刊》的「當年佳作——舒巷城」（第二期，一九八七年十月）和《香港作家》的「舒巷城專輯」（第十二期，一九九八年十二月）。我邀約各報刊負責人，請他們憶述編製特輯的緣起、經過及影響，包括《香港文學》雙月刊主編蔡振興先生、《新晚報》「星海」副刊編輯馮偉才先生、《讀者良友》主編杜漸先生和執行編輯東瑞先生，以及《博益月刊》總編輯黃子程先生。至於《香港作家》時任總編輯陶然先生，不幸於二〇一九年三月九日離世，我錯過了與他詳談該刊「舒巷城專輯」的機會，深感遺憾。

多年來，不同媒體的創作人嘗試以跨媒體的方式演繹舒巷城先生的作品，包括一九九四年新域劇場潘惠森先生執導的舞台劇《太陽下山了》、一九九五年香港電台電視部李慶華先生執導的電視短片《鯉魚門的霧》、浪人劇場譚孔文先生從二〇〇八年至二〇二三年先後五次執導舞台劇《鯉魚門的霧》，以及二〇一二年彭健怡先生創作的圖文書《鯉魚門的霧》。潘先生、李先生、譚先生和彭先生的訪談，分享了他們以跨媒體方式演繹舒巷城先生作品的思考及實踐。

《回憶舒巷城》增訂版的體例與初版相同，並趁此機會訂正內文。另外，書末收入四個附錄：附錄一及附錄二分別為許定銘先生和張詠梅博士推介《回憶舒巷城》初版的文章，許先生和張博士在文章中的嘉許，我愧不敢當，並視之為對我的鞭策與鼓勵；附錄三及附錄四分別是加拿大多倫多大學利銘澤典宬於二〇一二年十月十九至二十四日舉辦「香港文學‧回憶舒巷城」展覽的報道，以及二〇二一年舒巷城百周年誕辰紀念活動的回顧，一併收錄在此以茲紀念。

《回憶舒巷城》從初版到增訂版，一直得到巷城嫂的親切關懷和全力支持，我銘感五內，謹致謝忱。我特別感謝過去十五年來接受訪談的二十六位前輩和同道，從不同的角度一起回憶舒巷城。時光荏苒，余呈發先生、陶然先生、秦林先生、英培安先生、歐清池先生、杜漸先生、李怡先生不幸辭世，誠為憾事。陳浩泉先生在百忙中為增訂版慨然賜序，特此申謝。《回憶舒巷城》增訂版由花千樹出版有限公司全力資助出版，並得到總編輯葉海旋先生大力支持、編輯周詠茵女士專業協助，在此謹致謝意。

最後，謹以本書向離開我們二十五年的舒巷城先生致敬。

二〇二四年五月十五日

回憶舒巷城——訪談集（增訂版）

編著／馬輝洪
總編輯／葉海旋
初版編輯／王陳月明
增訂版編輯／周詠茵
增訂版封面設計／三原色創作室
封面圖片／http://www.istockphoto.com
出版／花千樹出版有限公司
地址：九龍深水埗元州街二九〇至二九六號一一〇四室
電郵：info@arcadiapress.com.hk
網址：http://www.arcadiapress.com.hk
印刷／美雅印刷製本有限公司
初版／二〇一二年十月
增訂版／二〇二四年七月

ISBN: 978-988-8789-28-3